Maria von Buol

# Früchte der Heimat

Erzählungen aus Südtirol

Maria von Buol: Früchte der Heimat. Erzählungen aus Südtirol

Neuausgabe
Herausgegeben von Karl-Maria Guth
Berlin 2020

Der Text dieser Ausgabe wurde behutsam an die neue deutsche
Rechtschreibung angepasst.

Umschlaggestaltung von Thomas Schultz-Overhage unter Verwendung
des Bildes: Gottfried Seelos, Kastanienhain in Tirol, 1870

Gesetzt aus der Minion Pro, 11 pt

Die Sammlung Hofenberg erscheint im
Verlag der Contumax GmbH & Co. KG, Berlin
Herstellung: BoD – Books on Demand, Norderstedt

ISBN 978-3-7437-3589-7

Bibliografische Information der Deutschen Nationalbibliothek

Die Deutsche Nationalbibliothek verzeichnet diese Publikation in der
Deutschen Nationalbibliografie; detaillierte bibliografische Daten sind
im Internet über www.dnb.de abrufbar.

# Inhalt

# Früchte der Heimat

»Herr Doktor, wie steht's mit dem Gruber?«, fragte Schwester Rosa, als der Spitalarzt sich anschickte, die Treppe hinabzusteigen.

Er besann sich nicht gleich. »Gruber …? Wie …?«

»Aus Nummer zehn. Bett gleich links neben der Türe«, kam die Pflegerin dem Gedächtnisse des Arztes zu Hilfe.

»Ach *der* …! Dem geben Sie nur, was er haben will, dem ist nicht mehr zu helfen. Miliartuberkulose … Seien Sie ein bisschen vorsichtig, Schwester.«

»Gewiss. Aber wie lange meinen Sie …?«

»Ja, das kann man nicht sagen«, unterbrach sie der Arzt achselzuckend. »Der Kranke dürfte erblich belastet sein, und solche halten länger aus als andere. Andererseits ist etwas Herzschwäche vorhanden. Da kann's oft plötzlich aus sein.« Und er ging.

Unter den weltlichen Pflegerinnen des großen städtischen Spitals war Schwester Rosa die einzige, die Religion hatte. Dafür war sie aber auch tiefreligiös. Ihr Wunsch wäre es gewesen, Barmherzige Schwester zu werden, aber die Eltern verweigerten ihr die Zustimmung. Nun, vielleicht war sie gerade *hier* am Platze, wo niemand sonst neben dem Leibe auch der Seele achtete.

Leonhard Gruber hatte von Anfang an ihr Interesse erregt. Ein kluger Kopf, wohl ziemlich verworren, aber du meine Güte, wie sollte ein Wiener Schustergeselle anders sein? Und er hatte ein gutes und bis zu einem gewissen Grade auch gerechtes Urteil, hatte Interessen, die man sonst bei Ungebildeten nicht trifft. Wie es wohl gekommen war, dass er's in der Welt nicht weiter brachte als zum Lohnarbeiter? Sie hatte nie Näheres über sein Vorleben erfahren. Leicht begreiflich: Im großen Krankensaale lag man Bett an Bett; das ist kein Ort, wo man sein Herz erschließt.

Heute aber war das Bett neben dem Gruber leer geworden: Vielleicht wäre er heute zugänglicher.

Es war eben Zeit, das Süpplein zu bringen. Schwester Rosa ging mit den Tassen von Bett zu Bett. Zuletzt erst, so hatte sie's eigens eingerichtet, kam sie zum Gruber.

Der schüttelte den Kopf in schweigender Abwehr.

»Nein, nein, ein paar Löffel müssen Sie schon nehmen«, drängte die Pflegerin. »Gleich müssen Sie's nehmen, sonst glaub ich, dass Sie mir böse sind, weil ich Sie zuletzt bedient habe.«

Er lächelte wehmütig. »Nein, Schwester Rosa, Ihnen könnt' ich nichts übelnehmen. Sie sind immer so lieb und gut zu mir.«

Die Pflegerin freute sich, das zu hören: Es gab ihr Mut. Sie reichte ihm die Suppe löffelweise, wie einem kleinen Kinde, und plauderte dabei von dem und jenem. Ganz munter, ganz unbefangen. »Mir scheint, Sie haben heute weniger Schmerzen«, sagte sie endlich.

»Ja wirklich«, bestätigte er. »Ich meine, es geht langsam aufwärts mit mir.«

Sie konnte nicht Ja sagen und wollte nicht Nein sagen. »Sie stehen ja in den kräftigsten Jahren«, erwiderte sie ausweichend. »Aber der arme Wildner im Saale nebenan – Sie kennen ihn ja ...«

»Gewiss, wir haben in derselben Gasse gehaust.«

»Er leidet sehr«, fuhr Schwester Rosa fort. Und dann ihren ganzen Mut zusammennehmend: »Er hat heute nach einem Pater verlangt.«

Über Grubers Gesicht glitt ein hämischer Zug. »Und meint er, der Pater wird ihm seinen Krebs wegblasen?«

»Ach, spotten Sie doch nicht, lieber Gruber, es ist Ihnen ja nicht ernst damit«, schalt die Pflegerin.

»Meinen Sie ...« Er schaute mit seinen großen, dunklen Augen traurig zu ihr auf.

»Ei freilich ist's Ihnen nicht ernst«, wiederholte sie und lächelte dazu. »Denken Sie nur, ich wollte Sie fragen, ob ich den Pater – es ist ein so lieber alter Kapuziner – nicht zu Ihnen führen dürfe?«

»Zu mir ...? Und wozu?«

»Nun, ich dächte, ein freundliches Wort täte Ihnen vielleicht wohl.«

Wieder blickte sie der Kranke an, aber anders als vorher. Mit einem starren, stechenden Blicke. »Sagen Sie mir's aufrichtig, es steht schlecht um mich.«

Sie überlegte. Sollte sie ihm die Wahrheit gestehen? Würde ihn das nicht aufregen? Nicht vielleicht sein Ende beschleunigen?

Kranke sind feinfühlig. Ihr Zögern war ihm aufgefallen. »Jetzt weiß ich genug, ich muss sterben«, sagte er dumpf.

»Sterben müssen wir alle«, erwiderte sie.

»Na ja, aber wenn man von einem Geistlichen spricht, dann ist's Matthäus am letzten«, erwiderte er bitter.

»O, wegen dem Beichten ist noch niemand gestorben«, sagte sie rasch und versuchte zu lächeln.

Er machte eine abwehrende Bewegung. Sie wollte nicht zu heftig drängen. »Ich hab's Ihnen gut gemeint«, sagte sie wie entschuldigend. »Aber nun leben Sie wohl, ich muss in den anderen Saal.«

»Und sind wohl froh, vom Verstockten abzukommen«, meinte er mit seinem wehmütigen Lächeln.

Es klang nicht unfreundlich. »Ich komme schon wieder zurück zum Verstockten«, erwiderte sie und drohte scherzend mit dem Finger.

Und richtig, es währte nicht lange, so stand sie aufs Neue an Grubers Bett. Ihre Finger suchten nach seinem Pulse; Himmel, wie ging der schwach und stoßweise. Das Herz, das Herz, wie lange würde es noch aushalten? Und im Innersten ihrer Seele rief sie zum Schutzengel, dass er in diesem Herzen ein Pförtlein auftue für Gottes Gnade.

Dann, um nur etwas zu sagen, begann sie. »Sagen Sie mir einmal, Herr Gruber, wo sind Sie denn her? Der Sprache nach möcht' ich Sie nicht für einen richtigen Wiener halten.«

»Ich bin auch weder ein richtiger noch ein unrichtiger.« Seine Stimme klang jetzt mit einem Male munterer. »Aus der Meraner Gegend bin ich, aus Südtirol.« Und nun nahm sein Gesicht einen ganz eigenen Ausdruck an. Fast wie Verklärung kam's über die verhärmten Züge. »O, schön ist's dort, nicht zum Sagen! Schöneres, glaub ich, gibt's auf der Welt nicht, als wenn man vom Schloss Tirol hinabschaut aufs weite Etschtal und die Rebenhügel und die Obstwiesen zu Füßen hat und in der Ferne der Gantkofel die ganze Landschaft so wunderbar abschließt. O, ich kann's halt gar nicht aussprechen, wie schön es dort ist. Und wissen Sie, ich bin immer stolz gewesen, ein Tiroler zu sein.«

»Ja, das ist schon recht«, meinte die Pflegerin nachdenklich. »Aber sehen Sie, ich bin erstaunt. Das hätte ich nie gemeint, dass Sie ein Tiroler wären.«

Er lachte. »Ach so. Sie wundern sich, dass ein Tiroler von einem Geistlichen nichts hören will. Nicht einmal vor dem Abkratzen, was? Ja, sehen Sie, ich hab mir von den Geistlichen halt ganz genug gekriegt. In der Schule schon. Sie dürfen etwa nicht glauben, dass ich religiös unwissend bin wie so manche Leute da in Wien, o nein, ich hab ein gutes Gedächtnis und manche Katechismusfragen kann ich noch hersagen wie's Wasser. Zum Beispiel, weil Sie gerade vom Beichten geredet haben, passen Sie auf.« Und mit leiernder Stimme, ein aufsagendes Schulkind nachäffend, plapperte er: »Die Beichte ist jenes Sakrament, in welchem der dazu verordnete Priester an Gottes statt dem Sünder die nach der Taufe begangenen Sünden nachlässt, wenn er sie wahrhaft bereut, aufrichtig beichtet und dafür genugtut.«

Er hielt inne. »Na also?«

»Bravo! Bravo!«, lobte Schwester Rosa, als habe sie den Spott nicht verstanden.

»O, ich könnte Ihnen noch vieles dergleichen aufsagen, wenn's mir nicht selber zu langweilig würde«, sagte Gruber.

»Aber sehen Sie, als ich aus der Schule entlassen war, da hatte ich von der Religion genug. Meine Mutter, die Witwe war, heiratete bald darauf einen Schustermeister, der später nach Wien verzog. Und kaum saß ich mit einigen lustigen Wiener Früchteln in meines Stiefvaters Werkstätte, so hatte ich meinen Glauben verschwitzt. Das Wiener Klima hat übrigens dem Tiroler Buben nicht gut getan; es scheint, dass ich daran sterben muss. Meinetwegen, aber da wär's mir das Liebste, man möchte mir ein starkes Schlafpulver geben, das mich in den ewigen Schlaf hinüberschafft. Mit einem Geistlichen dürfen Sie mich nicht plagen, Schwester. Sonst ist's aus zwischen uns.«

Sie ging. Traurig, entmutigt. Sie sah kein Mittel, um diesen armen Menschen zu retten. Und er war ja nicht einmal böse, er hatte vielleicht nur nicht den richtigen Unterricht genossen, hatte zu wenig gehört von Gottes Liebe und Güte. Ach, der Arme, Verlassene, der *den* zurückstieß, der allein ihn liebte und ihm helfen wollte! Wer doch den Weg zu diesem Herzen fände!

Schwester Rosa musste heute über Mittag nach Hause. Denn morgen war ihres Vaters Geburtstag und da gab's allerlei zu tun. Sie hatte sich gefreut auf diesen Ausgang, nun aber war all ihre Freude dahin: Sie konnte an nichts denken, als an den armen Kranken im großen Spitale, der seinen Katechismus so gut auswendig wusste und doch von Gott und seiner Seele nichts hören wollte.

»Schön, Rosa, dass du Wort gehalten hast und kommst«, begrüßte sie die Mutter. »Sieh, was die Post für dich gebracht hat! Ein Obstkistchen und eine Karte.«

»Ach, von Mimi!«, rief Rosa erfreut, kaum sie einen Blick auf die Karte geworfen hatte. Mimi Groß war eine Jugendfreundin, die sich gerade auf der Hochzeitsreise befand. Auf der Karte sah man eine hübsche Ansicht von Meran mit dem feinen hohen Turme der Sankt Nikolauskirche. Und als Rosa das Kistchen öffnete, lagen darin große blaue Trauben mit saftigen Kernen.

»O, die schönen Weintrauben!«, freute sich die Mutter. »Die werden uns morgen gute Dienste leisten, wenn wir Einladung haben.«

Rosa sagte nichts. Ihr war ein Einfall gekommen. War das nicht ein Wink der Vorsehung, dass sie just heute Meraner Trauben erhielt! *Jetzt* stand ihr der Weg zum Herzen des Kranken offen.

»Herr Gruber, eine Überraschung!«, rief Schwester Rosa, als sie an das arme Spitalbett ihres Schützlings trat. Und sie stellte das Kistchen vor ihn hin und hob den Deckel weg. »Ja, ja, sehen Sie nur her, Südtiroler Trauben, Meraner Trauben! Es ist schon wahr! Machen Sie nur kein so ungläubiges Gesicht.« Und sie wies ihm die Karte ihrer Freundin: »Das Bild da werden Sie wohl kennen?«

Die Augen des Kranken weiteten sich; über seine Züge glitt ein frohes, ganz seliges Lächeln. Ein paar Augenblicke blieb er sprachlos, dann murmelte er ergriffen: »Oh, Schwester, da haben Sie mir wohl eine Freude gemacht, eine große Freude!«

»Aber woher denn? Nicht ich, ein anderer.«

»Ein anderer? Es ist doch niemand, der an mich denkt.«

»So, wirklich niemand? Und denken Sie nicht an den lieben Herrgott? Der hat doch eigens diese, ja gerade *diese* Trauben wachsen lassen, damit Sie auf Ihrem Krankenbette einen Gruß aus Ihrer lieben, schönen Heimat hätten. Aber nun frisch zugegriffen!«

Die wachsbleichen Finger nestelten an den Trauben herum, trennten ein Ästchen weg, schoben die schwellenden Beeren langsam, bedächtig in den Mund. »Oh, das ist gut, das ist gut!«, murmelte er wie ein zufriedenes Kind. Doch als er mit einer Traube fertig war, mussten auch die anderen im Saale davon haben. Schwester Rosa musste austeilen. In *seinem* Namen. Er war froh, andern eine Freude machen zu können.

Dann schloss er die Augen, und lächelte stillvergnügt … An was dachte er wohl? Vielleicht an sein schönes, fernes Heimatland, wo unter der südlichen Sonne solche Traubenbeeren schwellen, vielleicht doch auch an den lieben Herrgott, an den er sonst nie mehr gedacht hatte, an Ihn, von dem alles Gute und Süße und Reife kommt.

Leise huschte Schwester Rosa hinaus. Als am folgenden Tag der alte Kapuziner ins Krankenhaus kam, bat sie ihn, langsam durch den Saal zu wandern, worin Leonhard Gruber lag. »Vielleicht begehrt ein Kranker nach Ihnen, wenn er Sie sieht«, hoffte sie. Und dann stand sie vor der Türe des Saales mit klopfendem Herzen und gefalteten Händen und wartete.

Als der Pater hervortrat, hielt er eine Traube in der Hand.

»Das hat mir ein Kranker drin gegeben, er wollte es durchaus nicht anders haben«, sagte er und schmunzelte in seinen weißen Bart hinein.

Schwester Rosas Herz hämmerte heftiger. »Und ... und hat er bei Ihnen gebeichtet, Pater Lorenz?«

»Freilich, und es ist ganz leicht gegangen und er war recht zufrieden danach.«

Da traten Tränen in Schwester Rosas Augen, und sie erzählte dem Pater, wie alles gekommen sei.

Er lächelte. Er war ein erfahrener, alter Seelenvater und kannte die oft so wunderbaren, so feinen Kunstgriffe der Gnade.

»Danken wir Gott«, sagte er, »ein kleines Liebeswerk und ein großes Gotteswerk! Früchte der Heimat und Früchte des Himmels!«

In der folgenden Nacht verlöschte das Leben des Kranken.


# Eine Ungenannte

Tief drin im Martelltale, wo der mächtige Felsstock des Zufallferners aufragt, steht der alte Gluderbauer. Steht und späht und horcht, schier wie er's vor rund dreißig Jahren gemacht hat, da er als junger Soldat im Fersentale auf Posten stand. Tiefblau lacht der Sommerhimmel über den Schroffen, lichtgraue Felsblöcke liegen zerstreut zu Füßen des Bergriesen. Kein Baum, kein Strauch weitum; nur mitten in der Wildnis ein kleiner See, der wie ein Opal aus dem öden Gestein hervorleuchtet. Stille und Einsamkeit ringsum und Friede.

Wirklich Friede? Aber warum steht der alte Mann so soldatisch da und blickt so ernst? Warum blickt er wie gebannt auf das kleine Bächlein, das ganz schüchtern und verschämt aus dem Gletscherstocke hervorrieselt, um sich gleich im See zu bergen? Keine Wolke am glas-hellen Himmel, aber eine schwere dunkle, unsichtbare, bange Wolke hängt über dem Engtale, denn der friedlich leuchtende See kann sich von einem Augenblick zum andern in eine wilde Bestie verwandeln, wenn die Sommerglut, die seit Wochen über dem Gletscherstocke brütet, den Eisdamm schmilzt, der das Wasser zurückstaut. Dann liegt das Verhängnis schwer über den Ufern des Plimabaches, dann wissen die Leute, die am Talbache hausen, sie müssen sich bereithalten zur Flucht, dann stehen die Männer des Tales auf Wache und lösen sich droben am Stausee ab wie vor dem Feinde. Und wenn es losbricht, dann schrillt es: »Rette sich, wer kann!«

Und darum steht jetzt der Gluderbauer so starr und steif vor dem Wässerlein, das so harmlos aus dem Gletscherstocke hervorplätschert und wendet sein Auge nicht davon, als sei das feine, schimmernde Ding eine giftige Schlange, die man mit dem Blicke bannen müsse.

Zwei Stunden schon steht er so. Nicht lange mehr wird es währen, so muss ein anderer kommen, ihn abzulösen.

Da plötzlich zittert der Boden unter seinen Füßen; im Felsenstocke des Riesen kracht es, als müsse der Zufallferner in sich selber zusam-menstürzen wie ein morscher Turm. Ohrenbetäubend, herzlähmend tönt das Getöse; grauenhaft widerhallt es von den Felsen ringsum. Weit klafft die Öffnung, aus der vor einigen Sekunden das feine Wässerlein hervortropfte, und durch ein schrecklich dunkles Felsentor wogt und schäumt schmutziggrau eine ungeheure Wasserflut.

Der Wächter weiß genug. Er stürzt bergab, um zu warnen. Aber die Knie zittern unter ihm. Oh, zum ersten Male in diesem furchtbaren Augenblicke fühlt er die Schwere des nahenden Alters. Nein, er schafft es nicht! Nein, er wird den grauenhaften Wettlauf mit der Flut nicht bestehen! Und doch läuft er, läuft, so schnell ihn die Beine tragen, wenn er schon jeden Augenblick umzusinken fürchtet.

Da, wie er aus der Steinwüste hervorkommt, dorthin, wo der erste schüttere Grasteppich sich über das Gestein breitet, bietet sich ihm ein Bild des Friedens. Ein blondes Mädchen, ein Kind noch fast, sitzt auf einem Steinblocke, von einem halb Dutzend Schafen umringt, denen sie Salz bietet. Der Rest der kleinen Herde wandert zerstreut zwischen den Steinen. *Die* weiß noch nichts, von dem was droben ist, aber die muss es wissen, ja, und die muss helfen, *die* muss!

Der Gluderbauer kennt sie nicht. Sie ist wohl eine Fremde im Tale, vielleicht erst seit Tagen im Dienste eines Talbauers. Sie weiß vielleicht noch nichts vom Stausee und von der Gletscherflut; er sollte vielleicht genauen Aufschluss geben, sollte ihr sagen, dass sie warnen müsse, dass sie die Talleute retten müsse, sie allein.

Aber er bringt nichts vor. »Mädel, renn, renn! Der Bach kommt!«, das ist alles, was er sagen kann.

Sie sieht ihn groß an. Einen Augenblick nur. Dann weiß sie, was sie zu tun hat.

Mit rascher Bewegung löst sie die Schuhe von den Füßen und springt empor. Und beginnt ihren Lauf. Einen Lauf auf Leben und Tod, einen Lauf zur Rettung vieler. Denn nicht *ihr* hat der Warnungsruf gegolten, die sich mit ihren Schäflein leicht auf die sicheren Höhen flüchten konnte; sie muss den Ruf weitertragen, von Haus zu Haus, das ganze Tal entlang, damit alle, die an der Plima wohnen, *das* wenigstens in Sicherheit bringen, was jedem das Teuerste ist, das eigene Leben und das Leben aller Lieben.

Schon hört sie hinter sich das Brüllen eines Löwen. Das ist die entfesselte Gletscherflut, die zu Tale fährt. Bald wird die Flut sich in die Plima stürzen, wird Brücken und Stege wegreißen, Hütten und Häuser zertrümmern, bald wird der Pfad auf dem sie dahineilt, der Holzsteg, den ihr eilender Fuß streift, ein Raub des Wassers sein. Vorwärts! Vorwärts! Jede Sekunde ist kostbar.

Nun ist die erste menschliche Wohnung erreicht, ein Hüttlein zwischen Fels und Bach eingekeilt. Flugs reißt sie die Türe auf, sieht mit flüchtigem Blicke Menschen im dunklen Raume, schreit: »Der Bach kommt!« und stürmt weiter.

Schon sind ihre Füße wund von den Steinen des Weges, die Brombeersträucher an der Wegseite haben ihr die Wangen zerkratzt. Dornen klammern sich an ihr fest, dass sie im Vorwärtseilen Fetzen ihres Kleides zurücklässt. Der zerrissene Rock lässt ihre Knie bloß, ihre gelösten Haare flattern wirr im Winde, ihre Stirne trieft von Schweiß, ihre Füße von Blut. Wie eine schaurige, geheimnisvolle Vision fliegt sie dahin, wie ein geisterhaftes Wesen, das nicht der Erde angehört. Sie aber hat nur *einen* Gedanken: mit der Flut um die Wette laufen.

Wird es ihr glücken, das Unglaubliche? Leiser dringt jetzt das Gebrüll des Untiers an ihr Ohr, während sie dahinschießt, leiser, immer leiser, dann verstummt es. Und nun weiß sie – Gott sei gepriesen! – die Flut ist auf Hemmnisse gestoßen. Sie hat Vorsprung gewonnen und wenn sie nur aushält, dann kann sie viele retten, kann *alle* retten. Immer mutiger wird ihr Herz, immer schneller ihr Fuß. Wo ein Haus ihr am Wege liegt, stürmt sie darauf zu, ruft durch die rasch geöffnete Tür die kurze Warnung, drei Worte nur, immer dieselben: »Der Bach kommt!« Die Leute wissen schon, sind schon gefasst und gerüstet zu fliehen, es braucht nicht viel Reden, und so fliegt sie weiter. Immer dieselbe traurige Botschaft, dieselbe Hiobspost! Und wo sie mit keuchender Brust und heiserer Stimme ihren Ruf erschallen lässt, da gibt's betrübte Gesichter und Angstgeschrei und wohl auch herzzerreißenden Jammer, und niemand denkt daran, ein Vergeltsgott zu sagen. Oder wenn sich auch einer der Dankespflicht erinnert hätte, die Botin wäre längst entschwunden gewesen, ehe ihm ein gutes Wort aus dem Herzen zu den Lippen stieg.

Noch strömt die Plima ruhig dahin. Aber schon war ihr sonst klargrünes Wasser schmutziggrau. Gletscherwasser! Der erste schlimme Gruß der Hochflut! Und überall hatte man die Warnung verstanden und eilte, sie zu nützen. Die Kranken, die Kinder, die Greise brachte man zuerst in Sicherheit, flüchtete mit ihnen auf die steilen Höhen am Bachufer. Dann wurde das Vieh aus den Ställen getrieben und geborgen, dann rettete man den Hausrat, Stück für Stück. In Windeseile arbeitete man. Und noch immer blieb die Plima ruhig ...

Aber, Himmel! Jetzt bricht es los. Ein rasendes, brüllendes Ungeheuer stürzt heran. Baumstämme und Felsstücke schiebt es vor sich her und schäumt vor Zorn über alles, was sich ihm in den Weg stellt. Grau, erdfahl, furchtbar wälzt es sich nach rechts und links; die Riesen des Bergwalds heben ihre Äste wie hilfesuchende Arme aus feiner Umschlingung, stemmen sich gegen seine Gewalt, stauen da und dort, gegen einen Felsen getrieben, die rasende Flut und werden dann nur mit umso größerer Wut erfasst, zur Seite geschleudert, mitgerissen. Schrecklich dröhnt und donnert es von dahingewälzten Granitblöcken, hoch auf springt die Gischt wie grimmiger Siegesjubel. Häuser, worin eben noch friedliche Menschen wohnten, hat das Untier mitgerissen wie zur grausamen Kurzweil, aber auf seinem grauen Rücken wiegt sich kein totes Haustier, noch weniger eine Menschenleiche.

Und das ist das Verdienst der Warnerin, die in heldenhaftem Dauerlaufe, der blutenden Füße und der keuchenden Brust nicht achtend, das lange Tal durchsaust hat.

Bald nach jenem Schreckenstage kamen friedliche Arbeiter ins Tal. Der Gletschersee am Fuße des Zufallferners wurde durch einen Staudamm gebändigt, der heute noch standhält, und die Talbewohner zittern jetzt nicht mehr vor dem träumerisch schönen Wasser, das jeden Tag Menschen und Häuser begraben konnte.

Wie aber die junge Heldin hieß, die an jenem Tag so vielen das Leben rettete, das weiß man nicht, das hat man nie erfahren. Dem alten Bauern, der ihr schreckensbleich zurief: »Der Bach kommt!« war sie eine Unbekannte gewesen und unbekannt blieb sie den andern, denen sie den Warnungsruf in Eile zugeworfen hatte. Vielleicht hat sie ihr Rettungswerk mit Gesundheit und Leben bezahlt, vielleicht weilt sie heute noch unter den Lebenden als arme, schlichte, alternde Magd. *Sie* hat nichts getan, damit ihr Name genannt, ihre Tat belohnt werde. Das ist kernige Berglerart, das ist Christenart!

# Unverstandenes Leid

Ins enge Brandental hinein wandert ein kleinbürgerliches Frauchen ganz allein, mit dem Rosenkranz in der Hand: Kriegswallfahrt 1917. Da droben über den steilen Waldhöhen thront auf samtgrünen Alpenmatten Unsere Liebe Frau von Weitzenstein, die gute, mächtige Trösterin.

Eben hat die Kirchfahrerin die erste Station und den ersten steilen Aufstieg erreicht und will ihr Wallfahrtsgebet beginnen, da knirschen Schritte hinter ihr. Unwillkürlich wendet sie den Kopf. Einen Mann hat sie erwartet, aber es ist ein Weib. Ein Bauernweib, groß von Gestalt und breit von Schultern und Hüften. Vorgeneigt schreitet sie einher, einen Rucksack tragend, der wohl ihre Vorräte für die fromme Reise birgt. Wer in solch schlimmen, magern Zeiten über Land geht, darf nicht ins Blaue hinein wandern wie früher.

Die Augen der Pilgerinnen begegnen sich. »Lasst uns zusammen wandern«, sagen ihre Blicke. Wer auf Kirchfahrt geht, geht nicht gern allein. Der Herrgott liebt gemeinsames Gebet.

»Im Namen Gottes des Vaters und des Sohnes und des Heilgen Geistes. Amen!« Mit weithin schallender Stimme beginnt die Bäuerin. Leise antwortet das Stadtfrauchen. So steigen sie den steilen Berg hinan bis zur zweiten Station. Die Bäuerin hat leicht ihre Sechzig auf dem Rücken, aber sie ist viel rüstiger und stärker als die jüngere Gefährtin. Das Stadtfrauchen muss alle Kraft zusammennehmen, um nicht hinten zu bleiben. Dabei stützt sie sich auf ihren Schirm statt eines Bergstockes.

So geht es vorwärts bis zur siebenten Station. Hier steht mitteweg eine kleine Schenke. Die Bäuerin unterbricht ihre Andacht und meint, man solle doch auch »a wia rasten«. In der Schenke ist nichts zu haben als Wein, aber das genügt; man setzt sich auf eine Bank vor dem Hause und kramt seine Vorräte aus. Aus einer schwarzen Tasche nimmt das Frauchen etwas Brot und Schokolade; die Bäuerin holt einen Laib Schwarzbrot aus ihrem Rucksack, dazu reichlich Speck und Käse. Ein mitleidig geringschätziger Blick streift die Vorräte der Städterin. »O mei' gute Frau, mit *dem* Zuig da haben Sie wohl nit gessen!«, sagt sie und schüttelt den Kopf. Und mit freundlichem Schmunzeln fügt sie bei: »Ich glaub's, dass Sie dürr sein als wie a Zaunstecken!«

Das Frauchen errötet, und das macht sie für den Augenblick jünger und hübscher aussehen. Sie mag zwischen vierzig und fünfzig sein. Das blasse, längliche Gesicht hat etwas Melancholisches; das dunkelblonde Haar ist schon reichlich mit Silberfäden durchzogen. Schön ist sie nicht, ist wohl auch nie schön gewesen, aber die lichtbraunen Augen haben einen guten, warmen Blick, der Vertrauen weckt. Und es währt nicht lange, so weiß das Frauchen alles, was ihre Gefährtin angeht. Von welchem Berge sie ist und aus welchem Dorfe und wie viel Vieh sie im Stalle hat und wie viel Schweine. O ja, sie und ihr Mann brauchen nicht zu darben, aber hart ist es doch, alles mit fremden Armen bewirtschaften zu müssen. Der Mann ist alt und hat »das Rheumatische«, und Töchter hat sie nicht. Und die Söhne … »Ach mein! Heutzutag ist's ja lei a Kreuz, wenn man Buben hat!«

Tränen traten in die frischen Augen der Alten. Der Buben wegen ist sie auf Wallfahrt gegangen. Den Ältesten hat sie in Gefangenschaft, den zweiten am Col di Lana und der »Kleinste« der noch gar nicht einrücken hätte müssen, war zu den Standschützen gegangen und hatte in der Valsugana einen bösen Denkzettel wegbekommen. Und nun lag er in einem Innsbrucker Lazarett und man wusste nicht, ob er noch völlig genesen, ob er wieder arbeitsfähig werden würde. »Ich bin wohl draußen gewesen ihn heimsuchen, aber seit der Zeit hat er noch ärger's Heimweh gekriegt!« Und so wisse sie nicht, ob sie ihn noch einmal besuchen solle. Ach, hätte sie ihr Herz befragt, sie wäre wohl jede Woche über den Brenner gefahren, nach dem »Kleinsten« zu sehen! Der »Kleinste« war ihr wohl besonders lieb. Und dass es gerade *den* so bös erwischt hatte!

So plaudert sie lange weiter. Das Frauchen hört zu und sagt nicht viel; nur dass sie von Zeit zu Zeit eine teilnehmende Frage stellt. Und nun steht man auf und will aufs Neue mit dem Beten beginnen. Da meint die Bäuerin doch auch noch etwas fragen zu müssen. Dass das Frauchen einen Ehering trage, hat sie schon bemerkt; da ist es nur selbstverständlich, dass sie nach den Kindern fragt: »Sie Frau, haben Sie etwa auch einen Buben im Krieg?«

»Nein, Bäuerin, ich nicht ...!«, kommt es leise zurück. Und dann noch leiser. »Ich hab keine Kinder ..., hab nie Kinder gehabt.« Auch der Mann ist schon vor zwei Jahren gestorben; er war ein kleiner Magistratsbeamter in Bozen. Sie haben ein redliches Auskommen gehabt und stets in Liebe und Eintracht miteinander gelebt. »Grad dass wir keine Kinder gehabt haben ...!«

Sie stockt und die andere fällt ihr ins Wort: »Ach, seien Sie froh und danken Sie! Was hat man denn mit die Kinder anderes als Sorg und Elend? Und mit die Buben gar! Eine Mutter kann sich die Märtyrerkron' verdienen in *die* Zeiten, ich sag's Ihnen! Sie wohl haben's fein, Frau! Danken Sie dem Herrgott!«

Und während das Frauchen schweigend zur Erde blickt, wundert sich die Bäuerin noch, warum sie denn auf die Wallfahrt gehe, wenn sie keinen Sohn im Krieg habe. Und rasch fügt sie bei. »Ja, ja, Sie werden halt kirchfahrten, dass Ihnen die Zeit herumgeht!«

Um die blassen Lippen des Frauchen zuckt es. Warum sie kirchfahrten geht? Ach, für das liebe, schöne, bedrängte Vaterland und für die Tausende auf den Schlachtfeldern und in den Spitälern und in den Gefangenenlagern, für die Tausende, die sie nicht kennt und die darum nicht weniger leidende, ringende Menschen sind! O sie braucht nicht zu sorgen, dass ihr die Zeit zu langsam verstreiche. Wer in diesen Schicksalstagen ein Herz in der Brust trägt und Arme hat, die sich regen können, findet Arbeit in Fülle.

Die Pilgerinnen setzen den Weg fort. Der Weg ist jetzt nicht mehr rau und steinig, sondern zieht sich freundlich an der Flanke des Waldberges hin mit schönen Ausblicken auf das Hochgebirge, das im Abendlichte glüht. Lauter noch als vorhin schallt das »Gegrüßt seist du Maria« der Bäuerin; leiser, halb von Tränen erstickt, klingt die Antwort der Städterin. Zwei Stunden noch und sie betreten die Wallfahrtskirche. Die Bäuerin verweilt nicht lange; sie schreitet alsbald der nahen Herberge zu; das Stadtfrauchen aber bleibt auf den Knien. Sie kann nicht unter die Menschen hinaus, wenigstens nicht gleich; sie muss knien und beten mit verhülltem Gesichte, damit niemand die Tränen sehe, die ihr über die Wangen stürzen. Was ihr die Mitpilgerin gesagt hat, das hat sie leicht ein Dutzend Mal gehört, seit der Krieg die Länder durchbraust und die Jünglinge aus den Armen der Mütter reißt; oft hat sie es gehört und weh hat es ihr immer getan, aber nie so weh wie heute.

Droben am Gnadenaltare thront das kleine Alabasterbild der Schmerzhaften mit dem toten Sohne auf den Knien. Unsere Liebe Frau von Weißenstein hat viele Muttertränen fließen sehen in diesen Jahren des Völkermordens. Vor der Erinnerung der armen, kleinen Frau zieht die Vergangenheit vorbei: Die Freude des Hochzeitstages, da der geliebte Mann sie in das neue Heim führte, das so bescheiden und doch so traulich war; die selige Zeit der ersten Liebe, dann die wachsende, schmerzliche und ach, stets unerfüllte Sehnsucht nach dem erhofften Kindersegen, und die Jahre des Alterns und die heimliche Trauer in den Mienen des guten Mannes wegen der bittern Enttäuschung und des einsamen Herdes. Und dann denkt sie, wie ihn der Tod von ihrer Seite riss, und wie sie nun so ganz allein steht in der tobenden Welt. O, einen Sohn haben, einen einzigen, und wäre es auch nur, um für ihn zu bangen oder um ihn zu weinen! Einen Sohn haben, und wäre es auch nur, um ihn auf einer verschneiten Bergspitze zu wissen, um die die Geschosse sausen, oder in einem Gefangenenlager weit weg im kalten Sibirien! Einen Sohn haben, und läge er auch zum Krüppel geschossen in einem Lazarett oder mit der Todeswunde in der Brust in einem stillen Heldengrabe, über dem ein Holzkreuz ragt, von Fichtenreisern umrankt! Einen Sohn haben, den man als kleines Kind gehegt und genährt hat und an den man jetzt denken kann mit wehmütiger Mutterliebe!

16

Immer reichlicher fließen die Tränen der kleinen Frau; sie kann sie nicht verbergen. Von Zeit zu Zeit schreitet ein Wallfahrer mit groben Nagelschuhen geräuschvoll über die Steinfliesen der Kirche, wirft einen mitleidigen Blick auf die Weinende und denkt nicht anders, als dass sie eben einen solchen Sohn habe. Und wüsste er, was sie drückt, er würde sie verwundert ansehen und auch er würde sagen: »Sei froh und danke Gott!«

Denn niemand versteht das Leid der armen, kleinen Frau, niemand als die Schmerzenskönigin am Altare droben, die mehr als andere Mütter gelitten hat und doch um alles die unsäglichen Schmerzen ihrer Mutterschaft nicht missen möchte. O ja, *die* versteht das große, stumme Leid der Kinderlosen; die wird nicht sagen: »Sei froh!« Aber »Danke Gott!«, das wird auch *sie* sagen, denn jedes Leid ist kostbar. Das Kostbarste aber ist ein Leid, das die Menschen nicht verstehen.

# Ein Heimatloser

Frostig blies der Gletscherwind von den Tauern her über die Talweite. Den Schneiderhannes fror es bis ins Mark seiner alten Knochen hinein. Dreimal schon hatte er an des Zirnhofers Haustüre geklopft und niemand tat ihm auf. Dass die Tür überhaupt gesperrt war! Beim Zirnhofer wussten sie doch, dass er heute bei ihnen nächtigen würde.

Endlich trat er von der Haustüre weg ans Stubenfenster. Das war hell erleuchtet. Drinnen saß der Zirnhofer und sein junges Weib und zwischen ihnen ein putziges Büblein. Eine gehäufte Schüssel stand vor ihnen; eben hatten sie ihr Tischgebet verrichtet und sich gesetzt. Ja, die hatten's freilich gut, die drei da drinnen; die hatten ihr tägliches Brot und brauchten keinem Menschen Vergeltsgott zu sagen. Und sie wussten, wohin sie gehörten!

Mit der Faust schlug der Hannes jetzt ans Fenster, dass die Scheiben klirrten. Mit leichtem Aufschrei wandte sich die Bäuerin um, dann bedächtiger auch der Bauer. Gleich nachher ging die Haustüre auf.

»Ah, Hannes, *du* bist's? Hast mich ganz derschreckt!«, sagte die Bäuerin.

»Ah, Hannes, *du* bist's? Hab gemeint, du willst mir das Fenster einschlagen«, sagte der Bauer.

Mürrisch setzte sich Hannes auf die Ofenbank und streckte seine erstarrten Glieder. »Hab mich wohl wehren müssen!«, knurrte er. »Mir scheint, Zirnhofer, du hast's sauber vergessen, dass es mich heut' bei euch trifft.«

»Könnt' schon sein, dass ich's vergessen hab«, antwortete der Zirnhofer leichthin. Dann setzte er sich wieder, nahm das Kind aufs Knie und griff nach seinem beinernen Esslöffel. Den bohrte er tief hinein in das fettglänzende Bachmus und führte ihn, hochgehäuft, dem Kleinen zum Munde.

Ei, wie das mundete, wie sich die dicken Händchen nach der Schüssel streckten, wie das Mündchen sich beim Nahen des großen Löffels weit aufspreizte gleich dem Schnabel eines Nestvögeleins! Und wie der junge Vater lachte und das Kind an sich drückte und es herzte!

»Geh, geh, Jörg, tust den Buben verg'wöhnen!«, schalt die Bäuerin. Doch während sie schalt, betrachtete sie Mann und Kind mit strahlenden Blicken. Er war doch ein herzensguter Mensch, ihr Jörg. Keinen bessern gab es weit und breit!

Aber ein anderer noch sah dem Jörg zu und mit anderen Augen.

Der Schneiderhannes hatte seine Siebzig auf dem Rücken, war also wohl über das Alter hinaus, wo man sich herzen und hegen lässt. Doch beim Anblicke des blonden Kinderköpfchens, das so selig an des Vaters breiter Brust ruhte, zog der Mann auf der Ofenbank drüben die Brauen finster zusammen und seltsame Schatten flogen über sein verwittertes Gesicht.

Der Hannes war ja auch einmal ein Kind gewesen, aber kein Kind wie das Zirnhoferbüblein; keines, auf das eine Mutter stolz ist und das ein froher Vater in die Arme schließt. Seine Mutter war eines armen Flickschneiders unglückliche Tochter; darum nannte man sie die Schneiderliese und ihren Buben den Schneiderhannes. Die Liese war eine Hausiererin geworden. Mit Barchent- und Halbwollstoffen schlechter Art zog sie im Lande umher, und als der Bube heranwuchs, musste er ihr als Gehilfe dienen. Nach dem Tode der Mutter gab Hannes das Hausieren auf, aber lange genug hatte er es betrieben, um Arbeitslust und Beständigkeit darüber einzubüßen. Bald diente er bei einem Bauer, bald bei einem Fuhrmann, bald bei einem Wirte, bald auch ließ er jeden Dienst bleiben und strolchte im Lande umher. In seiner Heimat ließ er sich fast nie blicken. Und doch hatte er eine

Heimat, und wer es bezweifelt hätte, den hätte die politische Behörde von Bruneck eines Bessern belehrt. Sankt Georgen hieß der Ort, der sich rühmte, des Schneiderhannes Geburtsstätte und Heimat zu sein. Es ist ein stattliches Bauerndorf, friedlich und froh, zu beiden Ufern der Ahr gelagert, die hier, breit wie ein Strom, aus dem Tauferertale hervortritt. Ringsum dehnen sich weite, schöne Flächen und grünen Wiesen und wogen Ährenfelder. Und die Ställe sind voll Vieh und die Speicher voll Vorrat. Ach ja, eine schöne Heimat ist es, dieses Sankt Georgen, schön und reich, wie es nicht viele Orte gibt im bergischen Tirolerlande.

Aber was half das dem Hannes? Er hatte nicht viele Verwandte im Dorfe und die wenigen schämten sich, ihn Vetter zu nennen. Und so hatte es ihn immer wieder in die Fremde hinausgetrieben. War er aber da und dort in die Heimat zurückgekehrt – nicht selten war es per »Schub« geschehen –, dann hatte er immer viel Mühe gehabt, Arbeit und Obdach zu finden. Und wer ihn als Taglöhner gedungen hatte – etwa weil das Mahd drängte oder weil ein Knecht erkrankt war –, der wurde flugs gehänselt und aufgezogen. »Hast wirklich keinen Bessern gefunden als grad den Schneiderhannes?« Und so war dem Hannes die Heimat immer mehr verleidet worden.

Doch als er alt geworden war, da half es nichts; er musste heimkommen und daheim bleiben, sich selber und seinen Ortsgenossen zum Trotze. Darauf erhielt der Hannes vom Gemeindevorsteher einen Bogen mit den Namen aller Hofbesitzer von Georgen, und bei jedem Namen stand eine Ziffer. Und diese Ziffer bedeutete die Zahl der Tage, während denen der genannte Hofbauer den Schneiderhannes beherbergen und beköstigen musste. Und so wanderte der Schneiderhannes als lebende Gemeindeauflage von Haus zu Haus und wohin er kam, versperrte der Hausvater sein Geld und die Hausmutter ihren Speiseschrank, und Knechte und Dirnen ihre Truhen. Und dass der Hannes nicht gerade das Beste bekam, noch die fettesten Brocken, das war wohl selbstverständlich. Und sooft sich eine Haustüre hinter ihm schloss, sagte man: »Gott sei's gedankt!«

Die Zirnhoferleute hatten fertig gegessen; die Bäuerin brachte dem unwillkommenen Gaste, was übrig war. Ohne Dank nahm er die freudlos gespendete Gabe. Dann stocherte er lange mit dem Löffel in der Schüssel herum und sah dabei unverwandt hinüber zum Bauer, der sein Bübel »Hottareita« machen ließ.

»Hast heut' wohl etwas zufleiß früher gesperrt, he, Jörg?«, sagte er plötzlich.

»Zufleiß? Warum denn?«, fragte der Bauer leichthin, ohne den Alten anzuschauen. Und die Bäuerin sagte, sie hätten zur gewöhnlichen Stunde gesperrt, keinen Augenblick früher.

»Nein, nein, hinaussperren habt's mich wollen«, widersprach der Hannes. Dann lachte er hämisch. »Aber das nutzt euch nichts, haben müsst's mich doch. Drei Tag' müsst's mich jetzt haben, sonst tät' euch die Gemeinde schon helfen.«

Der Bauer wurde ärgerlich. »Heb's Maul, Schelm!«, fuhr er den Alten an.

Auf das Scheltwort hin, stellte Hannes die Schüssel auf die Ofenbank, stemmte die Hände auf die Knie und schaute mit funkelnden Augen zum Zirnhofer hinüber.

»Wie sagst, Jörg? Einen Schelm schimpfst mich? Weil du Geld und Zeug hast, gelt, und weil ich ein armer Teufel bin und essen muss, was dir in der Schüssel blieben ist! Bist wohl *du* der Schelm, wenn du mich hinaussperrst, wo du mich doch haben musst, und wenn du mich erst noch anlügst.«

Der Zirnhofer fuhr auf. Er ließ sein Kind zu Boden gleiten, sprang von seinem Sitze und machte einige Schritte nach dem Hannes hin. Vielleicht hätte er dem kecken Gaste einen mehr als mündlichen Verweis gegeben, aber schon watschelte das Büblein hinter ihm her und schlang die Ärmchen um seine Knie; und nun war sein Zorn verraucht. Ja, es reute ihn fast ein wenig, den Alten gescholten zu haben. Schelm ist doch ein gar böses Wort!

»Geh schlafen, Hannes«, sagte er in gelassenem Tone. »Hast heut wohl über den Durst getrunken?«

Hannes widersprach nicht, obwohl er den ganzen Tag weder Wein noch Schnaps gekostet hatte. Er schien sich beruhigt zu haben, denn er aß seine Schüssel aus, ohne ein Wort zu verlieren. Dann suchte er seine Schlafstätte auf, die man ihm stets in einem Kämmerlein neben dem Stalle anwies.

Bald war alles still und dunkel am Zirnhofe, still und dunkel im Dorfe. Von Bruneck herüber blitzten noch einzelne Lichter, dann erloschen auch die, und eine sternenlose Novembernacht breitete sich über das weite Tal. Der Wind hatte sich gelegt; niemand führte das Wort als die Rienz und die Ahr, die unter endlosem Rauschen ihre Gewässer vermengen.

Mitternacht war vorüber, da schlug am Pfarrturm von Bruneck die Glocke an, ein-, zwei-, dreimal in dumpf unheimlichem Tone. Der Feuerruf erscholl; auf den Straßen des Städtchens wurde es lebendig, die Spritzen rasselten über das Pflaster. Erschrockene Gesichter, halb schlaftrunkene noch, erschienen an den Fenstern. »Wo brennt's?«, klang von allen Seiten die bange Frage. »Nicht in Bruneck!«, klang es beruhigend zurück. Richtig, gegen Taufers zu stieg roter Schein. »In Georgen muss es sein!«, dachten die Städter, und die meisten legten sich wieder zur Ruhe.

Ja, in Georgen war es! Beim Zirnhofer brannte die Scheune lichterloh und bis zum Wohnhaus hinüber leckten die Flammen. Aber der Zirnhofer war nicht einer, der den Kopf verlor. Als die Feuerwehr von Bruneck herbeirasselte, fand sie den Bauer und seine Nachbarn schon in rüstiger Tätigkeit. Im hölzernen Brunnentroge lagen wollene Kotzen übereinander, die man, sobald sie genügend durchtränkt waren, auf den brennenden Heustock warf. Bis zur Ahr hinab hatte sich eine Kette von Hilfsbereiten geformt: Von Hand zu Hand flogen die Wassereimer. Das Vieh hatte man an einem Nachbarhofe geborgen; die Bäuerin und die Mägde waren an der Arbeit, den Hausrat zu retten.

Etwas abseits von der Brandstätte saß der Schneiderhannes auf einem Hackstocke; das Zirnhoferbüblein hielt er in den Armen. Eine Decke war um das Kind geschlungen, aus der ein nacktes Füßchen vorguckte; der blonde Kopf aber lag an der Schulter des Hannes, wie er wenige Stunden vorher an des Vaters Schulter geruht hatte. Der Kleine war nur halb erwacht, als er aus dem brennenden Hause gerissen wurde und nun schlief er ruhig weiter, als liege er in seinem Bettchen. Hannes hielt sich ganz still, um ihn nicht zu wecken.

Der Hauptmann der Brunecker Feuerwehr war in seinem Zivilberufe Barbier; daher kannte er alle Leute in und um Bruneck und ihre Sitten und Gebräuche. Als er den Schneiderhannes erspähte, kam er flugs auf ihn zu und ließ ihn rau an: »Hast wohl *du* am Ende den Stadel angeschürt, du Stritzi!«

Hannes sah groß zu ihm auf und sagte nicht ja und nicht nein. Aber gleich übernahm der Zirnhofer selber seine Verteidigung. »Lassen Sie den Hannes in Frieden, Herr Balbierer. Ohne *den* wären wir alle zusammen hin gewesen. *Der* hat's zuerst gemerkt, der hat Lärm geschlagen.«

»Und 's Kind hat er aus dem Bettstattl gerissen und aus dem Haus getragen«, fügte gerührt die Bäuerin hinzu.

Der Feuerwehrhauptmann war beschämt. Er wolle niemand beschuldigen, versicherte er, aber das sei einmal sicher, das Feuer sei gelegt und er müsse bei Gericht die pflichtgemäße Anzeige erstatten.

Damit ging er wieder zu seinen Leuten zurück. Der Zirnhofer und sein Weib aber, die wohl meinen mochten, die Beschuldigung habe dem Hannes sonderlich wehe getan, blieben bei dem Alten stehen und sagten ihm ein Vergeltsgott nach dem andern, dass er Alarm geschlagen habe und dass er sich so um das Kind bemühe.

Während sie auf ihn einredeten, riss Hannes mehrmals den Mund auf, als wollte er sprechen. Es war wohl zum ersten Male in seinem Leben, dass er ein Vergeltsgott hörte. Das mochte ihm wunderlich scheinen.

Endlich fragte er dumpf: »Jörg, bist du versichert?«

»Ein bissel schon – viel grad nicht«, antwortete der Bauer. »In Gottes Namen! Jetzt muss ich halt schauen, dass ich ein Heu zu kaufen krieg'. Und das Vieh muss ich über den Winter halt in fremden Ställen lassen. Und den Stadel werd' ich mir wohl im Langes wieder aufbauen.«

Die Bäuerin aber meinte, man müsse noch Gott danken dass alles so glimpflich abgegangen und niemand bei dem Brande verunglückt sei.

Als der Spätherbstmorgen hinter den Zacken der Pragser Dolomiten aufstieg, war es endlich gelungen, des Feuers Herr zu werden. Keine Flammen schlugen mehr aus der Scheune auf; die Bäuerin, ihr Kind am Arme, kehrte in das gerettete Wohnhaus zurück. Nur der Bauer mit einigen Feuerwehrleuten hielt noch bei der rauchenden Brandstätte Wache, während die Nachbarn, die gleich die erste Hilfe geleistet hatten, sich jetzt allmählich zerstreuten.

Auch der Schneiderhannes schlich weg ohne Grüßgott und Bhütgott und wandte sich der nahen Stadt zu ...

Als der Strafrichter am Bezirksgerichte von Bruneck diesen Morgen auf seine Kanzlei kam, fand er den Hannes an seiner Türe warten. »Ein guter Bekannter«, dachte er. Denn Hannes war schon mehr als einmal wegen kleiner Diebstähle abgestraft worden.

»Was willst denn *du* heute bei mir, Hannes?«, fragte er. »Hast etwa gar eine Erbschaft gemacht?«

Hannes schüttelte den Kopf. »Wegen dem Brand will ich aussagen.«

»So, so?« Der Richter nahm eine ernste Miene an, schloss die Kanzleitüre auf und hieß den Alten eintreten. Er wusste bereits, dass es sich um Brandstiftung handle; auf der Polizei hatte der Feuerwehrhauptmann die Anzeige erstattet.

»Schön, Hannes, also sag' nur ordentlich aus. Ganz wahrheitsgetreu, verstanden! Weißt, da kommt's zum Schwören; die Sache kommt vor das Bozner Geschworenengericht. Also heut' Nacht, gelt? Beim Zirnhofer in Georgen? Der Feuerwehrhauptmann zweifelte gar nicht, dass der Brand gelegt worden sei. Hast du etwas dergleichen bemerkt, Hannes? Hast du einen Verdacht, wer es getan haben könnte?«

»Ich hab's getan«, erwiderte Hannes kurz und trocken.

»*Du?*« Der Richter sah ihn groß an. Dann fiel ihm etwas ein. »Ja so, du wirst wahrscheinlich im Heu gelegen sein, wirst geraucht haben, und ...«

Hannes unterbrach ihn. »Ich hab nicht geraucht, ich bin nicht am Heu gelegen. In einer Kammer neben dem Stall lassen sie mich beim Zirnhofer immer über Nacht schlafen. Da bin ich heut' die Nacht eigens aufgestanden und bin aufs Heu gegangen und hab's angeschürt.«

»Geh, geh, Hannes! ...« Der Richter schüttelte den Kopf. Diese Selbstanklage schien ihm so sonderbar, so unvermittelt, dass er es nicht über sich brachte, daran zu glauben. Als Hannes aber stramm und stumm vor ihm stand und nichts weiter sagte, fragte der Richter leichthin: »Was ist denn dir eigentlich eingefallen, Mensch?«

Hannes zuckte die Achseln. Er rang nach Worten. Endlich sagte er: »Wissen Sie, Herr Adjunkt, ich bin halt ein armer, verlassener Teufel und weiß nicht, wohin ich gehör.«

»Ja, deswegen brauchst du aber doch kein Haus anzuschüren!«, rief der Richter, dem die Logik des Schneiderhannes nicht recht einleuchten wollte.

»Sie mögen schon recht haben, Herr Adjunkt«, erwiderte Hannes und zuckte wieder mit den Achseln. »Aber wissen Sie, die Nacht ist man halt nicht wie beim Tag. Zu Zeiten frisst mich die Gall' und lasst mich nicht einschlafen. Und dann kommen mir die kuriosen Einfäll'.«

»Was denn für Einfälle, Hannes?«

»Ja ich denk' mir halt, die einen Leut' haben Haus und Hof und wissen, wohin sie gehören, und unsereiner hat nie keine Huck nicht gehabt und nie kein gutes Wort nicht gehört. Und wenn ich so denk', nachher kommt mir vor, ich muss den Leuten einen Tuck antun.«

Der Richter furchte die Brauen. Die Selbstanklage des Hannes schien doch ihre Richtigkeit zu haben. »Hast du schon öfters einen Brand gelegt?«, fragte er.

»Eingefallen ist's mir wohl oft, aber getan hab ich's noch nie«, versicherte Hannes. »Grad die letzte Nacht, da hat mich ein extrawütiger Zorn gepackt und nachher hab ich's getan.«

»Hat der Zirnhofer dich schlecht behandelt?«

»Extra gern gesehen hat er mich nicht.«

»Ich kann's ihm nicht verargen.« Der Richter schmunzelte wider seinen Willen. »Aber jetzt sag mir, Hannes, wie hast du's denn gemacht?«

»Ja mein, wie man's halt macht«, sagte Hannes mit erneutem Achselzucken. Doch als er bemerkte, dass der Richter mit diesen paar Worten nicht zufrieden war, führte er sein Tun mit allen Einzelheiten aus. Er habe ein Streichholz an der Mauer gerieben, bis die bläuliche Schwefelflamme aufstieg; darauf habe er es tief ins Heu hineingesteckt und sei weggegangen. »Und wie ich beim Stadel draußen gewesen bin, ist mir auf einmal ganz anders geworden. Nachher bin ich schleunig umgekehrt und hab gemeint, es lasst sich noch alles richten. Aber indem hab ich schon den Rauch aufsteigen sehen, und wie ich das mottende Heu auseinandergeworfen hab, sind mir die lichten Flammen ins Gesicht geschossen und ich hab's nimmer erlöscht. Da bin ich ins Haus gelaufen und hab geschrien: ›Es brennt!‹, und hab's Kind flink aus dem Bettstattl gerissen, dass mindestens dem Kind nichts geschieht. Und der Zirnhofer und sein Weib haben mir noch frei gedankt und ich hab nichts fürgebracht. In aller Früh aber bin ich in die Stadt gegangen und hab bei einem Kapuziner gebeichtet.«

»Ist es dieser Pater, der dich geheißen hat, dich selber anzuklagen?«

»Nein, der Pater nicht. Der hat nur gesagt, falls ein Unschuldigs in Verdacht käm', müsst' ich mich stellen, sonst aber nicht. Und dann hat er mich gefragt, ob's einen großen Schaden gemacht hätt', und ob ich den Schaden ersetzen könnt'. Und ich hab gesagt: ›O mein, ich leb ja von der Gemeinde!‹ Und nachher hat er nichts mehr gesagt.«

»Na also, Mensch, warum hast du dich denn selber angezeigt, wenn's dir der Pater nicht aufgetragen hat?«

»Wenn ich anders den Schaden nicht ersetzen kann!«, sagte der Hannes und sah den Richter fest an.

»Hannes, aus dir wird man nicht klug«, meinte der Richter. »Was hat denn der Zirnhofer davon, wenn du ins Zuchthaus kommst?«

Auf diese Frage blieb der Hannes die Antwort schuldig. Ja freilich, der Zirnhofer hatte nichts, gar nichts, aber ihm selber war's leichter ums Herz. »Ich bin halt froh, Herr Adjunkt, dass ich Ihnen alles einbekannt hab«, sagte er kurz und trocken.

Einige Zeit nachher stand der Schneiderhannes vor den Geschworenen. Seine Sache war bald erledigt. Der Verteidiger begnügte sich mit einigen billigen Phrasen und der Staatsanwalt fand, dass ein geständiger Angeklagter nicht viele Worte verdiene. Als Hauptzeuge trat der Zirnhofer auf. Verzeihung heischend heftete sich das Auge des alten Sünders auf den Mann, dem er so schweren Schaden zugefügt hatte.

Der Zirnhofer tat, was er konnte, um dem Hannes drauszuhelfen. Er berichtete, wie Hannes ihn geweckt und sein Kind gerettet habe, und er glaubte versichern zu können, Hannes habe nicht gewusst, was er tue, als er das Streichhölzlein ins Heu gesteckt habe. »Einen festen Dampf hat er *den* Abend gehabt; ich hab's ihm gleich angemerkt.«

Hannes schwieg. Er wusste nur zu gut, dass es mit dem »Dampf« nichts gewesen sei. Aber es tat ihm doch wohl, dass der Geschädigte ihn zu entschuldigen suchte.

Als der Vorsitzende des Gerichtshofes die übliche Frage stellte: »Angeklagter, haben Sie noch etwas zu sagen?«, da erwiderte Hannes mit klarer, lauter Stimme: »Halt, dass es mich reuen tut!«

Wegen all der mildernden Umstände wurde er nur zu fünf Jahren verurteilt. Doch ehe er die Strafe verbüßt hatte, starb er, und sein Tod war friedlicher als es sein Leben gewesen war. Von allen Sträflingen der Anstalt war er immer der gutmütigste und ruhigste gewesen. Er pflegte zu sagen: »Ich hab ja draußen nichts zu versäumen!« Und zuweilen sagte er auch: »Jetzt weiß ich endlich, wohin ich gehör'!«

# Ein Halbliter Milch

»Heut' kann ich Ihnen keine Milch geben, Frau! Heut' mögen Sie nur wieder gehn!«

Ohne von ihrer Arbeit aufzublicken, hatte es die Ameserin gesagt. Eifrig zupften die flinken Finger an den Bohnenschoten, die sie von den Stauden riss und in ihrer Schürze sammelte. Sie hatte jetzt einmal nicht Zeit, sich um die kleine, blasse Stadtfrau zu bemühen, die mit ihrem blauen Milchkännchen vor ihr stand.

Nein, sie hatte keine Zeit! Die Ameserin führte nicht umsonst ihren Hofnamen: Eine richtige Ameise war sie. Freilich, wenn man sie gefragt hätte, für wen sie sich plage und abmühe Tag für Tag? Nun, sie hätte wahrscheinlich erwidert, eine brave Bäuerin müsse auf Grund und Boden schauen, weiter nichts.

Zuweilen stieg ihr doch selber die schmerzliche Frage auf: Für wen? Für wen? Und dann fiel es ihr schwer aufs Herz, dass sie kein Kind hatte.

Sie hatte wohl eines gehabt, ein süßes blondes. Aber das war ein Engel geworden, und darüber waren nun volle vier Jahre vergangen. Wenn der Hansel noch lebte, wäre er jetzt schon das größte Büblein mit Höslein. Aber so mochte sich die Ameserin den Kleinen gar nicht vorstellen; immer sah sie ihn vor sich, wie sie ihn zuletzt gesehen hatte, als ein reizendes Püppchen mit einem Blumenkranz in den blonden Löcklein und einem Kreuze in den wachsbleichen Fingerchen. Und als man dies liebliche Geschöpf in den kleinen Sarg legte, war ihr zumute gewesen, als werde ihr Herz mit ihm begraben.

Ein paar Tage lang war sie ganz traurig gewesen; doch als sie am Sonntag nachher den Gottesdienst besuchte, war ihr plötzlich Trost gekommen. Da glitt ihr Blick wie von ungefähr über die Muttergottes hin, die man bei den Prozessionen umtrug und sieh, das Kindlein in ihren Armen war ja das richtige Konterfei ihres Hansel! Früher hatte sie das nie so bemerkt, von jener Zeit an aber betrat sie ihre Pfarrkirche nie mehr, ohne gleich einen seligen Liebesblick auf das Jesulein zu werfen. Und leise, ganz leise flehte sie es an, es möge ihr doch einen Ersatz senden für den heimgegangenen Engel.

Dann aber riss ihr der böse Krieg den Gatten von der Seite und kurze Zeit nachher war er in russischer Gefangenschaft. Es war eine schwere Prüfung für das junge Weib, aber sie hielt tapfer aus. Kein Hauch trübte den reinen Spiegel ihrer Frauenehre, keine böse Zunge durfte sich an sie wagen. Sie hatte dem scheidenden Manne versprochen, Haus und Hof in Ordnung zu halten, und sie tat es auch. Freilich musste sie früh und spät tüchtig schanzen. Es ist nichts Kleines, ein Anwesen zu bewirtschaften, noch dazu in der Nähe der Stadt, wenn Knechte und Mägde Firlefanz und Unterhaltung im Kopfe haben. Und nun erst im Kriege, wo die tüchtigsten an die Front mussten, und nur die Schwachen und Alten daheim blieben! Und dabei keine Hilfe von außen, nur täglich neue Schwierigkeiten, die sich ins Riesenhafte türmten! Kartoffel, Gerste, Weizen musste billig abgeliefert werden: Da fragte man nicht, wie viel der Bauer für den eigenen Haushalt brauche. Und was man so zu Friedenspreisen zwangsweise verkauft hatte, musste man später zu Kriegs- und Wucherpreisen zurückkaufen und bekam obendrein noch schlechte Ware. Der Franz aber, der alte Knecht am Ameserhofe, der sonntags fleißig seine Zeitung las, wusste zu erzählen, wie in den Blättern aus Leibeskräften über die Bauern losgezogen werde, als trügen sie, ja sie allein die Schuld an all dem Hunger in den Städten.

Eines Tages traf es sich, dass die Stallmagd krank war. Da machte die Ameserin nicht viel Umstände und zog selber mit ihrem Milchwägelchen in die Stadt. Dort hatte der Ameserhof noch einige Kunden von der Friedenszeit her, die man auch jetzt, trotz der harten Ablieferung, nicht im Stiche lassen wollte. Dabei hielt man sich ängstlich an die Höchstpreise. Es schaute freilich nichts heraus bei solchem Verkaufe, aber die Ameserin wollte durchaus mit den Behörden nichts zu schaffen haben. Mit Schrecken dachte sie an ihren Nachbar, den alten Gatterlebauer, der ein so braver, ehrenfester Mann war, und doch hatte man ihn ins Loch gesteckt, weil er einmal die Kartoffeln um zwölf statt um neun Heller verkauft hatte. »Nein«, dachte die Ameser Gedel, »so etwas soll mir nicht geschehen!« Aber während sie mit ihrem Wägelchen durch die breiten Straßen fuhr, war es ihr herb und bitter zumute, nicht gerade wegen der Heller und Kronen, sondern weil die Herren in der Stadt, die gemächlich in den warmen Schreibstuben saßen, so gar kein Herz hatten für das arme Bauernvolk.

Als die Ameserin ihre Milch verkauft hatte und ihr leeres Wägelchen vor sich herschiebend, den Heimweg antrat, kreuzten zwei junge, fesche Herren die Straße. Kerngesund und wohlgenährt sahen sie aus und jeder hielt vergnügt seinen Glimmstängel im Munde. Die zählten wohl zu den vielen Herz- und Nervenleidenden, die ja in hellen Haufen in den Militärkanzleien saßen!

Hart an der Bäuerin vorbei schritten die beiden und flugs warf der eine dem jungen Weibe ein hässliches Wort vor den Kopf.

Glühend vor verhaltenem Zorn schob Gedel den Wagen eilends vorwärts, um den Spöttern zu entkommen; sie aber lachten hinter ihr her. Es war ein wüstes, böses Lachen. »Na, schöne Frau, sind Sie wohl recht satt?«, rief der eine. Und der andere: »Na, Milchbäuerin, hat man tüchtig gewuchert?«

Diese Worte, dieses Lachen brachte Gedel nicht mehr aus dem Sinne. Seit jenem Tage hasste sie die Städter. Was sie zwangsweise abliefern musste, das lieferte sie pünktlich ab, sonst aber nichts mehr. Der Milchwagen vom Ameserhofe war zum letzten Male in der Stadt gewesen. Kamen dann Städter hinaus zu ihr, Herren mit Ringen an den Fingern oder Damen mit Tüllhälsen, oder gar Fräuleins im Dirndlkostüm, dann wies sie ihnen rau die Tür; das bisschen Zeug brauche sie schon selber, und man ziehe dem Bauer ja ohnehin das Fell über die Ohren. Später aber kam eine Zeit, wo sich die ungebetenen Besucher nicht mehr abweisen ließen: »Wir fragen nicht, was es kostet«, hieß es. Dann endlich gab die Ameserin nach, aber sie machte die Leute zahlen, dass ihnen die Rippen krachten. Die Städter hatten sie auf offener Straße als Wucherin verhöhnt, gut, sie sollten's haben! Und nach und nach gewöhnte sie sich an solche Geschäfte und fand es ganz schön, wenn man für das Kilo Butter fünfzig Kronen erhielt und zwei Kronen für ein Ei; denn was man bei der Zwangsablieferung verlor, brachte man auf solche Weise wieder herein. Warum auch sollten sie nicht zahlen, die Stadtler, die faulen Prasser?

Faul und prasserisch sah sie nun freilich nicht aus, die kleine Frau, die Gedel eben abgewiesen hatte. Eines kleinen städtischen Beamtens Frau war sie, mit einem vollen Dutzend Kinder gesegnet. Das älteste studierte, um Lehrer zu werden, das jüngste war erst ein Jahr alt. O, wie müde und abgehetzt war sie doch, die arme Mutter! Wie viel gab es zu waschen und zu flicken, zu laufen und zu warten, bis das Notwendigste für eine so große Familie beisammen war! Und dann noch dreimal die Woche der weite Weg auf den Ameserhof hinaus, wo man für Geld und gute Worte einen Halbliter Magermilch erhielt! Aber was tut man nicht für ein liebes Kleines.

Nicht zum ersten Male war es der blassen Frau geschehen, dass man ihr ein raues Nein sagte. Am Ameserhofe konnte man sich's wohl nicht denken, was Hunger sei. Und nun gar ein Kindlein, ein eigenes, darben und hinwelken sehen wie ein verschmachtendes Blümlein am Wegrande! Aber freilich, die stolze, schmucke Ameserin hatte keine Kinder, die wusste nicht, was es Liebes sei um solch ein Geschöpfchen!

So dachte die Stadtfrau. Sie ahnte nicht, dass die Ameserin heimlich um einen toten Liebling weinte; sonst hätte sie um dieses Engels willen gebeten und es wäre sicher keine Fehlbitte gewesen. Nun aber fragte sie ganz verschüchtert, als bitte sie um ein Almosen: »Wann darf ich denn wiederkommen, Bäuerin?«

Die Ameserin besann sich. Dabei zupfte sie emsig an ihren Bohnen weiter. »Warten Sie … morgen etwa? … Ja, was ist denn morgen? Sonntag? Also gut, kommen sie halt morgen in der Früh. Sagen wir um acht Uhr; da bin ich jedenfalls vom Kirchen zurück. Dann richte ich Ihnen einen Halbliter Milch. Aber halt nur Magermilch, verstehen Sie?« Ein herber Zug legte sich um ihren Mund. »Ich muss ja amerst so viel in die Stadt abliefern.«

»O, ich bin schon mit der Magermilch auch zufrieden«, versicherte das Stadtfrauchen demütig. »Ich geb halt ein bisserl Zucker dazu, nachdem schmeckt's dem Mauserl schon!«

»Tun Sie von mir aus, was Sie wollen«, sagte Gedel trocken. Ob es dem »Mauserl« schmecke oder nicht, war ihr einerlei.


»Bäuerin, tiat nit derschrecken!« Mit dieser Mahnung war Franz, rascher als man es von seinen sechzig Jahren erwarten konnte, in die Stube getreten.

Aber Gedel befolgte die Mahnung nicht; sie fuhr ordentlich zusammen und presste sich die Hand aufs Herz.

»Der Bauer ist kemmen!« Das war das Nächste, was der alte Knecht halb schluchzend, halb lachend hervorstieß. Er war von seinen jungen

Jahren an am Ameserhofe gewesen und hatte für den Ameserbauer schier väterliche Gefühle.

Gedel meinte nun wirklich, der Puls müsse ihr stillestehen. Doch sie hatte ein gesundes Herz und starke Nerven, und so ging die erste Wallung überwältigender Freude rasch vorüber. »Wo? Wo ist er?«, rief sie und wollte hinaus, doch ihre Knie zitterten. Was Franz noch vorbrachte, hörte sie kaum, fasste es kaum. Er sei eben in der Holzlege gewesen, als plötzlich der Heimkehrer vor ihm stand wie ein Geist. Warum Franz so überrascht sei, fragte er; er habe doch zweimal geschrieben, um seine Ankunft zu melden, einmal von der russischen Grenze aus, einmal aus Wien; er begreife nicht, dass man nichts erhalten habe. Nun scheue er sich, *so* vor sein Weib zu treten. »Es könnt' ihr schlecht werden«, fürchtete er. Und so war denn Franz ausgesandt worden, um der Bäuerin die frohe Nachricht zu bringen. Weiß Gott, das hatte er gerne getan!

Und nun, – es war kein Traum! – er stand auf der Schwelle! Er trat auf sie zu, sie lag in seinen Armen!

War doch *das* ein Wiedersehen! Die beiden konnten sich vor Freude kaum fassen, sie fanden kaum Worte. Umso gesprächiger war Franz, der nicht müde wurde, dem Bauer seine Bäuerin zu loben. Die sei nicht wie so viele andere, die sich über die Abwesenheit des Mannes freuten und vor seiner Heimkehr zitterten. Der Bauer könne Gott nicht genug danken für ein solches Weib, das an nichts denke als Grund und Boden zu bewirtschaften und im Hause Ordnung zu halten. Und dem Heimkehrer klangen diese Reden wie Musik; er war stolz auf sein Weib. Sie war nicht gealtert in so langer Zeit, nein, fast schöner noch und blühender war sie geworden: Er konnte sich gar nicht sattsehen an ihr.

Am folgenden Morgen, als die Glocken zum Gottesdienste riefen, rüstete sich auch das glückliche Paar vom Ameserhofe zum Kirchgange. Gedel hatte ihr Schönstes angezogen und sah gar schmuck aus. Den goldgestickten Inntaler Hut trug sie auf den aschblonden Flechten, eine Korallenschnur um den gebräunten Hals, eine Schürze aus blassgelber Seide über dem dunklen Tuchrocke. O wie schön, wie beglückend war dieser erste gemeinsame Kirchgang nach so langer Trennung! Viel Jammer gibt es freilich auf Erden, aber dann kommen doch auch Augenblicke, wo das Menschenherz schier zerspringen möchte vor Wonne.

»Bäuerin, komm' ich wohl nicht zu spät?«, murmelte mit einem Male ein atemloses Stimmchen. Und vor dem glücklichen Paare stand das kleine, blasse Stadtfrauchen mit dem blauen Milchkübelchen.

Gedel zuckte zusammen. O freilich, das Frauchen und das »Mauserl« und den Halbliter Magermilch, alles hatte sie vergessen in diesen ersten berauschenden Stunden der Freude! Wer konnte ihr das verargen? Das Frauchen hätte es ihr sicher nicht verargt: Gedel hätte ihr nur alles sagen müssen, hätte nur die paar Schritte umkehren müssen und ihr Kübelchen füllen. Aber sie hatte sonst in ihrem Haushalte nie etwas vergessen, auch das Geringste nicht, und sie mochte ihre Vergesslichkeit niemand eingestehen, weder dieser Fremden noch ihrem Manne und am wenigsten sich selber. Heiß stieg ihr der Ärger zu Kopfe und färbte ihre Wangen.

»Ich hab keine Milch! Warum kommen Sie denn alleweil her, mich sekkieren?«, fuhr sie das Frauchen an. Und als die ihr schüchtern antworten wollte, schrie sie ihr noch etwas zu von »faulem Stadtvolk« und von »müden Hacken« und schoss an ihr vorbei, dass die langen schwarzen Seidenbänder ihres Hutes im Winde flogen.

Der Mann musste sich nur eilen, ihr zu folgen. Er begriff nicht, was plötzlich über sie gekommen sei, verstand auch nicht, was sie ihm entrüstet klagte, sie habe all die Zeit so viel von dem Stadtgesindel zu leiden gehabt, sie wolle kein Stadtgesicht mehr sehen. »Hast schon recht, Gedel«, suchte er sie zu besänftigen und bat sie, sich doch nicht zu erzürnen. Und als sie hoch und teuer versicherte, sie sei nicht im Mindesten zornig, wiederholte er freundlich: »Hast schon recht, Weibele!« Er hätte ihr heute in allem recht geben mögen, so froh war er, sie wiederzuhaben.

Nun kamen sie zur Kirche. Weit offen stand die Türe; vom Hochaltare grüßten schon die brennenden Kerzen. Und als das Ameserpaar nun eintrat, gab's ein Schauen, ein Staunen, ein Flüstern. War der Ameser doch der erste im Dorfe, der aus der russischen Gefangenschaft heimkam. Wie etwas Wunderbares starrten die Leute ihn an, und manchem armen Mütterlein wurden die Augen nass, weil der *eine*, um den *sie* bangte, den Heimweg noch nicht gefunden hatte. Doch war niemand in der Kirche, der dem Ameser und seinem Weibe die Freude nicht gönnte. Und das mochten die beiden auch fühlen, denn erhobenen Hauptes wie Leute, die zur Hochzeit gehen, schritten sie durch den Mittelgang der Kirche auf ihren Platz.

Doch wer in diesem Augenblicke dem jungen Weibe ins Herz geguckt hätte, der hätte tief drinnen etwas Unruhiges, Unzufriedenes gefunden wie einen kleinen, dunklen Flecken. Vor wenigen Augenblicken war das noch nicht gewesen, und was es sei, das hätte sie selber kaum sagen können. War doch alles um sie her so licht und schön, dass es schöner gar nicht mehr sein konnte. Ihr Hoffen erfüllt, ihre Sorge dahin, ihr Liebster heimgekehrt, froh und gesund, während Tausende von Frauen um verschollene Gatten und Söhne bangten. Und ihr Heimkehrer lobte und liebte sie und sie konnte ihm frei und offen ins Gesicht schauen und hatte nichts, worüber sie erröten musste. Gab es denn auf der weiten Gotteswelt ein Weib, das so gesegnet war wie sie?

So redete sie mit sich selbst. Aber sie hatte gut reden: Der dunkle Flecken in ihrem Inneren wurde immer größer, immer breiter. Nun kniete sie in dem Kirchenstuhle, der seit Geschlechtern dem Ameserhofe gehörte; sie stemmte beide Arme fest auf die Bank und ihr Blick wanderte wie immer hinüber zum Jesulein, das auf dem Arme der Prozessionsmuttergottes saß. Ach, dem Jesulein, das ihrem Hänsele glich! Oder wie? War es nicht eher das Hänsele, das dem Jesulein ähnlich sah? Denn jedes Neugetaufte ist ein Abbild des Kindes von Bethlehem, und jedes Kind, das im Schmuck des Taufkleides gen Himmel fliegt, wird Jesuleins Spielgenosse. Und so war es wohl kein Frevel, wenn die Ameserin in ihrer wehmutsvollen Mutterliebe ihr eigen Kind an Jesuleins Stelle im Arme der Himmelskönigin sah. Nun aber, während sie des verklärten Lieblings dachte, stieg wider Willen ein blasses, schmächtiges Kindergesichtchen vor ihr auf, ein Gesichtchen, das sie nie gesehen und dessen Anblick sie nun doch nicht los wurde: Das »Mauserl« war's, das auf einen Halbliter Milch wartete. Ach, es wartete vergebens! Schon hatte sich die abgehärmte Mutter auf den Heimweg gemacht, schon schritt sie über die staubige Heerstraße der Stadt zu, die leere Milchkanne in der Hand. Den ganzen Vormittag hatte sie darangegeben, ein paar Schluck Milch für ihr Kleines zu erhaschen, und man hatte sie abgewiesen, rau und stolz, wie eine lästige, unbescheidene Bettlerin. Und das Kind im Arme der Muttergottes schien abwehrend sein rechtes Händchen gegen die Ameserin auszustrecken. »Bist du denn auch eine Mutter? Nein, nein, du hast kein Mutterherz, nein, nein!«

War es das Hänsele, das so sprach, oder war es das Jesulein? Das Jesulein mit dem segnend erhobenen Händchen? O wie oft hatte sich Gedel sehnend und hoffend vor diesem Händchen gebeugt, hatte gefleht, o so inbrünstig, der Himmel möge doch früher oder später den heißen Wunsch ihres Frauenherzens erfüllen! Heut' aber wagte sie keine Bitte mehr. War sie denn würdig, Mutter zu werden?

Sie neigte sich über ihr Gebetbuch, aber sie konnte keinen Buchstaben lesen, kein Wort aussprechen; sie weinte. Das Gloria ging vorüber mit seinem lauten Jubel und das Credo mit seinen ernsten Tönen und die große, erhabene Stille der Wandlung, und immer aufs Neue fing Gedel zu weinen an. Die Leute sahen es und meinten, es sei vor Freude; aber ach, vor Freude war es nicht. Über das »Mauserl« weinte Gedel und über das Stadtfrauchen mit dem leeren Kübel und über ihr eigenes Herz. Es war, als hätten unsichtbare Hände mit einem Male einen Schleier weggezogen und als könne sie hineinschauen in die tiefsten Falten ihrer Seele und das war es, was sie weinen machte.

Als der Gottesdienst vorüber war und als draußen auf dem Kirchplatze die Leute herbeikamen, um dem Ameserpaare Glück zu wünschen, da war es, als erwache Gedel aus einem Traume. Und nun wunderte sie sich über ihre Tränen, wunderte sich, dass sie etwas an sich selber zu tadeln gefunden habe, als habe sie nicht ganz gut und recht gehandelt. Etwas Böses in ihr raunte ihr zu, sie möge sich nicht grämen, denn die Person sei wirklich lästig gewesen, vor allem aber solle sie sich's nicht einfallen lassen, ihr nachzulaufen, als habe sie etwas gutzumachen. Doch nur für einen Augenblick hörte Gedel diese böse Stimme; dann gebot sie ihr Schweigen, und nun wurde es ruhig und hell in ihr.

Kaum war das Mittagessen vorbei, so füllte sie eine Literkanne mit schöner, fetter Vollmilch und ohne jemand ein Wort zu sagen, eilte sie der Stadt zu: Sie wusste ja ungefähr, wie das blasse Frauchen heiße und wo sie wohne. Mein Gott, wie staunte das Frauchen, als sie auf heftiges Läuten die Wohnungstüre öffnete und die stattliche Bäuerin vor ihr stand mit freundlichem Gesichte und holder Gabe!

»Seh!«, sagte Gedel kurz. Und im Nu war sie wieder weg. Von Bezahlung keine Rede!

Eine Entschuldigung für ihr schlimmes Benehmen am Morgen hatte die Ameserin nicht vorgebracht, aber was sie eben getan hatte, war wohl nichts anderes. Frohgemut ging von nun an das Frauchen wieder hinaus auf den Ameserhof und nie mehr umsonst; immer erhielt sie dort gute Milch und zu den billigsten Preisen. Oft nahm sie nun auch ihr »Mauserl« mit hinaus, ein kleines Ding mit krummen Beinchen, das aber gar lieb lächelte und ganz reizend plapperte und das Herz der Kinderlosen im Sturme erobert hatte.

»Grad ein bissel festere Wanglen sollt's haben«, meinte die Ameserin eines Tages. Und dann fragte sie plötzlich: »Sie, Frau, täten Sie mir das Poppele nit a bissel leihen?«

Das Frauchen schaute ganz verdutzt darein und wusste nicht, was antworten. Die Bäuerin aber meinte, verschenken werde man ein eigenes Kind wohl nicht, selbst wenn man ein Dutzend Kinder habe; ja von einem Dutzend heraus schenke man erst recht nichts. Aber leihen, das wäre etwas anderes; das täte dem »Mauserl« gut und für die Ameserin wäre es eine rechte Freude.

Das Frauchen fand kaum Dankworte genug. Sie wisse nicht, wie sie so viel Glück verdiene; aber froh wären sie freilich, sie und ihr Mann, das Kind für einige Zeit zu versorgen, denn es sei schwächlich und sie fürchteten immer, es nicht aufzubringen, und doch sei es ihnen das liebste von allen, weil es gar so klein und herzig sei. Wenn es ein paar Wochen am Ameserhofe bleiben dürfe, wäre ihnen freilich geholfen.

Die Ameserin widersprach. »In ein paar Wochen derzügl' ich nichts!« Und dann bat sie, und eine leichte Röte huschte über ihr hübsches Gesicht: »Lassen Sie mir's grad so lang, bis mir der Herrgott ein eigenes schickt.«

Ein Jahr ist über diesen Handel hinweggegangen. Viel Elend und Jammer ist in dieser Zeit über die gequälte Menschheit gekommen. Am Ameserhofe aber herrscht eitel Freude. Denn in dem Wieglein, das seit Hanseles Tod in der Rumpelkammer stand, weil die betrübte Mutter es nicht ohne Herzweh anschauen konnte, liegt strampelnd und schreiend ein künftiger Hofbauer. Das kleine Stadtmädchen aber, das nun frische, volle Wänglein und keine krummen Beinchen mehr hat, reckt sich froh neben der Wiege auf und guckt auf das Brüderchen, denn für ein Brüderchen hält sie das Neugeborene. Hinter der Kleinen aber steht das Stadtfrauchen, bereit, ihr Jüngstes zurückzuholen. Denn es ist ja nicht geschenkt, nur geliehen. Geliehen bis zu dem Tage, da Gottes Segen in der lieblichen Gestalt eines Kindes am Ameserhofe Einzug hielt!

# Die Fünfzigste

Es war gegen Kriegsende 1918. Ein einfach aber ordentlich gekleidetes Fräulein stieg langsam einen steilen Hang hinan, tief drinnen in einem Hochtal der Brennergegend. Da droben, hatte man ihr gesagt, hause ein wohlhabender Bauer, der vielleicht etwas Lebensmittel feil hätte. Ja, vielleicht ...! Aber was tat man damals nicht für ein Vielleicht.

Nach vielem Keuchen, Rasten und Innehalten war sie endlich am Ziele. Vor ihr stand ein Haus mit steinernem Unterbau und Wänden aus dunklem Holze. An dem hölzernen Brunnentroge, etwas abseits vom Hause, führte ein Russe das Vieh zur Tränke, und unter der Haustüre stand ein stattlicher Mann mit grauen Haaren und Bartstoppeln, der dem Russen ein paar Weisungen zurief.

Bescheiden wartete die Besucherin, bis er ausgeredet hatte; dann trat sie näher und fragte, ob er der Bauer wäre.

Er bejahte. Er mochte wohl auf den ersten Blick erraten, was die Städterin wolle. Sein scharfes Auge maß sie vom Kopf bis zu den Füßen, aber nicht ohne Wohlwollen. Er hatte wohl schon andere Städterinnen gesehen, Frauen, mit Schmuck behängen, und Fräuleins in frech ausgeschnittenen Dirndlleibchen. »Was möchtest denn?«, fragte er nach kurzem Überlegen.

Das klang ermutigend. Ob er nicht etwas Fett zu verkaufen habe, fragte die Städterin, Speck oder Butter, nur ein wenig, ein ganz klein wenig.

Bedächtig nahm der Bauer die Pfeife aus dem Munde. Aus seiner Stimme klang es wie verhaltenes Lachen. »Ja, mein gut's Mensch, du bist grad die Fünfzigste, die um Butter kommt!«

Das war freilich eine niederschmetternde Kunde für die Arme. Sie hörte nun kaum mehr, was der Mann noch hinzufügte, wie er allwöchentlich zehn Kilo Butter stellen müsse, wie seine Russen auch ein bisschen Fett essen wollten, wie die Kühe lang nicht mehr so brav seien wie in der Friedenszeit, wo man sie noch mit Kraftfutter versorgen konnte.

Dann aber dachte er ein paar Augenblicke nach und unter seinen buschigen Brauen hervor kam ein guter, ehrlicher Blick und ruhte mitleidig auf der Städterin, der wirklich Not und Hunger aus den Augen schaute. »Mit fünfzehn Deka Butter wollt' dir halt nicht geholfen sein«, meinte er zögernd.

Das gramvolle Gesicht des Fräuleins hellte sich auf. »Was, nicht geholfen, meinst du? Wo ich allwöchentlich nur zwei Deka bekomme? Bauer, ich zahl' dir was du willst.«

Er schüttelte den Kopf. »Wenn ich nicht sehen tät', dass du's brauchst, tät' ich dir gar nichts geben; aber ich seh, du brauchst's, und ich nimm nicht mehr als den Höchstpreis.« Dann führte er das Fräulein in seine Vorratskammer, die freilich nicht so wohl gespickt war, als sie wohl denken mochte, wog die fünfzehn Deka heraus, gab noch ein bisschen Mehrgewicht dazu und nahm dann schweigend die Vergeltsgott der Hungernden entgegen.

»An deinen Kindern soll's dir Gott lohnen!«, ruft sie ihm zum Abschied noch zu.

Er aber gibt fast rau zurück: »Kinder hab ich keine!«

Und drunten im Kirchdorfe erfährt sie, der Bauer sei Witwer und habe seine beiden Söhne im Krieg verloren.

Jahre vergehen. Der Krieg ist zu Ende, die grausame Blockade hat aufgehört, Lebensmittel rollen an, in den Städten bietet man auf den Märkten und in Geschäften Esswaren zum Verkaufe. Die Reichen, die Gedankenlosen beginnen zu jubeln; sie tafeln und prassen ärger als je. Andere aber denken anders. Jetzt, wo das Alltagsleben in ruhigere Bahnen einlenkt, jetzt gilt es zu heilen, was der Krieg an der Volksseele verdorben hat; es gilt, die verwilderte Jugend zu sammeln, es gilt, die vielen, die der Krieg der Kirche entfremdet hat, ihr wieder zuzuführen durch stilles, eifriges, aufopferndes Laienapostolat. Da sind es besonders die Frauen, die mutig eingreifen, darunter auch das bescheidene Fräulein, das damals als die *Fünfzigste* an Tür und Herz des reichen Bauern pochte.

Und einst geschieht es, dass ihr frommes Wirken sie wieder in jenes Hochtal führt. Und sie kann sich's nicht versagen, den Mann zu besuchen, der ihr in jener Zeit der Not so freundlich begegnet ist.

Leichteren Schrittes als damals steigt sie zu seinem Berghofe hinan. Ist das aber auch wirklich dasselbe alte, braune, düstere Haus, das sie vor Jahren gesehen hat? Aus dem Söller und an den Fenstern lachen Blumen, und aus dem schmalen ebenen Plätzchen vor dem Hause liegt Linnen auf der Bleiche, wohl das Ergebnis des Winterfleißes emsiger Frauenhände. Auf der Hausbank aber sitzt ein grauer Mann und lässt ein rotbackiges Büblein Hottareita machen. Dabei neckt er es mit einer Klapper, die er ihm bald entzieht, bald wieder hinreicht. So ganz vertieft ist er in dieses harmlose Spiel, dass er die Besucherin erst bemerkt, wie sie schon vor ihm steht.

»Grüß Gott, Bauer! Kennst mich noch?«, fragt sie.

Einen Augenblick besinnt er sich. Dann kommt ihm die Erinnerung. »Ah ja ... wart ein bissel ... mir scheint ...«

»Ist das Bübel da von dir?«, fragt sie weiter.

»Sell wohl!« Mit dem ganzen Gesichte lacht er jetzt. Bald nach dem Kriege habe er eine zweite Ehe geschlossen. Und ein braves Weib habe er, fromm und fleißig, o ja, da fehle nichts. Und auch zwei Kinderlein habe er, das Knechtlein da und drin in der Wiege auch ein Dirndlein. Helle Zufriedenheit strahlt ihm aus den Augen.

»So hat mich der Herrgott doch erhört«, meint die Städterin. »Weißt noch, Bauer? Damals hab ich gesagt, an deinen Kindern sollt' er dir deine Gütigkeit lohnen!«

Er nickt: Er erinnert sich an das Wort, das ihm damals fast weh getan hat.

»Bauer«, fährt sie fort, »ich hab seither recht oft von dir gesprochen. Ja freilich, sooft mir ein Städter über die Bauern geschimpft hat, wie wenn sie alle nur Wucherer wären, da hab ich ihm von dir erzählt, und dann ist er gleich still geworden.«

Schmunzelnd schüttelt der Bauer den Kopf. »Geh, geh, wegen dem bissel Butter ...!« Er meint wohl, es sei nicht der Mühe wert, so viel Aufhebens davon zu machen.

»Für mich war's in jener Zeit eine große Wohltat«, sagt sie. »Und du weißt ja, ich bin damals die Fünfzigste gewesen, die zu dir um Lebensmittel gekommen ist, und du bist doch nicht unwillig geworden. Nochmals, Vergeltsgott!«

Die »Fünfzigste« ist eine liebe Bekannte von mir. Als sie mir kürzlich diese kleine Episode erzählte, da dachte ich, wie freundlich sich das Verhältnis zwischen Stadt und Land gestalten würde, wenn alle Bauern so gut und ehrlich wären wie dieser Bauer aus dem Brennertale und alle Städter so bescheiden und dankbar wie die »Fünfzigste«.

## Über zwei Abgründen

»Gelt, Peter, tust mir's Haus hüten?«

In bittend wehmütigem Tone war die Frage gestellt. Ach sie wusste es nur zu gut, die Laubachermutter, dass es dem Sohne kein Opfer war, der Kirche fern zu bleiben! Aber das freilich wusste sie nicht, ob er auch die Gefälligkeit haben würde, fein ruhig daheim zu sitzen und Haus und Hof in Acht zu nehmen, während sie mit dem Gesinde zur Predigt ging.

Zum Glück schien Peter heute guter Laune. Er versprach hoch und teuer, ein getreuer Hüter des Laubacherhofes zu sein.

»Aber gewiss, gelt Peter?«, drängte die Alte nochmals. »Es dauert gar nicht so lang. Ich bleib' nicht zum Segen. Geschwind after der Predigt geh ich heim. Nachher kannst gehn, wo du willst.«

Sie seufzte. Wusste sie doch nur zu gut, wie er seine Sonntage verbrachte.

»Bleib nur beim Segen, von mir aus, Mutter«, sagte er. Dann plötzlich wachte der Schalk in ihm auf. »Aber gelt, tu gut auflosen bei der Höllenpredigt!«

Er lachte. Das Mütterlein aber versicherte unbefangen, beim vierzigstündigen Gebete werde nie von der Hölle gepredigt. Dann tauchte sie ihre braune Hand in das Weihbrunnkrügl neben der Türe und ging.

Auf der Schwelle des Hauses stand Peter, eine Zigarre im Munde, und schaute der Mutter nach. Knecht und Dirne waren vorausgegangen; sie war die letzte. Wie sie sich eilte! Sie war doch noch rüstig für ihre sechzig Jahre. Peter wartete, bis sie verschwunden war; dann lachte er laut auf, sperrte die Haustüre und steckte den Schlüssel zu sich.

Haushüten? Nein, da wusste er sich schon etwas Besseres!

Ein paar hundert Schritte weiter droben, wo die Feldung an den Bergwald grenzte, stand das Bachlechnerhöfl, das zwei ehrbaren alten Jungfrauen gehörte. Und zwischen diesen beiden, wie eine schöne brennrote Gartenblume zwischen wüstem Gedörne hauste die Weber Barbl, der Bachlechner Ursch Patenkind und Verwandte. Sie hatte ihre Heimat im Dorfe drunten, aber der besorgte Vater fürchtete, sie sei zu schön für die böse Welt und darum hatte er sie auf das Berghöfl zur Godl geschickt. Die Bärbel war ein leichtes, lustiges Ding, das lieber arbeiten als beten und lieber tanzen als arbeiten mochte. Die ging gewiss nicht in die Predigt, die würde sicher ebenso wie er zum Haushüten bestellt sein, und dann konnte er bei ihr auf einen lustigen Heimgart hoffen. Wenn aber die zwei Alten beim Nachhausekommen ihn bei dem Mädel überraschten und zeterten und keiften, das schadete nicht. »Alte Jungfern ärgern ist ein gutes Werk!«, lachte er vor sich hin, und ein fröhlich Liedlein pfeifend, schritt er den steilen Saumpfad hinan zum Bachlechnerhöfl.

Doch er hatte sich verrechnet. Die Bachlechner Ursch wusste genau, welch lustige Nachbarschaft sie am Laubacherhofe hatte; und darum war es ihr auch nicht eingefallen, ihr schönes Patenkind allein zu Hause zu lassen. Da kamen sie gerade bergab, die Alte und die Junge, Ursch mit einem entschlossenem Zuge im bärtigen Gesichte, Bärbel mürrisch und verdrossen. Ja, so verdrossen, dass man die herzige Weber-Bärbel kaum erkennen mochte.

»Wart, Mädel, ich werd' dich schon lachen machen!«, dachte Peter. Flugs stellte er sich an, nahm den Hut ab, schnitt ein blöd frömmelndes Gesicht, und als die beiden an ihm vorbeikamen, sagte er in einem wehmütigen Tone: »Bitt' schön ums Einschließen!«

Jetzt freilich wich der mürrische Zug aus dem blühenden Gesichtchen; froh blitzten die hellblauen Augen den Burschen an und schneeweiß blinkten die Zähne im lachenden Munde. Aber auch die Alte hatte den Spott gehört. »Heb's Maul, du gottvergessener Spitzbub!«, schnarrte sie und hob grimmig die knöcherne Hand. Da tat der lose Spaßmacher, als fürchte er sich vor der wehrhaften Jungfrau; er duckte sich, wich ins Gebüsch zurück, sprang dann, wie um sich in Sicherheit zu bringen, auf einen Felsblock und winkte von dort aus seinen Gruß.

Eine Enttäuschung war's nun freilich, dass Bärbel nicht daheim war. Aber halt, da fiel ihm etwas ein! »Barbele, Barbele«, rief er dem Mädchen nach »magst etwa Plateniglen?«

Rasch wandte Bärbel den blonden Kopf zurück. »Meintswegen!«, antwortete sie und lachte dabei mit dem ganzen Gesichte. Peter sah noch, wie die Alte sie beim Arme fasste und im Weitergehen scharf auf sie einredete. Und er konnte sich's schon denken, was sie sagte. Na, jetzt erst recht! Wenn die zwei ungleichen Kirchgängerinnen zurückkämen, dann wollte er hier stehen, gerade hier, und der Bärbel ein schmuckes, wohlriechendes Sträußlein reichen, der bärtigen Alten zum Trotze.

Und er wusste schon, wo die schönsten Plateniglen waren, und er hatte sie schon einmal geholt. Just vor einem Jahre war es gewesen. Da hatte er dem schwarzäugigen Leimgruber-Moidele einen Strauß davon gebracht und ihr lachend erzählt, wie er zu den launischen Blümlein gekommen war, die sich am liebsten dort einnisten, wohin des Menschen Fuß nicht klimmt und des Menschen Hand nicht reicht. Das Moidele war seither in Jammer und Schande gekommen und aus dem Tale geflohen und nun, da sie ihm aus den Augen war, scherte er sich keinen Pfifferling mehr um sie. Heuer sollte die blonde Barbel seine Blumen haben, ja, *seine* Blumen, um die kein anderer wusste und die kein anderer erreichen konnte als nur er, der schneidige Laubacher Peter! –

In tollen Sprüngen ging's hinab zum Hofe. Bald hatte Peter, was er brauchte, zwei lange, sehr starke Stricke. Erdseil nennt der Bergbauer solch einen Strick, denn er dient ihm dazu, in kleinen Karren die abgeschwemmte Erde auf seine steilen Äcker hinaufzubringen. Peter warf die Stricke über die Schulter und eilte bergab.

Unterm Laubacherhof rauschte der Bach dahin zwischen steilen Waldbergen, und etwa ein Viertelstündchen talaufwärts stieg am nördlichen Bachufer eine senkrechte Felswand empor. Zu beiden Seiten der Wand fielen steile Rasenplätze ab, von kümmerlichem Gestrüppe unterbrochen. Auf jenen Hängen hatte Peter zuweilen als kleiner Bub Geißen gehütet und sich in die graue schaurige Tiefe verschaut, die leicht so hoch war wie ein paar Kirchtürme übereinander. Und einmal im Frühsommer hatte er etwas Seltsames gesehen. Es war, als trüge die schaurige Wand einen wunderschönen Goldschmuck an der steinernen Brust. Ein Plätzchen war es, ein ganz kleines, und darauf funkelten aus dem saftigen Grün die schönsten gelben Sternlein. O, wie sich der kleine Laubacher-Peter nach diesen Sternlein sehnte! Oft hatte er heimlich versucht, hinüberzukommen, doch immer vergebens. Denn kein noch so schmales Felsband, keine Stufen, keine Griffe boten Zugang zu dem Zaubergärtlein. Aber was dem Büblein nicht geglückt war, das war dem Buben geglückt. Er hatte es freilich auch anders angestellt. Um eine knorrige Föhre, die sich vom höchsten Punkt des Felsens über den Abgrund neigte, hatte er zwei Erdseile geschlungen; dieselben, die er jetzt bei sich trug, und dann sich hinabgeschwungen zu den goldenen Blumen. Noch lachte ihm das Herz im Leibe, wenn er des lustigen Wagnisses dachte. Ganz leicht war die Sache nicht gewesen, denn gerade über dem Wundergärtlein sprang der Felsen vor wie ein schützendes Dach. Peter hatte sich wohl eine Weile am Stricke hin- und herschwingen müssen, bis er seinen Fuß auf das so seltsam verschanzte Flecklein Erde setzen konnte. Dann aber hatte er sich's auch wohl sein lassen, hatte mit der einen Hand den Strick festgehalten und mit der andern Plateniglen gepflückt nach Herzenslust.

Diesmal aber wusste er schon, wie er's zu machen hätte, diesmal war's nur ein Spaziergang auf wohlbekanntem Wege.

Auf seine Stricke konnte er sich verlassen, die konnten Zentnergewichte tragen. Auf die Föhre auch, die hatte gutes, starkes Holz.

Nun stand er am Felsen droben. Glockenklang aus der Ferne! War es die Predigt, die begann? Hoffentlich machte es der Prediger nicht zu kurz, damit Peter bei Bärbels Heimkehr richtig am Platze wäre. Noch ein Jodler aus luftiger Höhe!

»Mier lustig, mier ledig,
Mier gehn in ka Predigt,
Mier gehn in kan Amt
Und wern decht nit verdammt!«

Und dann streifte der Bursche die Schuhe von den Füßen, fasste den Strick mit beiden Händen und schwang sich über den Felsenrand.

Bald hatte er sein Ziel vor sich. Etwa zehn Meter tief unter der Föhre lachten die goldenen Blumen in ihrer Felsenburg. Schöner und größer noch dünkten sie ihm als im vorigen Jahre.

Langsam begann er sich am Stricke zu schwingen, den überhängenden Felsen jedes Mal mit der Hand leise von sich stoßend. Und sooft ihn die Schwingung an den Felsen wieder heranbrachte, streckte er den Fuß aus und suchte auf dem schmalen Erdstreifen Halt zu gewinnen. Aber es wollte nicht glücken. Das vorige Mal war es ihm rascher gelungen.

Eine stärkere Schwingung, ein neuer Versuch. Einen Augenblick lang ruht sein Fuß auf dem Erdstreifen. Aber er kann sich nicht festhalten, er schwebt wieder in der Luft.

»Höllteufel!«, kommt's dem Enttäuschten über die Lippen.

Da rieselt etwas von oben nieder. Etwas wie Sand oder Erde. Was ist das? Was gibt's? Geht droben jemand an der Föhre vorbei? Kaum wahrscheinlich. Peter will eine neue Schwingung versuchen. Doch nun wird das Geriesel stärker. Ihm fährt es kalt durch die Glieder. Er fühlt, dass der Strick weicht und nachgibt. Nicht viel, vielleicht nur ein paar Zoll. Aber unheimlich überkommt den Hängenden, als sei der Strick etwas Dehnbares geworden, das sich sträubt, sein Gewicht zu tragen.

»Die Föhre wird doch nicht …?« Kaum wagt er es zu denken.

Und wieder sinkt er tiefer, so dass er den Felsenvorsprung nicht mehr greifen kann. Und wieder rieselt es von oben herab, leise und doch stetig.

Jetzt endlich wird's ihm klar! Er meint, sein Blut werde zu Eis gerinnen. Nicht an den Stricken fehlt es und nicht an der Föhre, aber der Boden, worin der Baum wurzelt, die überhängende Scholle, beginnt sich zu lockern unter dem Gewichte des Körpers, der am Baume hängt. Und nun fällt Scholle um Scholle nieder, und endlich muss der Augenblick kommen, wo der entwurzelte Baum in die Tiefe stürzt. O ja, Peter weiß jetzt, wie es steht!

Gerade vor ihm lachen und leuchten die lustigen goldenen Blumen. Er schließt die Augen, um sie nicht mehr zu sehen, die kleinen Verführerinnen. Aber selbst durch die geschlossenen Lider sieht er sie noch, die blinkenden Sternlein, unerreichbar für Menschenhand wie die Sterne am Himmel. Weh dem, der nach ihnen greifen will!

Er reißt die Augen wieder auf. Aber nun sieht er die Blumen schon nicht mehr. Nun ist er wieder tiefer gesunken und nur die dunkle Felswand starrt ihn an. Von oben rieselt es weiter. Steinchen und Erdschollen fallen auf seine Schultern nieder. Und er wagt nicht, hinaufzuschauen, denn wenn ihm die Erde in die Augen fällt, ist er verloren.

Verloren? Als ob er's nicht schon wäre! Mehr und mehr fühlt er sich sinken, langsam, allmählich, je nachdem ob droben Wurzel um Wurzel sich lockert und der Baum sich tiefer über den Abgrund neigt. Bald wird sein Strick die letzte Wurzel aus dem bröckelnden Erdreich reißen und dann ...

Ihm rauschen und klingen die Ohren. Wie Glockenklang ist es. Doch das ist nur Täuschung. In dieser furchtbaren Schlucht ist nichts zu hören als die Stimme des Baches in der Tiefe.

Aber den Bach hört er nicht, nur die Glocken. Dieselben Glocken, die er droben an der Föhre gehört hat, ehe er sich über den Felsrand schwang. Nein, nicht alle Glocken, nur eine! Hohl und wehmütig ist ihr Ton. Das ist das Totenglöcklein für den Laubacher Peter!

Ja, er muss sterben! Für ihn gibt's keine Rettung. Selbst wenn jemand – unwahrscheinlich genug – durch die einsame Waldschlucht schritte und den Hängenden droben im Geschroffe sähe, selbst dann nicht. Es fehlt die Zeit, um ihm zu helfen. Ein paar Minuten noch, und er liegt drunten am Grunde der Schlucht, ein blutiger, unförmiger Klumpen, den die eigene Mutter nicht mehr erkennen wird.

Und ist das alles? Ist das das letzte für ihn, dieses zerschmetternde Anprallen da drunten?

Peter weiß, dass es nicht das letzte ist!

»Los' gut auf bei der Höllenpredigt«, hat er der Mutter gesagt. Noch nicht zwei Stunden sind's her, und nun ist *er* es, der die Höllenpredigt hört. Am Seile über dem Abgrund hängend hört er sie, und der Prediger ist sein eigenes, angstvoll hämmerndes Herz.

Ihm ist's, als sei alles nur ein Traum. Die Mutter mit dem welken, sorgenvollen Gesichte und das Mädchen mit den lachenden, lockenden Augen. Ein Traum das frohe Wandern durch den Bergwald mit der Büchse auf dem Rücken, und das Singen und Jodeln von Fels zu Fels. Ein Traum der Laubacherhof mit der freundlichen Erkerstube und die Äcker darunter mit ihrem grünen Gewoge. Ein Traum die lustigen, lauten Nachtstunden mit den Zechkumpanen und die Zitherklänge und der wirbelnde, polternde Tanz zur Fastnachtszeit – alles ein Traum! Und nur *eine* Wirklichkeit sieht er; das große, unbekannte Jenseits!

Unbekannt? O nein! Er weiß, was seiner harrt. Drüben gibt's nur ja und nein, nur Himmel und Hölle. Und für den Himmel ist er *nicht* gerüstet!

Und nun zerteilt sich der traumhafte Nebel, der sein Vergangenes bedeckt, und in scharfen Umrissen sieht er sein Leben. Die Kinderjahre zuerst mit all dem kleinen Trotz und Zorn und Ungehorsam ... ach, wenn's nur *das* wäre, was auf ihm lastet! Aber später dann hat die Sünde seine Seele eingehüllt wie mit einem Mantel von Blei. Sünde nicht nur im Wirtshause und beim Winkeltanze, nein, auch zu Hause und bei der Arbeit! Sünde nicht nur mit den Genossen, nein auch Sünde an der Unschuld! Sünde in der Kirche, wo er mit frechem Lachen umherblickte nach allen schönen Mädchen! Sünde selbst im Beichtstuhl, denn bei seiner Osterbeichte war's ihm nie mehr ernst gewesen, o, schon seit Jahren nicht mehr! Und nach der Beichte hat er mit lachendem Munde weitergesündigt wie einer, der zu Gott spricht: »Behalte du deinen Himmel; die Erde genügt mir!«

Nun aber weicht die Erde von ihm zurück, Scholle um Scholle, und was unter ihm wartet, ist nicht Erde und nicht Luft und nicht Wasser, es ist Feuer!

Doch noch ist's Zeit, sich vor dem Feuer zu bewahren. Ein Akt der Reue, und alles ist wieder gut. So hat er's einst in der Schule gehört und hat es gar wohl im Gedächtnisse behalten. Wenn je sich sein Gewissen rühren wollte, dann hat er's damit beschwichtigt. »Ein bissel Reue in der letzten Stunde, und dem Teufel ist sein Spiel verdorben!«

Und nun versucht er's. Mit beiden Händen an den Strick geklammert, der ihn allein noch am Leben festhält, versucht er sein Reuegebet. Aber alles an ihm ist körperlicher Schmerz und Seelenqual und wildes Aufbäumen des jungen Lebens gegen den gewaltsamen Tod. Sein Kopf hämmert und glüht wie in zehrendem Fieber; seine aufgereckten Arme schmerzen, als hänge er an einer Folter. Seine Kehle ist ausgetrocknet vor Keuchen, sein Herz vergeht in Todesangst. »Mein Gott, es tut mir vom Herzen leid ...« Immer wieder spricht er diese Worte und weiß dabei doch kaum, was er sagt. Keine Liebe zu Gott, kein Abscheu vor der Sünde ist in ihm, nur die Furcht vor dem Tode und die tausendmal schrecklichere Furcht vor dem Feuer.

O Reue, Reue, große Retterin in letzter Stunde, wo bist du? Der Elende, der über zwei Abgründen hängt, schreit nach dir, und du kommst nicht, ihn in deine Arme zu schließen und ihn hinüberzutragen in die Ewigkeit? Ach Gott, es geht nicht! Die Reue ist ein Wunderwerk, das der menschliche Wille, gestützt auf Gottes Gnade, vollbringt. Doch die Gnade zieht sich zurück von dem, der sie verachtet hat, und der Wille ist schwach, wenn das arme Fleisch mit dem Tode ringt.

Peter kann nicht mehr. Ihm ist, als seien seine Hände starr, starr und tot! Hält er den Strick noch fest? Hängt er noch daran? Ist er nicht schon hinabgestürzt? Lebt er noch? Er kann nicht mehr denken. Alles ist dunkel um ihn her. Und unter ihm brennt das Feuer, das nicht mehr erlischt! Nichts ist mehr in ihm als Schrecken vor dem nahenden Richter. Und Schrecken ist keine Reue! Soll er den Strick nicht fahren lassen? Ein paar Augenblicke früher in der Hölle drunten, das ist alles ...

Da blitzt es in seiner Seele auf wie ein Rettungsstern. »Heilige Maria, Muttergottes!«, flüstert er. Mit höchster Anstrengung hat er's gesagt. Ihm war dabei, als halte ihm jemand die Kehle zu. Aber gesagt hat er's. Und jetzt hat er wieder Mut. Mit dem Namen der Heiligsten auf den Lippen ist noch niemand zur Hölle gefahren ...

Und nun will er ein Letztes versuchen. Er will sich am Stricke emporziehen. Das kann seinen Sturz beschleunigen, aber es ist doch die letzte Hoffnung, die ihm bleibt. Eine furchtbare Anstrengung kostet es ihm, sich mit seinen zitternden Händen hinaufzuraffen, doch mit der Anstrengung kehrt die Kraft zurück. Das Rieseln von oben hat aufgehört, der Strick weicht nicht mehr. Im Entwurzeln der Föhre ist vielleicht ein Stillstand eingetreten. Für den Augenblick wenigstens. Also vorwärts!

Langsam geht es am Stricke aufwärts. Bei jedem Anziehen, bei jeder Schwingung neues Zagen. »Muttergottes, hilf mir! Du hast noch keinen verlassen! ...« Aufwärts, immer aufwärts! »Muttergottes, halt' mich, zieh' mich, steh mir bei!«

Jetzt ist er ein Stück weiter droben. Einige Meter über dem schlimmen Zaubergärtlein schwebt er schon. Vorsichtig hebt er den Kopf. Mit halbgeschlossenen Lidern, um die Augen vor dem herabfallenden Erdstaub zu schützen, späht er nach oben. Und sieht das Schreckliche! Tief ausgehöhlt ist der Rand des Felsens. Das Heidekraut, das früher am Boden unterm Baume hinkroch, hängt in langen, wirren Strängen nieder. Und frei über dem Abgrunde, die starren Nadeläste nach unten gekehrt, schwebt die Föhre, um deren Stamm sein Strick geschlungen ist. Nackt und bloß streckt sie ihre Hauptwurzel in die Luft. Nur noch mit einigen Fasern klammert sie sich an die bröckelnde Erde. »Heilige Muttergottes, grad jetzt noch hilf mir!«

Er hat den Baum erreicht. Die Föhrennadeln streifen sein Gesicht. Er greift ins Geäste, schwingt sich hinein. Ein heftiges Zittern geht durch den Baum, als wolle er die Bürde abschütteln; große Erdschollen prasseln in die Tiefe. Es ist ein Augenblick höchster Gefahr. Aber doch ein Augenblick nur! Peter ringt sich am Stamm empor, dann fasst er blitzschnell das überhängende Heidekraut. Noch eine letzte Anstrengung und er kniet droben am Rande. »Muttergottes, du hast geholfen!«

Die blonde Weber-Barbel wartet diesen Abend vergebens auf den schneidigen Burschen vom Laubacherhofe und seine Plateniglen. Die Plateniglen blühten und dufteten ruhig weiter in ihrem Felsengärtlein, der Bursche aber kniete in seiner Schlafkammer, die zerschundenen, geschwollenen Hände gefaltet, und betete: »Mein Gott, es tut mir von Herzen leid!«, wie er's als Schulbüblein gelernt hatte.

Und jetzt kam ihm das Reuegebet aus tiefstem Herzen!

# Kein Fremder

»Kann ich für heute Nacht ein Zimmer haben?«

In fremdländischem Deutsch war die Frage gesprochen. Hans Frei, der Wirt zur »Alpenrose«, musterte den Herrn aufmerksam. Ein feiner, schlanker Herr war es mit braunem Gesichte und lebhaften dunklen Augen. Statt des üblichen Rucksacks trug er eine kleine Plaidrolle umgeschnallt. Das sah nicht eben sehr touristisch aus. Aber der Eispickel in seiner Hand schien doch hübsch abgebraucht, ganz so, als sei der Fremde ein Tourist von Beruf.

Hans Frei fand, dieser Fremde sehe viel fremder aus als irgendeiner, der bisher bei ihm eingekehrt war. War er ein Ungar oder ein Rumäne? Ein Italiener oder ein Franzose? Der »Wilde Kaiser«, der schroff und rau hinter der Touristenherberge zur »Alpenrose« aufstieg, lockte jeden Sommer wohl Hunderte von Fremden an, aber Franzosen und Italiener verirrten sich kaum je in dieses Gebiet.

Der Wirt nahm dem Fremden dienstfertig die Plaidrolle ab und geleitete ihn über eine steile Holztreppe hinauf ins obere Stockwerk, wo sich die Schlafkammern befanden. Droben in einem freien Zimmerchen angelangt, zog er einen Bleistift aus der Tasche und wies auf ein Blatt Papier, das auf dem kleinen Tische lag. Ob der Herr nicht so freundlich sein wolle, den Meldebogen auszufüllen?

Aber der Herr lehnte ab. Am Abende werde er das tun. Einstweilen wolle er eine kleine Mahlzeit nehmen und dann etwas in der Gegend herumsteigen.

Nun, mit dem Herumsteigen im Kaisergebirge ist's so eine Sache! Hans Frei meinte, sich dem Fremden als Führer anbieten zu müssen. Aber der Fremde lehnte auch das ab. Morgen gedenke er eine größere Tour zu unternehmen, da brauche er dann einen Führer, heute aber noch nicht.

Hans Frei war immer neugieriger geworden, wer denn der Fremde wohl sein könne. Aber nun musste er sich wohl oder übel mit seiner Neugier auf den Abend vertrösten. Er führte also den Fremden ins Speisezimmer, wo seine schmucke Wirtin schon zur Bedienung bereitstand.

In diesem Augenblicke schlug die Stubenuhr zwölf. Das war für ihn das Zeichen, in die Kapelle zu gehen und Angelus zu läuten.

Die Kapelle war Hans Freis Freude; er selber hatte sie erbaut. Von der »Alpenrose« bis zur Pfarrkirche von Ebbs war's ein weiter Weg. Da war's doch besser, ein Kapellchen neben dem Hause zu haben mit einem Mariahilfbilde auf dem Altar und einem Glöcklein im kleinen Turme, das täglich Mariens Lob hinausrief in die starre Bergwildnis. Auch von den Einödhöfen, die im Gebirge zerstreut lagen, kam da und dort ein altes Weiblein oder Männlein nachgehumpelt und betete den Rosenkranz in der neuen, netten Kapelle des Alpenrosenwirtes.

Als Frei die Kapelle verließ, trat auch schon der Fremde aus dem Hause. Der hatte sich schön beeilt mit seinem Mittagsmahle! Den Eispickel in der Hand schwingend wie einen Spazierstock, schlenderte der junge Mann leichten Schrittes auf den Föhrenwald zu, der sich wie ein dunkles Band um den rauen Fuß des Berges schlang. Es dauerte nicht lange, so war er zwischen den Bäumen verschwunden.

»Hat der Fremde dir nichts gesagt?«, fragte Frei seine Wirtin, als er zu ihr in die Küche trat.

»Was hätt' er mir denn sagen sollen?«

»Ich weiß nicht … Halt vielleicht wohin er geht.«

»Nein, er hat nichts gesagt; er hat gezahlt und ist gegangen.«

»Ein kurioser Patron, nicht?«

»Warum denn? Er hat ein gutmütiges Geschau. Vielleicht tut er sich halt schwer mit dem Deutschreden.«

»Der Meldebogen liegt auf seinem Tisch. Bis morgen wissen wir schon, wer er ist.«

»Wundert's dich, Hans?«

»Ja, ich weiß selber nicht warum … aber wundern tut's mich.«

Im Laufe des Nachmittags kam leicht ein Dutzend Touristen anmarschiert. Reichsdeutsche und Wiener, lustiges Volk, das das Herz auf der Zunge hatte und mit dem sich's recht angenehm plauderte. Hans Frei hatte bald heraus, wes Geistes Kind sie waren: Protestanten die einen, die andern lustige Vögel, die den Herrgott einen guten Mann sein ließen. Frei selber war ein strammer Katholik; hätte einer seinen Glauben angegriffen, dem wäre er die Antwort nicht schuldig geblieben. Aber diesen Gästen fiel so etwas gar nicht ein; sie waren gemütliche Leute, hungrig, durstig und redselig, und der Wirt hatte über Hals und Kopf zu tun, um sie alle anzuhören und zu bedienen.

Spätsommer war es, früh brach das Dunkel herein. Im kleinen Speisesaale der »Alpenrose« flammten die Lichter auf und nun wurde es erst recht lustig. Einer von den Wienern langte die Gitarre von der Wand und begann Wiener Gassenhauer zu singen. Dann nahm ihm Hans Frei das Instrument ab und jodelte mit seiner schönen Tenorstimme einige Inntaler G'stanzeln, so laut und froh, dass die Wände zitterten.

Plötzlich schob die Wirtin ihren Kopf zur Türe herein. Ihr Gesicht verriet eine gewisse Unruhe. »Hans«, sagte sie, »der Fremde ist noch nicht zurück.«

Den Fremden kurzweg nannte sie den schlanken, feinen Mann, der so seltsames Deutsch sprach und von dem man so gar nicht wusste, woher er sei.

»Es ist noch nicht spät an der Zeit«, beruhigte sie der Wirt.

»Aber stockfinster ist's schon. Er sollte jetzt nicht mehr im Berg herumsteigen.«

Frei wurde nachdenklich. »Hast recht, Klara. Wart, ich geh hinauf zum Wetterkreuz und ruf.«

Er ging. Bald hörte man seine mächtige Stimme von der Höhe herab. Die Felsen warfen den Klang zurück. Im Speisezimmer der »Alpenrose« fragte man, was es gebe. Die Wirtin antwortete ausweichend. Sie wollte den Gästen nicht bange machen. Ihr selber war's bange genug.

Endlich kam Frei zurück. Er hatte vergebens gerufen. Vielleicht sei der Fremde gar nicht in die Schroffen gestiegen, hoffte er, sondern nur bis Ebbs oder Niederdorf gewandert und von der Dunkelheit überrascht worden. Auf keinen Fall könne man heute bei finsterer Nacht noch etwas unternehmen. So sagte Frei und dabei beruhigte er sich. Ein alter Bergführer kann nicht jedes Mal Herzkrämpfe bekommen, wenn einmal ein Tourist unpünktlich ist. Und dieser Tourist ist ein Fremder, der ohne Gruß und Abschied von ihm gegangen war.

Immerhin kannte Frei seine Pflicht und kaum der Morgen graute, machte er sich mit seinem Knechte auf den Weg, um den Vermissten zu suchen.

Erst stiegen sie zusammen bergan; dann trennten sie sich. Wer zuerst eine Spur finde, solle dem andern pfeifen. So machten sie's aus.

Stunden vergingen. Heiß brannte die Sonne auf die nackten Felsen nieder und auf das weiße Geröllle, das vom Fuße des großen Berges niedergeht. Mutlos und unwillig wurde Hans Frei. Immer wieder kam ihm der Gedanke, der Fremde sei gar nicht ins Geschröffe gegangen, sondern nur in eine der nächsten Ortschaften. Was fragt solch ein Fremder danach, ob man sich seinetwegen die Füße wundlaufe und den Hals heiser schreie? Nur auf den nächsten Felsenkopf wollte Hans Frei noch hinauf; der war ein rechter Edelweißplatz, den die Fremden gern besuchten; im Übrigen eine ungefährliche Kletterpartie.

Nun stand Frei droben und spähte weit umher mit seinen scharfen Augen. Und dann neigte er sich vor und spähte in die Tiefe.

Turmhoch ragte die Felswand unter ihm auf. Eine Wand, wie von eines unermesslich großen Meisters Hand sorgsam geglättet. Nur mitten durch zog sich eine enge Kluft und darin hatte schwankes Gesträuche Saft und Erde für seine kümmerlichen Wurzeln gefunden. Und nun, was war das? Mitten im Gesträuche sah er etwas glänzen. Das fiel ihm auf. Er warf sich flach nieder und streckte den Kopf über den Rand des Felsens, hielt beide Hände an die Augen, um sie vor dem Sonnenscheine zu schützen, der grell und blendend auf das nackte Gestein fiel, und schaute, schaute.

Es war Metallglanz, was da unter ihm funkelte. Und endlich sah er's genauer ... Ein Eispickel!

Da sprang er auf, steckte beide Zeigefinger in den Mund und ließ einen schrillen Pfiff los. Sogleich gab sein Knecht Antwort. Nun stieg Frei bergab und als er tiefer kam, als er dem Fuße der glatten Felswand sich näherte, da sah er etwas Regungsloses dort liegen. Einen Menschen!

Bald war er zur Stelle. Der Knecht fast zur gleichen Zeit. Bei einer Leiche trafen sie sich, bei der Leiche des Fremden. Beide ernst und stumm, aber ruhig. Mehr als einmal schon waren diese zwei Männer im Geschroffe auf einen gestoßen, den sich der grimmige Wilde Kaiser zum Opfer geholt hatte. Der Anblick eines Toten hatte nichts Überraschendes mehr für sie.

Da lag er vor ihnen, der arme Mann. Tot, aber nicht entstellt. Der furchtbare jähe Schrecken, der wohl seine letzte Empfindung gewesen war, hatte sich seinen Zügen nicht ausgeprägt. Eine klaffende Wunde am Hinterkopfe, sonst keine sichtbare Verletzung.

Während Hans Frei sich über dieses marmorstarre Gesicht neigte, stieg abermal in ihm die Frage auf: »Wer ist er?« Doch nicht mehr müßige Neugier war es jetzt, die diese Frage stellte, sondern der ernste, redliche Wunsch, jenen Nachricht zu geben, die dem Toten nahestanden.

Und so nahm er sich ein Herz und durchsuchte die Taschen des Unglücklichen, suchte lange und eifrig und meinte, er müsse doch endlich etwas finden, das Namen und Wohnort verriete. Aber er fand nur ein leeres Notizbuch und ein Taschentuch, dessen fein gestickter und künstlich verschlungener Namenszug sich nicht mit Sicherheit entziffern ließ. Die Brieftasche fehlte. War ein Verbrechen geschehen? Kaum wahrscheinlich. Manches, was der Mann bei sich getragen hatte, mochte ihm wohl in seinem Todessturze entfallen sein. So dachte Frei. Er und der Knecht suchten ringsum im wirren Steingerölle des Felsplateaus, aber vergebens. Sie fanden nichts.

Armer Fremder, jäh gestorben auf unbekannter Erde, wer bist du? Daheim wartet vielleicht eine Mutter auf dich, vielleicht ein junges Weib. Sie warten, sorglos noch. Bald aber kommt für sie die Zeit düsterer Ahnungen und wachsender Herzensangst. Und immer drückender wird die Angst, immer schrecklicher die Ungewissheit; und endlich sehnen sie sich, nur irgendetwas noch von dir zu hören, und wär's auch die Kunde von deinem Tode. Aber auch das bleibt ihnen versagt, du armer, fremder Mann, dessen Name und Volk niemand kennt!

Plötzlich bemerkt Hans Frei am Halse des Toten etwas, das nur wenig unter dem weichen Kragen des Touristenhemdes vorschaut. Er greift danach, zieht daran, zieht es sanft und bedächtig hervor, ob an dem Bande wohl etwas hänge, das ihm Aufschluss geben könne.

Und nun hält er es in der Hand … Ein Skapulier ist es!

Die Augen des rauen Bergführers füllen sich mit Tränen. Er zeigt das Skapulier seinem Gefährten und murmelt mit erstickter Stimme: »Der ist ein Christ gewesen! Herr, gib ihm die ewige Ruhe!«

Und beide Männer knien an der Leiche nieder, falten die braunen Hände und beten ein Vaterunser für die Seelenruhe des Toten. Dann erst heben sie die Leiche von ihrem Felsenbette, um sie zu Tale zu bringen.

Von Weitem sieht sie die Wirtin kommen, sieht, was sie tragen, eilt ihnen entgegen, händeringend. »Hat er sich wirklich totgefallen, der arme, arme Mensch!«

Schweigend legen die Träger ihre traurige Last auf die Bank vor der Haustüre und wischen sich den Schweiß von der Stirne. Dann befiehlt Frei seinem Weibe, die Plaidrolle herbeizubringen, das einzige Gepäck des Fremden. Vielleicht findet er da drinnen, was er sucht, irgendeinen, wenn auch noch so unscheinbaren Gegenstand, der ihm Aufschluss gibt.

Und nun suchen sie beide, Mann und Weib, aber die Plaidrolle enthält nichts als etwas Touristenwäsche und Kleidungsstücke.

Es ist umsonst! Nichts hat er bei seinem unglücklichen Gaste gefunden, nichts als das Skapulier an seinem Halse. Nichts als das!

Aber das ist genug! Jetzt ist der Tote kein Fremder mehr. Er ist ein Kind jener Mutter, die auch er, Hans Frei, seine Mutter nennt. Er und sein Weib und seine Kinder und seine Landsleute ringsum, zur gleichen Mutter rufen sie alle, sie alle tragen das gleiche Marienkleid.

Die freundlichen, norddeutschen Herren, mit denen es sich so nett plaudert, die tragen es nicht. Und der lustige Wiener, der gestern zur

Gitarre seine Couplets gesungen hat, der trägt wohl sicher auch keines. Die alle sind fremder hier als der unbekannte Tote.

Und nun geht's ans Aufbahren. Ins Kapellchen legt man ihn, den wunden Kopf ganz nahe am kleinen Altare mit dem Mariahilfbilde. Und von den Fenstern des Hauses bringt die Wirtin all ihre Blumenstöcke herbei und stellt sie auf den Altar zu Häupten des Toten. Dann schlingt sie mit mütterlicher Zartheit einen Rosenkranz um die schon erstarrten Finger. Ihr Mann aber zieht sorgsam das Skapulier zurecht, damit es offen auf der Brust des Mannes liege und es jeder sehe.

Die Gäste in der »Alpenrose« hatten Scheu vor der Leiche im Kapellchen; sie packten ihre Rucksäcke und zerstreuten sich. Von den Berghöfen aber kamen Leute herbei, sprengten Weihbrunn zu den Füßen des Toten und sagten: »Der ist gut gefahren!« Und manche meinten: »Der muss ein braver Herr gewesen sein, weil er ein Skapulier gehabt hat.« Und als sie fragten, wer er sei, und als sie hörten, man wisse es nicht, da sagten sie: »Der Herrgott weiß es schon, und die Muttergottes hat ihm gewiss ein gutes Plätzlein gerichtet.«

Und als die letzten Strahlen des Abends auf den Bergen verglommen waren und die Nacht hereinbrach, da flammten im Kapellchen Lichter auf, und laut riefen Betende zum Himmel für diesen Unbekannten, der ihr Bruder war: »Heilige Maria, bitt' für ihn!«

# Auf der Notbrücke

Am Wiesnerhofe war das ganze Haus voll Jammer und Tränen. Lange schon war die alte Mutter krank gelegen, so lange, dass man sich daran gewöhnt hatte und meinte, es müsse immer so weitergehen. »Wenn wir die Mutter nur haben, wir wollen sie gern pflegen«, sagten die Kinder. Und der Vater sagte zwar nichts, dachte aber dasselbe. Heute aber war's plötzlich schlechter mit ihr geworden; der Puls flog, die Atemzüge gingen rasch und keuchend, dass es fast einem Todesröcheln glich. Und die älteste Tochter, die treue Pflegerin, zog den großen Bruder beiseite und flüsterte, mit dem Weinen kämpfend: »Es geht zu End'!«

Das wollte der Bursche nicht glauben. »Ich lauf zum Doktor, der hilft schon.« Traurig schüttelte die Schwester den Kopf. Kein Doktor würde mehr helfen, auch würde sich keiner verstehen zu kommen und sein Leben aufs Spiel setzen.

Es war der arge Herbst des Jahres 1882, wo alle Bäche und Bächlein in ganz Südtirol aus dem Gleichgewicht kamen, wo die Lahnen von den Bergen niederdonnerten und der feinste Wasserfaden zu einem reißenden Strome schwoll. Furchtbar tobte die Passer in ihrem engen Tale; auch alle ihre Trabanten waren vom Größenwahn befallen. Keine Brücke war verschont geblieben; Weiler und Gehöfte, die sich sonst nachbarlich nahestanden, sahen sich mit einem Male durch das Hochwasser getrennt. Wie sollte man da einen Arzt finden, der bereit wäre, auf Kosten des eigenen ein fliehendes Leben, vielleicht um einige Stunden, zu verlängern? Und es war ja auch nicht der Arzt, nach dem die Sterbende rief, es war der Priester!

Noch war's nicht lange her, seit ihrer letzten Beichte, denn Herr Johannes Hofer, der brave Kurat von Moos, hielt allmonatlich einen Versehgang und kam dann auch immer hinauf zum Wiesner, wenn's auch fast eine Stunde von seiner Kuratiekirche war. Seit jener letzten Beichte hatte das Wiesnermütterlein sicher nicht viele Sünden begangen; dennoch jammerte sie jetzt, dass es einen Stein hätte erbarmen mögen; beichten wollte sie, nochmals beichten um jeden Preis, sonst könne sie nicht ruhig sterben. Ach, wenn der Tod naht, der ernste Bote, der den Menschen vor Gottes Richterstuhl geleiten soll, dann wird es oft furchtbar hell in der Seele, und manches, das sie früher für nichts achtete, steht plötzlich groß und grauenhaft vor ihr. Und sie möchte die Last von sich wälzen und das Lösungswort des Priesters noch einmal hören.

Und doch, der Priester war ebenso schwer zu erreichen wie der Arzt. Denn zwischen dem Wiesnerhofe und dem Mooser Widum tobte ein Bach, der, jeder Brücke ledig, Felsblöcke und Baumstämme brüllend vor sich her schob. Ein friedliches Wässerlein war es sonst, das zwischen Gras und Blumen dahinplätscherte; heute aber war's ein zorniger Riese, dessen Donnerstimme weit hinaus ins Gebirge scholl.

In der Krankenstube der Wiesnermutter hörte man freilich nichts davon, hörte nur den Regen, der schwer und mit eintöniger Regelmäßigkeit gegen die kleinen Fensterscheiben schlug. Und die Kranke, die seit Monaten keinen Blick mehr ins Freie getan hatte, konnte sich's nicht vorstellen wie es draußen aussah. Sie wusste nicht, wie so ganz abgeschnitten sie von der übrigen Welt war, sie rief nur immer wieder: »Holt's mir um Gottes willen den Geistlichen!«

Der Tochter, die neben dem Bette kniete und ihr von Zeit zu Zeit die verdorrten Lippen feuchtete, wollte es vor Weh und Mitleid das Herz zersprengen. »Tu halt recht Reu und Leid erwecken, Mutter«, riet sie; und dann begann sie das Reuegebet vorzubeten. Aber nur der Vater, der am Fußende des Bettes stand, betete mit; dazwischen versicherte er stets aufs Neue: »Moidl, der Herrgott nimmt's schon an!« Die Kranke selbst aber betet nicht; die rang nur die Hände, seufzte, stöhnte und fragt, mühsam keuchend, ob denn niemand ein Erbarmen habe und ihr den letzten Trost verschaffen wolle.

Dem Bauer schnitt es ins Herz. »Ich kann's nimmer hören!«, rief er endlich, drückte den Hut ins Gesicht und floh hinaus in den strömenden Regen. Draußen aber stieg ihm der Gedanke auf, ob er nicht doch irgendwie den Kuraten benachrichtigen könne. Vielleicht fände der gute Herr ein Mittel, die Sterbende zu trösten.

Weiter drunten, wo das Gelände flacher wurde, standen an beiden Seiten des Baches Leute, um zu retten und zu wehren. Als der Wiesner des Weges kam, meinten sie, er wolle mithelfen und einer bot ihm gleich eine Haue. Er aber spähte nur nach dem andern Ufer, wo zwischen herbstlichen Baumwipfeln der schlanke Kirchturm von Moos sich zum regenschweren Himmel hob. Und dann begann er zu weinen und gestand, was ihm das Herz beschwere. Die Leute sahen einander an und meinten, da sei guter Rat teuer. Der Kurat sei nun einmal drüben im Widum, und da er nicht fliegen könne, werde er auch nicht auf den Wiesnerhof kommen.

»Wenn man's dem guten Herrn grad zu wissen tun könnt', wie's mit meinem Weib steht, das wär auch schon ein Trost«, meinte der Wiesner.

Doch auch da wussten die Leute nicht Rat, denn bei dem Rauschen des Regens und dem Toben des Baches hörte man ja kaum sein eigen Wort.

Da kam eben der Ilmer Naz herangesprungen, ein kaum ausgeschulter Bube, und solchen fällt immer mehr ein als den alten Leuten. »Wartet's lei, Vater Sepp, wir wern's schon machen!« Und er verschwand in einem nahen Hause.

Als er wieder zum Vorschein kam, schwang er ein Stück Papier in der Hand. »Da hab ich's aufgeschrieben!«, rief er, und las: »Die Wiesnermutter ist zum Sterben, der Herr Kurat soll's wissen.« Und dann fragte er: »Vater Sepp, ist's recht so?«

Der Wiesner war einverstanden mit der Botschaft. Da hob der Bub einen Stein vom Boden, band das Papier daran fest, und stellte sich ans tobende Wasser, den Stein in der Hand schwingend wie ein David, der den Goliath erschlagen will.

Man sah es am andern Ufer, man trat zur Seite und in weitem Bogen flog die Botschaft hinüber. Drüben bückte man sich danach und las. Dann lief einer dem Dorfe zu. Und nun wusste der Wiesner, dass die Botschaft bestellt würde.

Eine Viertelstunde verging. Nun erschien drüben die schlanke Gestalt des Kuraten. Die Leute drängten an ihn heran, redeten auf ihn ein, schüttelten die Köpfe. Und dem alten Wiesner, der doch schon etwas taub war, schien es, als könne er genau hören, was drüben gesprochen wurde. »Herr Johannes, es ist nicht möglich …!«

Ach, der Wiesner wusste ja auch, dass es nicht möglich war!

Aber was war das? Drüben schritten drei Männer heran, eine Leiter tragend. Die lange Leiter, die der Mooser Kirche gehörte und benützt wurde, wenn am Turme oder am Kirchengewölbe etwas auszubessern war. Ganz nahe an den Bach traten die drei heran, stemmten sich mit höchster Anstrengung, hoben die Leiter senkrecht in die Höhe und … im nächsten Augenblick ließen sie sie mit Wucht niederfallen, so dass sie den Bach überquerte und ihr anderes Ende zu den Füßen des Wiesner niederfiel.

Dann machten sie das Ende der Leiter auf ihrer Seite mit Pflöcken fest; der Geistliche half wacker mit und winkte zugleich, auf der anderen Seite möchte man dasselbe tun … Und nun was weiter?

Johannes Hofer, der Kurat von Moos, stand jetzt aufrecht, die Hände gefaltet wie zum Gebet. Doch nur einen Augenblick, dann schlug er ein großes Kreuz und setzte den Fuß auf die erste Sprosse der Leiter.

Die Leiter über den Bach gelegt, sollte seine Notbrücke sein.

Weit breitete er die Arme aus, während er voranschritt. Um sich im Gleichgewicht zu erhalten, tat er es; nun aber, da er mit jedem Schritte sein Leben wagte, hatte diese Bewegung etwas unsäglich Rührendes, es war die Stellung eines Menschen, der sich zum Opfer bringt. Langsam, behutsam schritt er dahin, aber doch ruhig und sicher. Rechts und links vom Bache staunten und starrten die Leute als schweigende, atemlose Zuschauer und bebten bei jedem Schritte, den er vorwärts tat, ob es nicht sein letzter sei. Immer tiefer senkte sich unter dem Gewichte des Schreitenden die schwanke Leiter, endlich verschwand sie in den Wellen. Gelassen setzte er seine schaurige Wanderung fort; das tobende Wasser umschäumte seine Füße. Es war, als schreite er, wie einst sein Meister, über die zürnenden Wogen dahin. Und den Vielen, die da standen und schauten, war es, als sähen sie etwas Wunderbares und als sei der Todesmutige gehalten von unsichtbarer Hand.

Und doch, es brauchte nur einen stärkeren Ansturm der Fluten, es brauchte nur einen Stein, vom Wasser geschleudert oder ein Stück Holz, wie der Bach sie zu Hunderten vor sich herschob, so war's um den Priester geschehen.

Aber Gottes Engel wachte. Endlich tauchte der Fuß des Priesters wieder aus dem Wasser empor; unter seinen Tritten erschienen aufs Neue die Sprossen der Leiter. Ein paar kühne Schritte noch, und er stand am jenseitigen Ufer.

Der Bach aber, als habe ihn all die Zeit nur eine höhere Macht gezügelt, schleuderte jetzt mit voller Wut ein Felsstück gegen die Notbrücke, dass sie in Splitter flog. Und in wildem Tanze verschwanden ihre Trümmer in den aufgeregten Wellen.

Johannes Hofer aber war ruhig auf den alten Wiesner zugegangen. »Hoffentlich komm' ich noch zurecht«, sagte er, sonst nichts.

Einige Tage lang ging auf Berg und Tal gar viel die Rede vom Kuraten von Moos und seiner kühnen Tat. Dann aber, als die tosenden Wasser sich verlaufen hatten und die Bäche zurückgekehrt waren in ihr altes Bett, hörte man auf, von ihm zu sprechen, und er selber war der letzte, der von seinem Wagnisse Erwähnung getan hätte. Und so sei diese stille Heldentat berichtet zur Ehre und zum Andenken eines schlichten Landpfarrers, der ein Talgenosse und ein Blutsverwandter des Sandwirtes von Passeier war.

# Das Kind des Verbrechers

In Kirchbichl sollte zu Lätare ein neuer Pfarrer aufziehen, denn der alte war an rascher Krankheit gestorben und die Kirchbichler mochten Karwoche und Ostern nicht ohne Seelsorger begehen. Mesner, Organist und Schullehrer hatten sich zusammengetan, um für einen würdigen Empfang zu sorgen. Als der Wichtigste in diesem Kleeblatt aber fühlte sich der Lehrer und er war es auch, denn abgesehen davon, dass er als Generalissimus den Aufmarsch der Schuljugend zu ordnen hatte, oblag ihm auch die Pflicht, das Begrüßungsgedicht zu verfertigen. Und er war ein feuriger Jüngling und brachte das glänzend zustande. In zehn Strophen zu je acht Zeilen war alles enthalten, was eine Gemeinde ihrem Seelenhirten zu sagen hat. »Willkommen« und »frommen«, »Lust« und »Brust«, »Pfade« und »Gnade«, kurz, das Gedicht war tadellos. Kein Wunder, dass der Poet auch den Wunsch hegte, es schön vorgetragen zu hören. Und da flößte ihm unter allen Kirchbichler Schulkindern keines solches Vertrauen ein wie das Steiner-Christele: Darum wurde das Christele gewählt, obwohl die Schwester, die der Mädchenschule vorstand, darüber den Kopf schüttelte.

Eine Stunde weit von Kirche und Schule auf einem Einödhöfl am Waldessaume hauste das Christele ganz allein mit seinem Vater, dem Jäger-Nazl. Der Nazl war nie ein Tugendmuster gewesen und nun, seit er sein braves Weib, die Müller-Gredl, verloren hatte, setzte er keinen Fuß mehr in die Kirche. Dafür streifte er mit seiner Büchse durch Feld und Wald und hielt seinen Gottesdienst auf der Gemsenpasse. Ein schneidiger Kerl war er, der Nazl, ein wetterharter, einer, der weder Tod noch Teufel fürchtete und über sein Gewissen eine dicke Haut gezogen hatte. Und nur *eine* weiche Seite gab es in seinem Herzen, die Liebe zu seinem Kinde. Das kleine Mädchen mit den dunklen Locken und den nachtschwarzen Wunderaugen war sein Alles auf Erden.

Das Christele war ein eigenes Ding. Die fromme, zu früh gestorbene Mutter und der wilde Waldmensch von einem Vater schienen in seinem Herzen zu ringen. Wachsweich war des Mädchens Gemüt und es konnte bitter weinen, wenn es leiden sah, sei es Mensch oder Tier. Dann aber konnte es wieder trotzen und stampfen wie ein böser Bube und wettern und fluchen wie ein Türke, denn das hatte es vom Vater gehört, der den Namen des Unterländers häufiger im Munde führte als den Namen Gottes. Wenn das Christele wollte, dann lernte es im Fluge, wollte es aber nicht, dann war kein anderes Kind so vernagelt. Kein Kind konnte so fließend lesen, so schön aufsagen, aber keines war so faul und störrisch. Das Ruhigsitzen war dem Christele ein Gräuel. Im Winter flog es auf seiner Rodel die vereisten Hänge hinab und im Sommer lief es hinauf in den Wald in unbändigem Freiheitsdrange.

»Was wird wohl aus dem Steiner-Christele werden?«, fragte sich oft besorgt die wackere Kuglerbäuerin. Sie war nämlich eine Verwandte von Christeles Mutter und des Kindes Gotl. Und sie nahm ihre Pflichten als Gotl ernst und tat für das Christele an Leib und Seele, was sie konnte. Droben am Steinerhöfl lebte man flott in den Tag hinein. Hatte man etwas zum Essen, dann ließ man einen lustigen Rauch durch den Kamin steigen, und hatte man nichts oder blieb der Jäger-Nazl einmal ein paar Tag aus, dann lief das Christele zur Gotl hinab, deren schönes Anwesen breit und behäbig im Tale lag und bat um ein Stücklein Brot. Das wurde mit Freuden gegeben und wohl auch Speck oder Käse dazu, und dann kam die wohlwollende Frage: »Hast wohl keine Läus?«, wobei man freundlich durch Christeles dichte Locken strich. Darauf wurde gekämmt und gestriegelt, gewaschen und geputzt, bis das Christele so christlich aussah, wie sein Name es heischte, und zu guter Letzt kam noch die Hauptsache, der Katechismus, verbunden mit allerlei guten Lehren.

So war also die Kuglerin treumütterlich um das Dirnlein bemüht. Sie selber hatte nur Buben und beklagte es, kein Töchterlein zu haben »Hätt' gehn der Herrgott nit am Kuglerhof so ein Gitschele einlegen können anstatt droben beim Steiner?«, sagte sie oft. Weil sie aber dem Steiner-Kinde so herzlich gut war, so schüttelte sie nicht wie die Schulschwester den Kopf, dass dem Christele beim Pfarrereinstand solch ehrenvolle Aufgabe zugedacht war, sondern freute sich ernstlich darüber und ließ sich den langen Vers immer wieder aufsagen, wobei sie stets aufs Neue sich über Christeles »gutes Talent« verwunderte.

Wenige Tage aber, ehe Christele ihren Willkommengruß sprechen sollte, brach etwas Furchtbares herein.

Seit einiger Zeit schon war in Kirchbichl bald da, bald dort ein Stück Vieh abhanden gekommen. Der Verdacht lenkte sich auf wildes Zigeunergesindel, das die Gegend kreuz und quer durchstreifte und dessen Lagerfeuer bald am Talbache, bald auf den Höhen flackerten. Weil nun die Landplage gar nicht aufhören wollte, und man der Täter doch nie habhaft werden konnte, taten sich einige Bauern zu gemeinsamer Abhilfe zusammen. Eines Abends, da die unheimliche Gesellschaft nicht weit vom Kuglerhof ihre Wagenburg aufgeschlagen hatte, meinte der Kuglervater nach dem Rechten sehen zu müssen und legte sich mit seinen großen Buben und einigen handfesten Nachbarn im Stalle auf die Lauer. Alle waren wohlbewaffnet, die einen mit Prügeln, die anderen mit Gewehren; der älteste Kuglerbub hatte auch ein elektrisches Taschenlämpchen. Man verkroch sich in die Streu, die in einer Ecke des Stalles aufgeschichtet lag, und wartete.

Mitternacht war vorbei, als sich außen am Stallfenster etwas Dunkles zeigte. Eine schwarze Gestalt, die sich langsam, vorsichtig an den Gitterstäben des Fensters emporarbeitete. Man hielt den Atem an und ließ den Mann gewähren. Und sieh, er musste wohl schon mit einer Feile vorgearbeitet haben, denn er bog zwei Stäbe mit Leichtigkeit auseinander und schlüpfte durchs Fenster. Und er musste im Stall des Kuglers wohl gut Bescheid wissen, denn er ging mit größter Sicherheit auf die schönste Kuh, auf die Scheckete zu, die frisch vom Kalb war und ihre achtzehn Liter gab.

Die Faust des Kuglers umklammerte das Handgelenk seines Buben, dass er nicht zu früh losgehe. Erst als der nächtliche Gast der leise murrenden Kuh einen Sack über den Kopf gestülpt und sie vom Barren losgemacht hatte, erst als er sich mit seiner Beute der Stalltür näherte, ließ der Kugler die Hand des Buben fahren. Und wie eine Katze sprang der Bursche auf den Einbrecher zu und leuchtete ihm mit seinem aufblitzenden Lämpchen voll ins Gesicht.

Sapperlott, der Jäger-Nazl war es!

Die andern hatten ihn bereits im Nu dingfest gemacht. Aber man war mehr verblüfft als erfreut über die Entdeckung. Niemand hatte den Nazl im Verdachte gehabt, ja, man hatte den wilden Kerl gar nicht ungern. Mit Ausnahme des Wilderns, das für ein Bauerngewissen zu den allerlässlichsten Sünden gehört, hatte man ihm nie etwas Schlimmes nachsagen können. Dem alten Kugler tat es leid um ihn, aber es ließ sich nichts machen. Zu viele Zeugen hatten den Einbruch gesehen, die Sache ließ sich nicht vertuschen: Der Jäger-Nazl musste dem Gerichte eingeliefert werden.

Als der Naz in der Keuche saß, war sein erster Gedanke an sein Kind. Er bat, mit seiner Schwester, der Kräutervef, reden zu dürfen, die zuinnerst im Tale in einem verfallenen Hüttlein hauste und ebenso ein Waldmensch war wie er. Und als sie kam, beschwor er sie, für das Kind zu sorgen und es zu sich zu nehmen, denn zu den Kuglerleuten, die an seinem Unglück schuld seien, dürfe es auf keinen Fall, es würde dort über den Vater nur schimpfen hören und überhaupt, was die Kuglerischen betrifft, so werde er weder vergessen noch verzeihen. Die Vef heulte wie ein Schlosshund vor Mitleid mit dem Bruder und versprach alles, was er wollte. Doch als sie wieder draußen war, nahm sie ihr Versprechen leicht; sie war ihr einsames Waldleben gewohnt und mochte sich nicht mit einem Kinde belasten.

Rasch war die Sache mit dem Jäger-Nazl auf den Kirchbichler Höfen herumgesprochen und auch dem verlassenen Kinde am Steinerhöfl kam sie zu Ohren. Also nicht auf der Gamsjagd war der Vater, eingesperrt hatten ihn die bösen Leute! Wie und wo man ihn aufgegriffen habe, wusste das Christele nicht, aber dass er nicht wiederkommen würde, wusste sie und laut schluchzend floh sie in den Bergwald hinauf. Dann aber kam der Hunger und das unfassbare Weh der Einsamkeit und da lief sie hinab zum Kuglerhofe und bat um ein Stück Brot.

Der Kuglermutter ging das Herz sperrangelweit auf vor Mitleid. »Ja freilich, ein Brot sollst haben und ein Bettl dazu!«, rief sie. Und so blieb das Christele eben am Kuglerhofe.

Nun war es aber eine bare Unmöglichkeit, dass das Kind eines eben festgenommenen Verbrechers dem neuen Pfarrer den Willkommengruß biete, und so musste knapp drei Tage vor des Pfarrers Einstand Mesners Trinele ein kurzes Verslein einlernen und das Prachtgedicht des Lehrers war vergebens ersonnen.

Als Christele erfuhr, dass es mit dem Aufsagen nichts sei, kam sie völlig außer sich. Jetzt erst wurde es ihr klar, wie tief ihr unglücklicher Vater und auch sie in den Augen der Leute gesunken sei, und all ihr Zorn und Trotz brach hervor wie ein Wildbach. Ganz gottlose Reden führte das Christele: erschrecken hätte man mögen! Nicht mehr in die Schule wollte sie und wenn man sie dazu mit Gewalt zwinge, werde sie der Schwester ins Gesicht spucken. Und in die Kirche wolle sie schon gar nicht mehr und kein Vaterunser wolle sie mehr beten und vom Herrgott wollte sie nichts mehr wissen und am Himmelkommen sei ihr gar nichts gelegen, und sie wolle hinaus in den Wald und immer dort bleiben und wenn ein Bär käme und sie mit Haut und Haar auffräße, das wär ihr eben recht und vor der Hölle fürchte sie sich kein bisschen und die Teufelen seien ihr viel lieber als die christlichen Leute, denn die könne sie nicht ausstehen.

So tobte sie lange weiter, doch als sie sich ausgetobt hatte, wurde sie ganz schweigsam und versank in stumpfes, dumpfes Weh. So vergingen ein paar Tage. Da sagte die Kuglermutter: »Schau, Christele, geh doch wieder in die Schule und sei brav: Es trifft dich ja jetzt bald zur ersten Kommunion.« Da trotzte Christele nicht mehr, sondern blickte die Kuglermutter nur groß an, schnallte sich schweigend ihr Schulränzlein um und ging.

Vom Fenster aus sah ihr die Kuglermutter nach, sah, wie sie den Kopf hängen ließ und wie langsam sie ging, als habe sie mehr, viel mehr zu tragen als ihr Schulränzlein. Ach, die Kuglerin wusste schon, was das Christele zu tragen habe.

»So viel erbarmen tut mir das Christele!«, wandte sie sich an ihren Mann, der am Erkertische saß und sich mit seinem Tabakbeutel zu schaffen machte.

Der ließ sich nicht aus seinem Gleichmut bringen. »Ich mein', das Kind versteht's noch nicht«, sagte er und zog die Schnüre seines Tabakbeutels enger.

Seit Wochen schon war Christele auf dem Kuglerhofe und noch nie hatte sie von ihrem Vater gesprochen. Auch die Kuglerleute nicht: Es war wie eine Übereinkunft des Schweigens. Aber ob das Kind nicht an ihn dachte und den Schmerz nur in sich hineinwürgte? Sie war jetzt mit einem Male so anders, so eigentümlich still und sanft und brav. Am Kuglerhofe tat sie alles, was man sie tun hieß, und in der Schule hielt sie sich ruhig wie früher nie. Die Schulschwester verwunderte sich und konnte sie nicht genug loben, denn die Klosterfrauen haben stille Kinder gern. Aber der Kuglerin war's des Guten fast zu viel. So könne es nicht weitergehen, fürchtete sie: Entweder werde dem Kinde das Herz brechen vor verhaltenem Weh oder es werde ein böser Rückschlag und mit der kleinen Wilden werde es dann ärger werden

als je. Noch war das Christele rein und unschuldig wie ein Waldblüm-
lein, später aber, wenn alle Leidenschaften in der jungen Seele aufwa-
chen und fordern und toben, wie würde es da mit dem mutterlosen
Mädchen sein? Der Kuglermutter ihr Sorgenkind war das Christele:
Um ihre drei Buben hatte sie nie so gebangt. Die würden ihren geraden
vorgezeichneten Weg gehen als wackere, aufrechte Bauernburschen,
die ihre väterliche Scholle pflegen und pflügen. Die wären wie Wanderer, die, wenn sie an eine gefährliche Stelle kommen, ein schützendes
Geländer finden, daran sie sich halten können. Aber woran sollte sich
das Christele einmal halten?

Nun, einstweilen konnte die Kuglermutter zu ihrem Troste gewahren,
dass sich das Christele recht eifrig auf ihre Erstkommunion bereitete.
Ganz klug und reif schien die Kleine: Es war, als habe sie mit dem
Herrgott etwas Besonderes auszumachen. Die Gotl sorgte für ein
schmuckes Kleidchen und ein weißes Brautkränzchen, und freute sich
selber wie ein Kind auf den Weißen Sonntag. Dreimal schon hatte sie
das schöne Fest der Erstkommunion an ihren eigenen Kindern miter-
lebt, nie aber hatte sie sich so tief bewegt gefühlt wie diesmal. War es
der Gedanke an die unheimlich dunkle Zukunft des Kindes oder war
es einfach die rührende Andacht, die engelgleiche Lieblichkeit, womit
das einstige Waldteufelchen sich jetzt dem heiligen Tische nahte? O
ja, die Kuglermutter durfte ruhig sein: Das Christele hatte seine Sache
gut gemacht.

Nach der Feier ging man ins Gasthaus und genoss einen redlichen
Imbiss. Kaffee mit Schlagrahm und Biskottenbrot, eine saure Suppe
und Würstel drin und dann noch kalten Aufschnitt bestellte die Kuglerin: Die konnte sich's schon leisten. Doch verdross es sie fast, dass
das Kind nicht recht zugreifen, wenigstens nicht reichlicher frühstücken
wollte als an gewöhnlichen Tagen und ganz versonnen vor sich hin-
blickte. Die Kuglerin nötigte vergebens; sonst sprach sie nicht viel, das
Christele noch weniger. Erst daheim, als sie allein Aug' in Auge waren
und die sorglich mütterliche Hand dem Kinde das weiße Kränzlein
aus den dunklen Locken löste, kam die leise Frage: »Hast heut' wohl
recht gebetet, Christele?«

Christele schlug die Sternenäuglein zur Gotl auf und nickte stumm.
Nach einigen Augenblicken fügte sie flüsternd bei, als wage sie gar
nicht laut zu sprechen: »Für den Vater.«

Nun war es heraußen, das Wort, das dem armen Kinde wohl schon lange auf der Seele gebrannt hatte. Der Kuglermutter schossen Tränen in die Augen. »Recht, Kind, recht!«, lobte sie. »Bet nur für den Vater, er ist recht zu erbarmen. Aber weißt, Kind, für dich selber solltest du auch beten.«

Sie hielt den Kranz empor, dass seine weißen Blüten in der Frühlingssonne, die hell durchs Fenster schien, fröhlich flimmerten. »Kind«, murmelte sie mit bebender Stimme, »schau's an, das Kranzl da! Das solltest dir halt nie, gar nie verscherzen.«

Mehr brachte sie nicht hervor. Dann schwiegen beide.

Die Verhandlung gegen den Jäger-Nazl gestaltete sich schwieriger, als man erwartet hatte. Der Naz war ein Gehauter. Den Einbruch im Kuglerhof konnte er freilich nicht in Abrede stellen, aber, versicherte er, das sei auch das Erste und Einzige, was man ihm zur Last legen könne; alle andern Diebstähle die in letzter Zeit vorgekommen waren, schob er seelenruhig auf das Schuldkonto der umherdörchernden Zigeuner. Das mochte aber der Untersuchungsrichter nicht glauben, war vielmehr überzeugt, dass Nazl in der Gegend auch Hehler haben müsse, die ihm geholfen hätten, das gestohlene Vieh zu verkaufen. Und da gab es nun viele Umfragen und lange Nachforschungen, Gendarmen hatten viele Lauferein und die Sache zog sich in die Länge.

Hochunserfrauentag war's, wo man zu Kirchbichl das Patrozinium feierte. Feierlicher als sonst läuteten schon frühmorgens die Glocken zum Englischen Gruße; dann gab's eine lange Festpredigt und ein noch längeres Hochamt mit Pauken und Trompeten und am Nachmittag die Blumenweihe, an die sich die Vesper und ein großer Umzug anschloss, an der alle Kirchbichler Jungfrauen, gleichviel ob jung oder alt, teilnehmen mussten. Vom Kuglerhofe zog ein gar ungleiches Jungfrauenpärchen aus: die alte Melkdirn Mena, ein flimmerndes Kränzlein fest um die schmalen, grauen Zöpfe geschlungen, und das Steiner-Christele mit ihrem Kommunionkränzlein, einen großen Strauß Weihkräuter, Astern und Basligon, mit beiden Händen umfangend. Das Christele hatte gebeten, mit der Mena gehen zu dürfen, denn es scheute sich, vor den Schulgefährtinnen auszurücken. Das sagte es zwar nicht ausdrücklich, aber die Bäuerin merkte es doch gar wohl und gestattete es ihm gern und meinte, die Schulschwester werde schon ein Auge zudrücken, wenn das Christele nicht mit den Schulmaidlein gehe. Denn das Christele war schon ganz anders als alle andern Kinder und auch seine Lage war anders. Das Kind des Verbrechers!

Die Bäuerin blieb diesen Nachmittag allein zu Hause, denn auch die Männer waren zum Umzug gegangen. Die Haustüre war mit einem schweren Riegel versperrt, das Hoftor fest verrammelt und drunten im Hofe kauerte der getreue Donau und ließ, wenn er irgendein Geräusch auffing, gleich ein drohendes Knurren hören. Sie brauchte sich also wahrlich nicht zu fürchten.

Dennoch war der sonst so entschlossenen Frau seltsam bange ums Herz, als lauere ein düsteres Verhängnis über ihr, als brüte heimliches Unheil über dem Hofe. Und doch war das unheimliche Zigeunervolk längst aus der Gegend verschwunden und der Jäger-Nazl, der einzige Feind, den die Kuglerleute etwa haben mochten, saß fest hinter Schloss und Riegel. Freilich, wenn der einmal wieder frei wäre … Ach, daran mochte die Kuglerin gar nicht denken! Und doch, wer weiß, vielleicht war's gar nicht so lange mehr hin. Denn aufs Lügen verstand er sich ja, wie man hörte, und so würde es wohl bei dem einen misslungenen Einbruche bleiben und dann würde ihm erst noch, wie man hörte, die Untersuchungshaft angerechnet werden, ach, und dann konnte er vielleicht schon im Frühling wieder da sein und sein Kind zurückfordern und, wenn ihm der Boden in der Heimat zu heiß geworden war, vielleicht mit Christele davonziehen, weiß Gott wohin!

»Dass mir heute gar so schwer ums Herz ist!«, verwunderte sich die Kuglerin. Sie war solche Stimmungen sonst nicht gewohnt. War's das völlige Alleinsein auf dem einsamen Hofe oder die tiefe Feiertagsstille um sie her? Endlich riss sie sich gewaltsam aus der trüben Laune, schlang den Rosenkranz um die Hände und kniete sich in den Herrgottswinkel, um zu beten. Und ehe sie mit ihrer Andacht zu Ende war, hörte sie auch schon das Hoftor knarren. Die Mander waren vom Kirchen heimgekehrt.

Gleich nachher erschienen auch die beiden Jungfrauen, die alte und die kleine. Und wie damals nach der Erstkommunion löste die Kuglermutter schier ehrfürchtig das weiße Kränzlein aus Christeles dunklen Haaren und verschloss es in ihren Wäscheschrank. Diesmal aber sprach sie kein Wort dabei und knüpfte keine Mahnrede an diese Handlung:

Ihr war das Herz noch immer so eigentümlich schwer. Frauenherzen, Mutterherzen haben oft seltsame Ahnungen.

Der Tag war ungewöhnlich heiß gewesen; glutrot sank die Sonne hinter den Waldbergen. »Heut' die Nacht könnt' ein Wetter kommen«, weissagte Jaggel, der alte Knecht, der solche Naturereignisse meist in seinen Knochen vorausfühlte. Und richtig, nach dem Abendessen, während die Hausmutter und Mena in der Küche Ordnung schafften und der Vater mit den Buben auf der Hausbank saß, begann es in der Ferne leise zu rollen und zu grollen. Das Christele aber hörte nichts mehr davon: Es lag schon in festem Schlafe. Es hatte sein eigenes Kämmerlein, ein nettes, winziges, worin nicht viel anderes Raum hatte als ein Stuhl und ein Bettlein. Am Kopfende des Bettes hing ein Bild der Immerwährenden Hilfe und an der Breitwand über dem Weihbrunnkrüglein ein Bildchen der heiligen Christina, die auch ein kleines Mädchen gewesen war und doch mutig ausgehalten hatte in harter Pein um Jesu Namen willen.

Leises Pfeifen mischte sich in das Rollen des Donners; näher schoben sich die schwarzen Wolken. »Vor Blitz und Ungewitter bewahre uns, o Herr!«, betete die Bäuerin. Der Bauer aber meinte, recht bös werde es nicht ausfallen und vor einem Hagelschlage brauche man sich nicht zu fürchten. Und schließlich begaben sich alle Kuglerleute, eines nach dem andern, zur Ruhe und ließen sich vom Sturmwind in Schlummer orgeln.

Da … nach Mitternacht gab's einen Krach … Dann einen Schlag, einen furchtbaren, dass alle Schläfer jäh aus den Kissen fuhren.

»Eingeschlagen hat's!«, war der erste Gedanke.

Aber wo? Etwa im Kirchdorfe droben? Oder auf der andern Bergseite, wo das verlassene Steinerhöfl am Waldsaume stand?

Die Bäuerin war aus dem Bett gesprungen und hatte sich rasch Leibl und Wilfling angetan. Dann langte sie nach dem Palmzweig über ihrem Bette; den wollte sie anzünden und glimmen lassen, bis das Wetter vorüber wäre.

Doch in diesem Augenblick schlug ein hellroter Schein an ihre Augen. »Himmlischer Vater, es brennt!«, rief sie.

Auf ihren Schreckensruf antwortete ein anderer vom Hofe herauf; der aber klang hundertmal furchtbarer. Sie eilte ans Fenster; da sah sie das Entsetzliche. Quer durch den Hof sauste schreiend eine kleine Feuersäule dem Brunnen zu.

»Christele!«, schrie die Kuglerin. Und schon war sie drunten.

Das Kind hatte sich in den Brunnentrog gestürzt und wälzte sich darin, das brennende Pfaitlein zu löschen.

Die Kuglermutter riss es an sich und schloss es in die Arme. Was weiter um sie vorging, sah sie nicht mehr, achtete nicht darauf.

In der Scheune war das Feuer ausgebrochen. Und da Christeles Kämmerlein an die Scheunenmauer stieß, mochten die Flammen durch das Fensterlein gedrungen sein und die Kleine im Schlafe erfasst haben. Und dann war das unglückliche Kind in seiner Angst und seinen Schmerzen durchs Fenster gesprungen.

Der Kuglervater hatte sich, von seinen Söhnen unterstützt, daran gemacht, das brüllende Vieh aus dem Stalle zu treiben. Die alte Mena bemühte sich, einigen Hausrat zu retten, musste aber bald davon lassen, denn von einem schneidigen Winde gepeitscht, griff das Feuer mit Riesengeschwindigkeit um sich. Der Kuglerhof war verloren. Wohl musste man im Dorfe den Feuerschein sehen und sich zur Hilfe rüsten, aber es war ein weiter Weg von dort herüber. Und als endlich die Feuerspritzen heranrasselten, hatte die Lohe schon ihr grauses Werk getan: Scheune und Wohnhaus waren nur mehr ein flammender Trümmerhaufen.

»Der Blitz ist's gewesen«, sagte der Bauer. Und dasselbe sagte auch der alte Jaggel. Nur seltsam, dass zugleich mit dem Krache auch schon das Feuer emporschlug! Doch der Feuerwehrhauptmann meinte, das komme wohl vor.

Bald nach den Feuerwehrleuten war aber noch ein anderer am Platze erschienen … der Pfarrer. Löschen konnte der freilich nicht helfen, wohl aber trösten und den Abbrändlern einige Hilfe anbieten. Ach, und noch etwas anderes, woran er bei seinem eiligen Kommen wohl kaum gedacht hatte, einem jungen Menschenkinde beistehen in seinen letzten Augenblicken!

Fernab vom Hasten und Treiben der Männer lag im Obstanger des Kugleranwesens das Steiner-Christele in den Armen seiner Gotl. Ein Leilach, eins von den wenigen, die man am Kuglerhofe gerettet hatte, lag über das zuckende Körperchen gebreitet. Und sooft die Kuglermutter ins schmerzverzerrte entstellte Gesichtlein blickte, brach sie in den

Ruf aus: »Ich kann's nimmer ansehen!« Aber sie hielt doch mutig aus, wenn's ihr auch war, als litte sie die Feuerpein am eigenen Leib.

Dem Pfarrer, der neben dem Kinde auf den Knien lag und die Sterbegebete murmelte, ging das Mutterleid der Kuglerin zu Herzen. »Das Kind ist nicht mehr bei sich«, meinte er sie trösten zu müssen.

Im gleichen Augenblicke aber hoben sich die geschlossenen Lider, deren schöne lange Wimpern so elend versengt und vernichtet waren, und es strahlte ein Blick hervor, ein großer, schmerzlicher, der für eine Sekunde das furchtbar zugerichtete Märtyrergesichtlein verklärte. Da verstand der Pfarrer, dass er sich getäuscht hatte, dass das Kind wisse und empfinde und leide: Er beugte sich tief zu ihm und flüsterte ihm die heiligen Namen zu, denn eine andere Wegzehrung konnte er ihm nicht reichen.

»Jesus, Maria!«, kam's über die verbrannten Lippen, leise, schmerzlich. Es folgte ein stöhnender Seufzer, dass man glauben konnte, es sei alles vorbei. Dann aber kam's noch einmal leise, so leise, dass nur das scharfe Mutterohr der Kuglerin es auffing: »Für den Vater ...!«

Und das war das Letzte ...!


Am niedergebrannten Kuglerhofe gab's kein Plätzchen mehr, wo man das Christele leichweise legen konnte; ins Ortsspital musste man sie bringen und ihr dort das letzte Bett zurechtrichten. Und seltsam! Unter den wenigen Betttüchern, die man gerettet hatte, war auch das weiße Kränzlein verborgen gelegen, das Christele an ihrem Kommuniontage getragen hatte und gestern wieder beim großen Umzuge. Und weinend drückte es die Kuglermutter auf das arme Köpflein, dessen dunkler Lockenschmuck so grausam zerstört war.

In diesem mild-feierlichen Augenblicke stürzte jemand geräuschvoll in die Totenkammer.

Hilf Himmel, der Jäger-Nazl!

Die Kuglerin stand wie versteinert. Sie gab sich gar nicht Rechenschaft, wie denn der Nazl hieher komme und ob er vielleicht – unwahrscheinlich genug! – auf die Nachricht vom Tode seines Kindes für kurze Zeit von der Haft entlassen worden sei. Nein, sie stand ganz betäubt, ganz verwirrt neben ihm und hatte ein dumpfes Gefühl, als habe sie einen Frevel wider ihn begangen und müsse ihn um Vergebung bitten.

»Ist sie's?«, stöhnte er.

Kein Wunder, dass er sein schönes Kind nicht mehr erkannte!

Die Bäuerin fand nicht gleich eine Antwort. Erst als er zermalmt in die Knie brach, fasste sie sich ein Herz. »Naz, siehst wohl, ich hab's ihr gut gemeint. Ich hab mir gedenkt, ich bin die Gotl. Ja freilich, Naz, ich hab sie ins Haus genommen und jetzt siehst wohl ...«

Weiter kam sie nicht. Sie fürchtete, er werde wüten und ihr die Schuld aufbürden am Tode seines Lieblings. Warum hast du das getan? Warum sie zu dir genommen? Erst habt ihr mich ins Loch gebracht, ihr Kuglerleute, und nun habt ihr mich auch ums Kind gebracht!

Er aber sagte nichts dergleichen. Eine Zeit lang wand er sich am Boden wie ein Gemarterter, der seine Qual von sich abwälzen will; dann richtete er sich gach auf und stierte nach der kleinen Toten. Und dann kam's heiser, kreischend, furchtbar: »Ich bin schuld! Ich bin der Mörder! Ich, ich ...!«

Wie er es hervorstieß, dieses schaudervolle Wort! Die Frau meinte, einen Wahnsinnigen vor sich zu sehen. »Nein, nein, Naz«, wollte sie ihn beruhigen, »kein Mensch gibt dir die Schuld. Der Blitz hat einge- schlagen ...«

Da sprang er auf; seine Zähne schlugen aufeinander, seine Augen flackerten wild. »Was Blitz! Ich bin's gewesen. Ich hab dem Kugler einen Denkzettel geben wollen und hab mir selber ins Fleisch geschnit- ten, mitten durchs Herz hab ich mir geschnitten. O Kind, o mein einziges, ich hab dich umbracht!«

Nun endlich hatte die Kuglerin begriffen. Sie fasste den Elenden am Arme, hieß ihn aufrecht stehen neben der Leiche des Kindes und sagte mit einer Stimme, die mild und mahnend klang: »Hör' auf zu wüten, Naz! Dein Kind hat für dich sterben müssen, für deine Seel'. Ihr letztes Wort – o ich hab's gut gehört: – ihr letztes Wort ist gewesen: Für den Vater!«

Von der Leiche seines Kindes weg stellte sich der Naz dem Gerichte. Tags vorher war er, eine günstige Gelegenheit nützend, aus der Haft entwischt, um am Kugler Rache zu nehmen, und nun war die Rache tausendmal zurückgefallen auf sein eigenes Haupt. Gern bekannte er jetzt alles und schob seine Schuld nicht mehr auf andere. Und der Kaplan der Fronfeste, ein ehrwürdiger Kapuziner, hatte leichte Arbeit mit ihm. Als Brandstifter, durch dessen Schuld ein Menschenleben zu beklagen war, wurde er zum Tode verurteilt. Sein Verteidiger wollte sich um Begnadigung bemühen, aber der Naz wollte davon nichts hören: Ihm schien der Tod, und wenn's auch der schmachvolle am Galgen war, eine gerechte Sühne, vielleicht auch eine Erlösung. Und Gott war dem Reuigen gnädig. Gleich nach Verkündung des Urteils fiel er in ein heftiges Fieber, das sich bis zur Todeskrankheit steigerte. Sein letzter Trost war ein Besuch der Kuglerin im Häftlingsspitale. Mit der herzlichen Beteuerung, sie und ihr Mann hätten ihm verziehen, reichte sie ihm die Hand. Und er hielt ihre Hand fest und blickte sie lange an mit seinen roten, fieberflackernden Augen. Und dann bat er: »Kuglerin, sag's mir noch einmal, wie sie gesagt hat, mein Christele, eh sie gestorben ist!«

Und leise weinend wiederholte die Kuglermutter Christeles geflüstertes Wort: »Für den Vater!«

# Zusammengeführt

Das war eine arge Karwoche gewesen für den Leitebner von St. Martin! Am Palmsonntag hatten sie sein Moidele, sein ein und alles auf Erden, im Auto weggeführt, hinein in die Stadt zur Operation. Nicht ins städtische Spital natürlich, das manches zu wünschen übrig ließ, sondern in eine Privatklinik, wo alles aufs Beste eingerichtet war: Der Leitebner konnte sich das schon leisten. Oder vielmehr das Moidele selber, denn von des Kindes Mutter her stammte ja das ganze Geld. Aber die Klinik allein macht's nicht, und der Arzt, der sie leitete, hatte ein bedenkliches Gesicht gemacht und hatte gemeint, er könne für nichts gutstehen. Und nun, da die Operation vorbei und, wie man so sagt, gut gelungen war, konnte der Arzt erst recht für nichts gutstehen, denn die Kleine war sterbensschwach. Tag für Tag war der geängstigte Vater von seinem entlegenen Dorfe in die Stadt gekommen, um sein Kind zu sehen, und Tag für Tag hatte man ihn grausam abgewiesen. Denn, hieß es, solange noch ein Fünkchen Hoffnung sei, müsse der kleinen Patientin jede Aufregung erspart werden.

Von der Klinik weg, die außerhalb der Stadt in schöner, freier Lage stand, ging der Leitebner regelmäßig in die Stadtpfarrkirche. Dort wurde auf einem Seitenaltar ein gar liebes Herz-Jesu-Bild verehrt, und vor dem schüttete er sein Herz aus. Viele schöne, fein durchdachte Worte brachte der arme Mann freilich nicht zustande, denn er war ein einfacher Bauer; er stöhnte nur immer: »Herrgott, wenn du mir weiter auch *das* noch antust!«

Mehr sagte er nicht, sagte auch nicht, was er anfangen würde, wenn ihm der Herrgott wirklich *das* antäte. Aber das schlicht abgerissene Gebet klang doch so, als habe der Leitebner in seinem Leben des Leides bereits viel erfahren.

Und doch gehörte er zu den Menschen, von denen Nachbarn und Bekannte sagen: »Der hat's wohl gut getroffen!«

Franz Kofler, das war des Leitebners richtiger Name, war ein blutarmer Bauernbursche aus dem rauen Bergdörflein Sankt Felix gewesen; aber kräftig, brav, arbeitsam, und vor allem bildschön. Das war sein Glück geworden. Oder vielleicht eher sein Unglück! Er ging ins Tal, um zu verdienen und wurde Knecht am Leitebnerhofe zu Sankt Martin. Die Bäuerin, eine reiche, kinderlose Witwe, verliebte sich sterblich in den schmucken Knecht und wollte ihn durchaus zu ihrem Bauern machen. Er sträubte sich, er ging ihr aus dem Wege: Hatte er ja doch schon sein Lieb am Berge droben, die Pichler Trina, ein Goldmädel, blitzsauber und brav, und lieber mochte er mit der Trina Schwarzplentenes essen als mit der Leitebnerbäuerin Schweinernes. Aber da legte sich Franz Koflers Mutter ins Mittel. Ach, Mütter sind ja auch nicht immer selbstlos! Sie hatte die Trina, die keinen Knopf ihr eigen nannte, nie gern gesehen, und nun, da sie erfuhr, welches Glück ihr Sohn ausschlagen wolle, kam sie schier außer sich. Nach einem harten Arbeitsleben schien ihr jetzt ein schönes, sorgenfreies Alter zu winken, und sie drohte dem Sohne klipp und klar: »Wenn du die Trina nimmst, meinen Segen kriegst nit!«

Als Trina das hörte, gab sie ihrem Franz sein Wort zurück und floh aus der Heimat. Und bald hörte man, sie sei zu den Barmherzigen gegangen, denn mit der Krankenpflege hatte sie immer Freude gehabt. Franz aber tat der Mutter Wunsch und Willen und heiratete die Leitebnerin, heiratete ihren schönen Hof, ihren prächtigen Stall, ihre fetten Äcker und Wiesen, aber – ach! – auch ihr böses, hartes Herz. Die sinnliche Leidenschaft des Weibes für den schönen Bergerburschen war gar bald verflogen; sie verachtete den Mann, der nichts sein eigen nannte, als ein treues Herz und zwei kräftige Arme, sie sah in ihm nur mehr einen Knecht. Einen Knecht, der keinen Lohn zu fordern hatte und seinen Dienst nicht künden konnte. Und Franz Kofler war ein warmherziger, feinfühliger Mensch: Rohe Auftritte machten ihn wehrlos. Aber auch die Selbstsucht seiner Mutter räche sich schwer. Der Sohn konnte sie jetzt nicht mehr unterstützen wie vordem, da er jeden ersparten Kreuzer ihr geschickt hatte, und die stolze Schwiegertochter duldete es nur ungern, dass sie je ihren Fuß auf ihre Schwelle setze. Zuletzt starb die alte Koflerin in Not und Elend und bereute es zu spät, dass sie das Lebensglück ihres Sohnes durchkreuzt hatte.

Nur *einen* Trost hatte Franz Kofler: Das ungeliebte Weib hatte ihm ein Kind geschenkt. Ein einziges, aber ein so liebes! Und es war, als habe das Moidele von klein auf das Gefühl, dass es den Vater trösten, dass es ihm einen Ersatz bieten müsse. Und später, als das Moidele größer und Moideles Mutter immer schlimmer wurde und zuletzt sich auch noch dem Trunke ergab, und sich's nicht wehren ließ, weil ja der Keller, wie alles Übrige, ihr, ihr allein gehörte, da litt das Kind mit dem Vater und weinte über die Mutter und stand wie ein lichter Engel zwischen den beiden.

Vor einem Jahre ungefähr war die Leitebnerin an rascher Krankheit gestorben. Und ohne sich's zu gestehen, fühlten sich Vater und Kind erlöst. Er ging froh seiner Arbeit nach und freute sich auf's Nachhausekommen, wenn ihm sein Kind entgegenlächelte; oft auch ging Moidele zu ihm hinaus aufs Feld, griff nach ihren Kräften munter an oder setzte sich nicht weit von ihm und strickte oder las in ihren Schulbüchern. Ein schönes, friedliches Zusammenleben war es jetzt, aber es währte nicht lange. Eines Tages stellten sich bei dem kleinen Mädchen heftige Schmerzen ein, und als sich der Dorfarzt endlich klar geworden war, was das bedeute, da stand die Sache schon gar schlimm ...

Und darum kniete der Leitebner jetzt Tag für Tag vor dem Herz-Jesu-Bilde in der großen, schönen Stadtpfarrkirche und stöhnte: »Herrgott, wenn du mir weiter auch *das* noch antust ...!«

Aber der Herrgott weiß genau, was ein armes Menschenkind ertragen kann. Als der Leitebner die Kirche verließ, trat ein Mann auf ihn zu, in dem er sofort den Hausdiener der Klinik erkannte; der sagte ihm, mit dem Kinde sei es heute auf einmal so viel besser geworden, dass der Herr Doktor ihn ausgeschickt habe, nach dem Vater zu suchen, damit er die Kleine vor seiner Heimfahrt noch begrüßen könne.

Dem Leitebner wirbelte es im Kopfe vor Freude. Ihm war, als sei er mit einem Schlage ein anderer Mensch geworden. Jetzt erst wurde er sich bewusst, dass heute Karsamstag sei und dass man am Morgen das Halleluja gesungen habe. Und während er zur Stadt hinauswanderte, o wie schön schien ihm da die Welt! In den Auslagen prangten zwischen den Osterschinken purpurne Zinerarien und lachende Piruszweige, vor der Stadt aber blinkte ihm der Blütenschnee der Hecken entgegen und am Berghange begann es zu grünen, weiter droben nur ganz leise, weiter herunten aber schon saftig und froh, während von allen Bäumen herab die Vögel ihre Osterlieder schmetterten.

Am Eingangstore der Klinik kam ihm von ungefähr der leitende Arzt entgegen. Er beglückwünschte ihn recht herzlich zur unerwarteten Besserung seines Töchterleins, doch dürfe man nicht meinen, es sei jetzt schon alles gewonnen. Zwei Wochen wenigstens müsse das Kind noch in der Klinik bleiben und wenn der Vater es wieder zu sich nehmen wolle, müsse er für längere Zeit eine tüchtige Wärterin nehmen.

Der Leitebner nickte und meinte, das werde sich schon machen lassen. Doch als er dem Arzte die Hand gedrückt hatte und allein die breite Treppe des Hauses hinanstieg, wurde er nachdenklich. Er ließ alle seine Mitbürgerinnen, die sich mit Samariterdiensten abgaben, an seinem Geiste vorbeiziehen und fand nicht eine, der er sein Moidele hätte anvertrauen mögen. Da war die alte Barb, eine gute Haut, aber halb kindisch und so unreinlich, dass man sich, wenn sie ins Zimmer trat, am liebsten die Nase zugehalten hätte. Dann die fuchsete Thres mit ihrer blaurot leuchtenden Schnapsnase und den großen gelben Zähnen. Dann die krumme Nannl, die weit mehr auf den eigenen Magen bedacht war als auf das Wohl ihrer Pfleglinge und der kein Wein kräftig und kein Braten saftig genug war. Am besten war noch die Schreier Zenz; die verstand etwas vom Krankenwarten, nur gar zu laut und zänkisch war sie. Ach, und das arme Moidele hatte in ihrem Leben schon Zank und Unfrieden genug gesehen.

Nun endlich stand Franz Kofler vor der Türe, die ihm so lange verschlossen gewesen war! Er blickte hinauf, um ja sicher zu sein, dass es die rechte Tür sei. Ja, ja, er täuschte sich nicht: Nr. 7! Und er klopfte.

Ganz scheu, fast ehrfürchtig, als berge sich hinter dieser Türe sein Lebensglück. Und das war ja auch so in der Tat!

Von drinnen klang das freundliche Herein einer Frauenstimme. Und er drückte auf die Klinke.

Es war ein hübsches, luftiges Zimmerchen, das man seinem Kind angewiesen hatte. Der Türe gegenüber war ein hohes Fenster, an dem einige Primelstöcke blühten. Die Abendsonne strahlte voll herein, eine rechte Aprilsonne, eine rechte Ostersonne, so froh, so blendend hell, dass Kofler im ersten Augenblick nur die Blumenstöcke sah, die von dem Sonnenglanze umschmeichelt waren.

Und auch als seine Augen sich an das Licht gewöhnt hatten, war es nicht gleich sein Kind, das er sah, sondern eine kräftige, wohlgebaute Frauengestalt, die sich über das Bett neigte. Der Leitebner, der ja auch im Krieg gewesen war, hatte keine sonderlich angenehme Erinnerung von den weltlichen Pflegerinnen nach Hause gebracht, in dieser Gestalt aber, die sich wie ein ausdrucksvoller Schattenriss vom hellen Fenster abhob, lag viel mütterliche Anmut, dass das Auge des Mannes gebannt wurde.

Nun trat die Pflegerin zur Seite, und der Leitebner blickte in das mondscheinblasse Gesichtlein seines Kindes.

»Moidele!«

»Vaterle!«

Endlich waren sie wieder Aug' in Auge, Vater und Kind. Die Pflegerin hatte sich bescheiden ans Fenster zurückgezogen und tat, als müsse sie sich dort an den Blumenstöcken zu schaffen machen, während Moidele mit dünnem Stimmchen dem Vater von all den Schmerzen der letzten Tage erzählte. Vom Schneiden, auf das sie sich so gesorgt hatte, hatte sie nichts gespürt, aber nachher …! O, die Übligkeiten und Beklemmungen und die brennenden Schmerzen, die ihr den Schlaf von den Augen scheuchten, und das Ärgste von allem, der Durst! Kein Tröpflein Wasser habe man ihr vergönnt; auch die Schwester habe ihr keines geben wollen. Aber böse sei sie der Schwester darob doch nicht gewesen, o nein, ohne *sie* hätte sie all das Furchtbare nicht ausgehalten.

Und die tiefliegenden, übergroßen Augen schweiften hinüber zum Fenster.

Und nun dämpfte sie ihre Stimme zum Flüstertone und bat: »Vaterle, gelt, wenn du mich nach Hause nimmst, gelt, die Schwester nehmen wir mit. Eine Pflegerin muss ich haben, hat der Doktor gesagt, und ich möcht' keine andere.«

Dem Leitebner ging das ein. Ja freilich, eine aus der Klinik, das war das Beste: Das wär etwas anderes als die Barb und die Thres, als die Nandl und die Zenz!

Er trat zu ihr ans Fenster. Und fast unwillkürlich wandte sie sich jetzt nach ihm.

Und als er ihr nun voll ins Gesicht sah, ach ja, da hatte er sie erkannt auf den ersten Blick!

Schmaler und feiner war sie geworden, und die Blüte der Jugend war dahin. Nicht aber das, was das Schönste am Weibe ist, was vom Innersten herauskommt und sich in Aug und Mienen spiegelt: die Anmut des Herzens.

»Schwester …!«, stammelte er und stockte gleich wieder. Aber etwas musste er doch sagen, durfte nicht so vor ihr stehen wie ein verschüchterter Schulbube. »Schwester …« Und nun wusste er wirklich nicht mehr weiter, wusste nicht, was er denn habe sagen wollen.

Sie war rot geworden wie ein junges Mädchen, aber sie hatte doch ihre Geistesgegenwart behauptet. Kein Wunder: *sie* war ja nicht überrascht, ihn zu sehen. Und nun half sie ihm aus der Verlegenheit und griff freundlich sein letztes Wort auf. »Sie haben gemeint, ich sei Barmherzige geworden? Ja, ich hab schon wollen, aber es hat nicht getan.«

Um ihre feingeschnittenen Lippen spielte ein wehmütiges Lächeln. Ach, ein wundes Herz taugt nicht ins Kloster!

Was der Leitebner gemeint hatte und was er dann nicht mehr vorbrachte, das war der Wunsch, sie als Pflegerin für sein Moidele anzuwerben. Aber nun, da er sie erkannt hatte, dachte er nicht mehr daran. Ach nein, das wäre zu schön! Und sie würde gar nicht kommen wollen, gewiss nicht! »Schwester, ich dank' Ihnen für alles!«, murmelte er. »Sie haben mir das Kind herausgestellt.«

Tiefer wurde das Rot auf ihrer Stirne. »Ich hab mein Möglichstes getan«, versicherte sie mit einem innigen Klange in der Stimme. Dann aber fügte sie plötzlich in trocken abweisendem Tone hinzu: »Das tu ich für jeden Kranken, das ist meine Pflicht.«

Und im gleichen Tone fügte sie noch bei: »Nehmen Sie mir's nicht übel, Herr Kofler, aber ich glaube, Sie sollten heute noch nicht zu lange bleiben. Das Kind könnte doch zu müde werden.«

Der Leitebner war betroffen. Sie wollte ihn weghaben, das fühlte er deutlich. »B'hüt Gott, Moidele!«, sagte er traurig und wandte sich nach der kleinen Kranken.

Aber da streckten sich zwei wachsbleiche, schmale Händchen aus, ihn zurückzuhalten. Und er ließ sich halten und stand wieder neben seines Kindes Bette.

Die Pflegerin trat auf die andere Seite des Bettes und wollte ihrer Patientin den Abschied erleichtern. »Morgen ist auch ein Tag, Moidele, morgen kommt der Vater schon wieder.« Zugleich rückte sie die Kissen zurück und strich liebkosend durch die dunkelblonden Haare des Mädchens.

Da fasste Moidele mit der einen Hand die Hand des Vaters, mit der anderen die Hand der Schwester, und ihre Augen wanderten von einem zum andern. »Ihr seid mir die zwei Liebsten auf Erden«, schienen diese beredten Augen zu sagen. Und schmeichelnd wiederholte sie: »Gelt, Vaterle, die Schwester Katharina nehmen wir mit nach Haus?«

Schwester Katharina widersprach. »Das geht ja nicht, Kind, ich bin ja hier in der Klinik angestellt. Aber ich will schon sehen, dass du eine andere Pflegerin bekommst, eine recht brave, liebe.«

»Ich mag aber keine andere als Sie«, schmollte die Kleine. Und dann schlang sie die Arme um die Schwester und flüsterte tränenvoll: »Sie sind mein liebs Mutterle!«

Tiefe, verhaltene Sehnsucht sprach aus dem zärtlichen Worte. Sehnsucht nach dem, was das arme Kind bei der eigenen Mutter nie gefunden hatte, was im erst in diesem Hause der Schmerzen zuteil geworden war.

Da konnte Schwester Katharina nicht widerstehen, sie neigte sich über die Kleine und küsste sie zärtlich.

Dem Leitebner aber war mit einem Male alle Scheu verflogen. Über sein Moidele hinweg langte er nach Katharinas Hand und umklammerte sie und hielt sie fest wie etwas, das ihm rechtens gehörte.

»Trina!«, rief er.

»Franz!«, gab sie leise zurück.

Und ohne weiteres Wort wussten die beiden, woran sie miteinander waren.

Als der Arzt erfuhr, was sich auf Nr. 7 abgespielt hatte, machte er gute Miene zum bösen Spiele. Es tat ihm sehr leid, eine so tüchtige Pflegerin zu verlieren, aber er gönnte doch den beiden trefflichen Menschen ihr spätes Glück. Um Schwester Katharina nicht eher ziehen zu lassen, als bis er einen Ersatz gefunden hätte, behielt er das Leitebner Moidele noch etwas länger als notwendig im Hause. Und als die kleine Rekonvaleszentin dieses Haus endlich verließ, da war zwischen ihrem Vater und Katharina der Bund fürs Leben schon geschlossen, da durfte sie der treuen Pflegerin mit Fug und Recht den süßen Mutternamen geben.

Mit Katharina zog Liebe und Frohsinn ins Leitebneranwesen ein und Fleiß und Ordnung und alles, was ein Haus zur Heimat macht, und Moidele schien unter ihrer mütterlichen Hand aufzuleben. Aber das *schien* eben nur so. Das zarte Körperlein war zu schwer erschüttert und eine volle Genesung konnte alle Erfahrung und alle Sorge der Mutter nicht schaffen. Bald ließ die geknickte Knospe wieder das Köpflein hängen, und als der Spätsommer glutheiß über die schönen Gefilde von Sankt Martin hinzog, hauchte das Leitebner Moidele sein schneeweißes Seelchen aus.

Aber es starb gerne, weil es wusste, dass es den Vater nicht allein zurücklasse. Und es versprach, im Himmel droben zu beten, dass der liebe Gott den Eltern ein anderes Moidele schenke, oder besser noch ein Büblein.

Mit großer Feierlichkeit und unter dem Geläute aller Glocken, wie es einer reichen Bauerntochter geziemt, wurde das Leitebner Moidele zu Grabe getragen. Die Schulkinder beteten und sangen, die Musik spielte Trauerweisen und von fernher kamen die Leute, um das schöne Begräbnis zu sehen. Hinter dem Sarg aber schritt ein trauerndes Paar, und wer die schöne Frau sah, die so bitterlich weinte, der hätte wohl glauben müssen, es sei die rechte Mutter, die ihrem Kinde das letzte Geleite gebe.

Als die Andächtigen sich schon zum größten Teile zerstreut hatten, stand der Leitebner mit seiner Trina noch immer am blumenbestreuten Grabhügel.

»Dass ich das Kind nicht hab am Leben erhalten können!«, schluchzte Katharina.

Er drückte ihr stumm die Hand und blickte, leise weinend, auf das Grab. Aber es war ihm doch nicht mehr so ums Herz wie damals, als er vor dem Herz-Jesu-Bilde gestöhnt hatte: »Herrgott, wenn du mir auch *das* noch antust ...!« Das engelgleiche Kind hatte seine Aufgabe erfüllt: Es hatte ihn mit *der* zusammengeführt, die Gott ihm bestimmt hatte.

# Die seidene Schürze

»Was tu ich mit dem blitzblaben Fürtuch? Was tu ich mei damit?« So hatte die Müllerin vom Gärberbache schon mehrmals ausgerufen, während sie in ihrer Kleidertruhe kramte.

Die Müllerin hatte den Brauch, mit sich selber zu reden, wie es alte Leute pflegen. Sie war aber durchaus kein altes Leut, sondern eine stattliche Vierzigerin; sie hätte die schöne, blaue Seidenschürze noch ganz gut selber tragen können.

Doch das fiel ihr im Traume nicht ein. Einmal nur, an ihrem Hochzeitstage, hatte sie sich die Schürze umgebunden. Das war nun mehr als zwanzig Jahre her, und seitdem lag das schöne Stück säuberlich zusammengefaltet zwischen dunklen Tuch- und Halbwollkleidern und wurde als unnützer Gegenstand betrachtet.

»Barbele, sag, was tu ich mei mit dem blitzblaben Fürtuch?«, wandte sich die Müllerin jetzt an ihre achtzehnjährige Tochter, die eben eintrat.

Das junge Ding wurde feuerrot ob der Frage. Sie hätte schon gewusst, was anfangen mit der blauseidenen Schürze, die ihr seit ihren ersten Jugendtagen der Inbegriff alles Schönen war. O hätte sie die Schürze doch anziehen dürfen, ein einziges Mal! Doch das wagte sie nicht zu sagen, wagte kaum, es zu denken, aus Angst, die strenge Mutter werde ihr den eitlen Gedanken aus den Augen ablesen. Daher hielt sie sich mäuschenstille und hütete sich, die Frage zu beantworten. Wusste sie ja doch, dass die Mutter nur so leichthin gefragt hatte und dass es ihr gar nicht einfiel, von der Tochter Rat und Antwort zu begehren.

Und so war es auch. Bald war der guten Frau die richtige Erleuchtung gekommen. Sie hielt die seidene Schürze hoch, betrachtete sie dann von allen Seiten und dann rief sie triumphierend: »Jetzt weiß ich, was ich mit dem Fürtuch tu! Der Muttergottes tu ich's schenken! Der schönen, weißt, Barbele, mit ›die wirklichen Haar‹, die sie in Wilten bei die Prozessionen umtragen. Wirst sehen, was das für einen Muttergottesmantel abgibt!«

In Barbels Herz zog bitterer Gram. Und als die Mutter erst noch fragte: »Gelt?«, worauf rechtens keine andere Antwort folgen durfte als eine bejahende, da fluteten dem Dirnlein die hellen Tränen in die Augen und sie wandte sich nur rasch ab, damit die Mutter nichts merke.

Ans Fenster floh sie und machte sich dort irgendetwas an den Blumenstöcken zu schaffen. Aber diesmal wollte die Mutter wirklich Antwort. Und sie fragte so lange: »Gelt, Barbele?«, bis das Mädchen den Kopf wandte und »Wohl, wohl!«, flüsterte.

Jetzt merkte die Müllerin aber, dass die Tochter weine. »Wirst nicht etwa ums Fürtuch leidig sein, Madel?«, sagte sie mit rauer Stimme. »Sell wär decht zum Lachen, wenn du mit so einem blitzblaben Fürtuch ummerlaufen wolltest. Müsstest dich ja vor die Leut' schamen, so schiech, wie du bist!«

Tiefbeschämt, ihre Gedanken erraten zu sehen, beugte sich Barbel über die Blumentöpfe. Und nachdem sie den kleinen Zimmergarten reichlich mit ihren Tränen begossen hatte, floh sie hinaus in die Küche, um ungesehen und ungestört ihr Weinen fortzusetzen.

Zwar war sie es schon gewöhnt, dass die Mutter ihr immerfort ihre Hässlichkeit vorwerfe, aber weh tat's ihr doch. Warum es die Mutter tat, das ahnte sie in ihrer Einfalt freilich nicht.

Barbels Eltern wussten ja nur zu gut, dass ihr Kind *nicht* hässlich sei. Bildschön war sie ja! Augen wie Sterne und ein Gesichtchen wie eine Maienrose und ein Wuchs wie die zarten Birken im Bergwald droben! Ei ja, das wussten die Eltern genau und sie bewachten das Kind wie ein Kleinod. Aber das Kleinod war ihnen nicht des Kindes Schönheit: Im Gegenteil, diese auffallende Schönheit machte ihnen bange. So bange, dass sie sich's gegenseitig gar nicht gestehen mochten, was jedes von ihnen dachte. Jedes aber betete in seines Herzens Stille: »Hergott im Himmel, erhalte uns das Barbele unschuldig!«

Der Vater hätte es am liebsten gemacht wie weiland Sankt Barbaras Vater und das Mägdlein in einen Turm gesperrt. Doch das ging nun einmal nicht, und im Übrigen sprach er nicht viel von seinen Vatersorgen; denn der Müller war ein Mann, der um einen Gulden nicht zehn Worte feil hatte. Die Müllerin gab's mit dem Reden billiger; sie war der Ansicht, eine gewissenhafte Mutter könne ihrer Tochter nie zu viele Warnungen erteilen. Darum stellte sie dem Mädchen die Torheit, Schlechtigkeit und Verderblichkeit der Eitelkeit täglich mit kräftigen Worten vor Augen. Weil ihr das aber noch nicht genug schien, griff sie zu einem, wie sie meinte, noch wirksameren Mittel und beteuerte dem Barbele immer und immer wieder, sie habe an Hässlichkeit nicht ihresgleichen. Wenn das Barbele sich nur für recht hässlich hielt, dann schien ihr die Tugend des Mädchens gesichert.

Barbel glaubte aufs Wort, was man ihr sagte. Umso leichter, als auch ihr Bruder, der Ander, zwar nicht aus erzieherischen Gründen, sondern aus lauterer Spitzbüberei, die Äußerungen der Mutter unterstützte. »Zotteln hast wie ein Besen und Sprotzer als wie ein Schnegg und einen Grind als wie ein Kabeskopf!« Und auch das glaubte Bärbel aufs Wort und es tat ihr furchtbar weh.

Hätte sich das Müller-Barbele nur einmal in einem richtigen Spiegel beschaut, der hätte ihr freilich ganz andere Komplimente gemacht. Aber dafür war schon gesorgt! In der Mühle am Gärberbache gab's nur einen einzigen Spiegel, und der war schon im Hause gewesen, als der Müller es kaufte. Dieser Spiegel, der für die Bedürfnisse der Familie vollauf genügte, war winzig klein und halb blind; zudem zeigte er alles schief. Und überdies hing dieser Jugendverführer so hoch droben in der Stube, dass man schon auf einen Stuhl steigen musste, wollte man seine Nasenspitze darin besehen.

Vor hundert Jahren gab's also wirklich noch Mädchen, die schön waren, ohne es zu wissen, und die Müller-Barbel vom Gärberbache gehörte dazu. Aber eine Heilige war die Barbel darum noch lange nicht, o nein, bewahre! Wohl kam ihr nie der Gedanke: »Ich bin schön!« Aber hundertmal des Tages dachte sie: »Ach, wär ich doch schön!«, und das ist schließlich um nichts besser. Und je fester sie von ihrer beweinenswerten Hässlichkeit überzeugt war, desto heftiger begehrte ihr junges Herz nach Schmuck und Tand, damit doch irgendetwas an ihr sei, das den Leuten gefalle und die Blicke anziehe.

Und darum weinte sie so bittere Tränen um die seidene Schürze, die nun aus dem Hause sollte, ehe sie sich auch nur ein einziges Mal damit geschmückt hatte.

Eine harte Zeit war es damals. Das Land stand unter Bayern und Bayern stand unter Napoleon, und Kaiser Napoleon brauchte Soldaten über Soldaten und wollte die freien Tiroler Burschen in den Soldatenrock zwängen. Die aber flohen in die Berge und verbargen sich in einsamen Sennhütten oder in entlegenen Weilern, wo niemand sie suchte und niemand sie verriet. Auch der Ander vom Gärberbache hielt sich bei einem Vetter in der Sterzinger Gegend versteckt. Die Eltern kannten sein Versteck; dem Barbele aber sagten sie nichts davon, damit sie es nicht etwa gedankenlos ausplaudere. Sie war ja noch gar kindisch und unverständig für ihre Jahre.

Das Barbele trauerte dem Bruder nicht nach; sie war froh, den Plaggeist los zu sein. Und als nun zum einen Unglück noch ein zweites kam und die Nandl auf dem Stangerhofe oder Fulpmes schwer erkrankte, da ging dem Barbele auch das nicht so zu Herzen, wie es recht und billig gewesen wäre. Weinend schied die Mutter aus dem Hause, um nach der lieben Kranken zu sehen; Barbele aber freute sich, dass sie unterdessen die Hauswirtschaft allein besorgen dürfe und dass ihr niemand dreinreden werde und niemand sie schelten dürfe.

Der Vater war ja auch streng; aber der sprach nicht viel und blieb ruhig in seiner Mühle.

Am Morgen, nachdem die Mutter weg war, fuhr der Vater mit seinem Müllereselein nach Innsbruck hinab. Das hatte sonst immer der Ander getan; nun aber musste es eben der Alte tun.

Als er die breite Straße talwärts zog, wandte er sich bei der ersten Biegung nochmals um und gebot dem Töchterlein, das auf der Türschwelle stand, mit erhobenem Finger: »Daheim bleiben!« Sie nickte lächelnd. Zehnmal hatte er's ihr eingeschärft, und neunmal hatte sie's ihm versprochen. Nun aber war er schon so weit weg, dass ihn ihr Stimmchen nicht mehr erreichte.

Natürlich würde sie daheim bleiben! Sie wusste doch auch, was ihre Pflicht war. Und sie blieb gerne. Noch nie war sie so ganz mutterseelenallein in der Mühle gewesen; das schien ihr etwas Neues, Köstliches. Sie war auch lange nicht so dumm, wie ihre Eltern meinten, o nein, sie wusste mit der Mühle umzugehen wie ein Müllerbursche. Und kochen konnte sie auch. Topfennudeln sollte es heute geben; die aß der Vater gern und sie nicht minder, nur die Mutter klagte immer, sie seien für ihren Magen zu schwer. Und während sie nun im Hause schaffte und sorgte, fühlte sie sich froh und stolz wie eine kleine Königin.

Plötzlich stieg in ihrem jungen Herzen eine schwere Versuchung auf. Und mit unwiderstehlicher Gewalt zog es sie hin zur großen Truhe, wo verborgen unter den dunklen Kleidern der Mutter die hellblaue Seidenschürze lag.

Eine Zeit lang kämpfte sie an gegen den schlimmen Gedanken, endlich warf sie sich neben der Truhe auf die Knie, hob den Deckel auf, schob die Kleider beiseite und besah das herrliche Ding. Der Muttergottes hatte es die fromme Mutter bestimmt, daran ließ sich nichts ändern. Aber *wann* würde es die Mutter weggeben? Das war die Frage, die jetzt in Bärbels Seele aufstieg! O könnte sie vorher doch die Schürze tragen, nur ein einziges Mal!

Ja, ein einziges Mal! Was wäre denn dabei? Es wäre doch keine Sünde! Der Herrgott hatte es nicht verboten. In keinem seiner zehn Gebote.

Sie besann sich … Ja, wenn's vielleicht gegen das vierte Gebot wäre? … Wenn's die Mutter ihr untersagt hätte! Aber nein, die Mutter hatte das nie getan, hätte freilich auch nie gedacht, dass Barbel es wagen würde …

Barbels Gesichtchen glühte vor Scham zugleich und vor Begierde. Sie schämte sich vor sich selbst, schämte sich vor der fernen Mutter und doch, und doch … Mit einem Male griffen die Mädchenhände hinein in die Truhe, fassten die Schürze, zogen sie heraus, schlangen die blauen Bänder um den schlanken Leib!

Und nun erhob sich Barbel von den Knien, ließ die weichen Falten an sich herabgleiten, strich liebkosend darüber hin und staunte über so viel Schönheit. Ach freilich, schön war die Schürze auch in der Truhe, aber hundertmal schöner doch, wenn man sie trug. Wie schön mochte die Mutter an ihrem Hochzeitstage gewesen sein!

Langsam wanderte Barbel in der Stube auf und nieder, immer sich selbst besehend. Aber sie fand nun schon nicht mehr jene Befriedigung, die sie erhofft hatte. Wenn doch jemand käme und sie sähe! Nur eine Person, eine einzige! Freilich, eine gute Freundin müsste es sein, die sie bei den Eltern nicht verklagte. Barbel zitterte beim bloßen Gedanken, dass die Eltern etwas erfahren könnten. Sie fand es nicht rätlich, zu lange in ihrem seidenen Staate zu bleiben. Aber gesehen wollte sie doch werden, ehe sie die seidene Schürze der dunklen Truhe zurückgab. Wie wär's, wenn etwa die Zenz vom Schupfenwirte herab zur Mühle käme! Von der Schupfen waren sie doch lange schon nicht mehr hier gewesen, um Mehl zu bestellen. Ach, wenn sie doch käme, die Zenz!

Barbel trat ans Fenster und spähte hinauf gegen das Schupfenwirtshaus, aber niemand kam. Die Straße war menschenleer. So viele Wanderer und so viel Fuhrwerk zog sonst hier vorbei, nur gerade heute niemand.

Sollte nicht sie hinaufgehen zum Wirte? Unter irgendeinem Vorwande? Sie konnte etwa fragen, ob droben noch Rüben zu bekommen seien; ihnen seien die Rüben schon ausgegangen. Oder so etwas dergleichen!

So dachte Barbel. Und plötzlich stand sie in ihrer vollen seidenen Pracht an der Haustüre.

Da fiel ihr das Wort des Vaters ein, das so oft wiederholte »Daheim bleiben!«. Mit raschem Rucke hielt sie auf der Schwelle an, denn sie war doch gewohnt zu gehorchen, ohne viel nach dem Warum zu fragen.

Jetzt kam endlich jemand. Aber freilich nur ein altes Weiblein, gebückt unter einer Holzlast, die es im Bergwalde aufgelesen hatte. Es war ein hässliches, runzeliges Ding und seine Kleider abgetragen und zerfetzt. Zum Holztragen zieht ja niemand sein Feiertagsgewand an. Aber Barbel schämte sich, dass sie so schön geputzt war; sie mochte sich von der Alten nicht sehen lassen, sie trat hinter die Haustüre.

Nun war das Weiblein vorbei, die Straße wieder einsam. Aber nicht lange. Hufschlag erscholl aus der Ferne. Näher, näher kam es. Barbels Neugier wurde wach. Pferde und Reiter waren zwar auf der Schönbergstraße kein seltener Anblick, aber die Müllermutter sorgte schon, dass ihr Kind nicht nach solchen Passanten auslüge.

Nun aber war Barbel allein und wollte sehen, wer käme. Sie schlüpfte hinter der Tür hervor, nicht ganz, nur halb, gerade so viel, dass man ein Stück ihrer seidenen Schürze leuchten sah und eines ihrer sternenhellen Äuglein und eine ihrer vollen rosigen Wangen. Hinter der nächsten Wegbiegung kamen Reiter hervor. Sie ritten schmucke Pferde und auch sie selber sahen recht schmuck aus; waren sie doch

Soldaten. Offiziere sogar, Rheinbündler und Napolitaner. Das Müller-Barbele verstand von derlei Dingen freilich nicht mehr als ein neugeborenes Kind; nur das bunte Tuch, das die Militärischen trugen, das hatte ihr immer gar wohl gefallen.

Und auch jetzt gefiel es ihr. Deshalb verkroch sie sich nicht hinter die Haustüre wie vor dem alten Weiblein und schämte sich nicht ihrer grellblauen Schürze. Waren doch die fremden Soldaten auch gar bunt gekleidet.

Der mit den roten Beinkleidern ließ jetzt seinen Braunen langsamer gehen; dann warf er ihn gegen die rechte Wegseite und hielt gerade vor der Mühle. Schmunzelnd neigte er sich vor und spähte hinter die Haustüre, wo er das halbversteckte Mädchen erspäht hatte.

»*Qui vive?*«, rief er und lachte laut. Dann aber begann er deutsch zu sprechen und bat, das Fräulein möge doch nur ja keine Angst haben und sich nicht vor ihm verstecken.

Er sprach fließend deutsch, aber es klang doch eigenartig fremd und seltsam. Dem Mädchen gefiel seine Sprache. Sie trat nun wirklich vor und stand in ihrer vollen seidenen Pracht auf der Schwelle des Hauses.

Da begann der Reiter mancherlei Fragen zu stellen. Wie weit es wohl bis Innsbruck wäre und ob das Wetter heute schön bleiben würde und derlei Dinge mehr, die er sich wohl ebenso gut selber hätte beantworten können. Und dabei blinzelte er immer wieder hinüber zu seinen Begleitern, die auch vor der Mühle gehalten hatten.

Barbel beantwortete seine Fragen gewissenhaft und fühlte sich dabei ganz wichtig. Bis Innsbruck seien es anderthalb Stunden Weges, aber ein Reiter werde das wohl viel schneller machen, und das Wetter würde sicher schön bleiben, denn hinter der Frau Hitt sei der Himmel glasklar. »Und der Vater sagt, das ist ein gutes Zeichen.«

Als der Reiter etwas von einem Vater hörte, fragte er gleich, ob der zu Hause wäre. Und Barbele verneinte das und fügte recht treuherzig hinzu, sie sei heute einmal ganz allein daheim und müsse Mühle und Haus betreuen, bis der Vater wiederkäme.

Da schlug der Reiter ein wieherndes Lachen auf und sprang aus dem Sattel. Und dann meinte er, das Fräulein müsse wohl eine sehr gute Tochter sein, dass sie sich für die Rückkehr des Vaters so festlich geziert habe.

Das Mädchen wurde glutrot und fand keine Antwort. Der Reiter aber fasste ihre Hand und redete auf sie ein. »Kleide dich, wie du willst, mein Kind, kleide dich so schön du nur kannst. Du selber bist ja so schön, wie ich kaum je ein Weib gesehen habe!« Und dabei blickte er sie so heiß und begehrend an, dass das Mädchen wohl fühlte, es sei ihm Ernst, voller Ernst mit dem, was er sagte. Da lohte es auf in ihr und ihr Herz hüpfte empor in heller, wilder Wonne. »Nicht hässlich bin ich, nein, schön, schön, schön!«, so jubelte es in ihr. Ihr war, als habe ihr dieser Fremde einen Schatz enthüllt, den man ihr bis heute verborgen hatte, und unsagbare Wonne stieg in ihrer jungen Seele auf. Doch das war nur ein flüchtiger Augenblick. Dann kam jäher Schrecken über sie und ihr Herz erbebte vor diesem fremden Manne, der ihr das Geheimnis ihrer Schönheit enthüllt hatte.

Sie wollte sich losmachen. Er aber hielt ihre Hand umfasst, fest, o so fest! Und so heiß war dieser Druck, als sei es nicht eine Menschenhand, die ihre Hand umklammert hielt. Sie wusste kaum, wie ihr geschah, da hatte er sie hineingezerrt ins Haus, in die Stube, wo der Mutter Truhe noch weit offen stand. Dann schob er den Riegel an der Türe vor und redete, redete glühende Worte. Und immer nur von ihrer Schönheit und von seiner heißen Leidenschaft … Nicht alles, was er sagte, verstand sie, aber was sie verstand, füllte sie mit Schauder. Es klang wie aus weiter Ferne her, wie Worte, die man im Traume vernimmt. Und das Mädchen meinte, aus dem Traume erwachen zu müssen und meinte, es müsse dann alles so werden wie früher, ehe sie noch gewusst hatte, dass es auf Erden Menschen gibt, die Teufel sind.

»Lassen, lassen Sie mich!«, flehte sie. Aber sie hörte ihre eigenen Worte nicht mehr. Sie wusste nicht, ob diese Bitte ein lauter Aufschrei sei oder ein ersticktes, hilfloses Stöhnen. Sie fühlte, wie sich sein Arm um sie schlang, sie sah in sein Gesicht, das von Leidenschaft glühte, in seine Augen, die wie die Augen einer Bestie funkelten. O Gott, sie stand vor einem Abgrund, den die raue und doch zärtliche Hand der Eltern ihr verborgen hatte! Bis an den Rand des Abgrundes hatte sie der Feind gezerrt: Noch ein Schritt und sie war verloren.

Aber in ihr war, ohne dass sie es wusste, etwas Starkes: Die ungetrübte Reinheit eines jungfräulichen Herzens und in diesem Herzen die Kraft Gottes.

Und in dieser Kraft riss sie sich jählings aus den Armen des Schrecklichen und wandte sich zur Flucht.

In die anstoßende Küche floh sie und warf die Türe hinter sich ins Schloss.

Aber das war noch keine Rettung. Die Türe hatte keinen Riegel. Einen Augenblick stand Barbel ratlos; dann fiel ihr Blick von ungefähr auf den eisernen Ring am Boden, der die Falltür zum Keller öffnete.

Die Falltür war von schwerem Eichenholze; Barbel hatte es sonst immer vergebens versucht, sie aufzuziehen. Nun aber riss sie mit Riesenkraft den Ring an sich, sprang in die Versenkung, ließ die Tür über sich zufallen. Dann atmete sie auf.

Nun war sie drunten in der dunklen, feuchten Tiefe. Aber die Sicherheit war auch hier noch nicht. Schon hörte sie Schritte über sich, schon war der furchtbare Fremde in die Küche gedrungen, vielleicht auch seine Begleiter. Und der Eisenring an der Falltüre musste ihnen in die Augen springen, wenn sie nicht blind waren ...

Blind? ... Sie warf sich auf die Knie und streckte die Arme empor in wortlosem Flehen. Ja, Gott konnte die Feinde blind machen oder ihr Herz wenden! Und Gott würde auf das Gebet einer Jungfrau hören! Um jener *einen* Jungfrau willen, die das schönste und liebste all seiner Geschöpfe ist!

Mit stummen Lippen betete Barbel, aber sie betete wie nie zuvor in ihrem Leben. Aus todbangem und zugleich todtraurigem Herzen kam ihr Gebet. Sonst hatte sie gebetet wie ein sorgloses, gedankenloses Kind; jetzt aber war aus dem Kinde ein Weib geworden, das um sein Höchstes zitterte und rang. Und in ihrem Innern wogte gleich einer bewegten Flut ein seltsames Gemisch von Todesbangigkeit und Felsenzuversicht und das junge Herz wurde weit und stark in diesem Kampfe.

Da, mit einem Male sah sie – denn ihre Augen hatten sich rasch an die Dunkelheit gewöhnt – dass sie noch immer die blaue Seidenschürze trug. Sie sprang auf. O dieser elende Fetzen, der war schuld gewesen, dass sie die Blicke der Schändlichen anzog! Und in flammender Entrüstung über die eigene Torheit, griff sie mit beiden Händen in die weichen Seidenfalten, um die Schürze zu zerreißen.

Doch plötzlich hielt sie inne. Warum zürnte sie der Schürze? Die trug doch keine Schuld! Nein, es sollte damit geschehen, was die Mutter bestimmt hatte: Die Muttergottes sollte sie haben.

Sorgsam zog nun Barbel die Schürze aus, faltete sie zusammen und hob sie empor wie ein Weihegeschenk. Die hellen Augen der Himmelskönigin dringen ja überallhin, auch in ein finsteres Kellergewölbe.

Und Barbel flüsterte ein frommes Gelübde, langsam, überlegend, Wort für Wort: »Muttergottes, wenn du mir jetzt hilfst, ich versprech' dir's, zeitlebens trag' ich keine Seide mehr!«

Als sie dieses Gelübde getan hatte, da schwand alle Angst und nichts blieb zurück als Ruhe, felsenfeste Ruhe. Die Königin der Engel hatte ihn ja gehört, den Notschrei des bebenden Mädchenherzens!

Kurze Zeit noch dröhnten über ihr die Fußtritte und die Stimmen der fremden Männer. Kein Zweifel, man suchte nach ihr. Aber man würde sie nicht finden. Gott war ja ihr Schützer und Maria hatte ihren Mantel über sie gebreitet. Endlich verstummten die Stimmen, die Schritte verhallten; sie hörte nur mehr das Rauschen des Mühlbachs, der an dem Hause vorbeitobte. Aber noch wagte sie sich nicht ans Licht, noch blieb sie in ihrem Verstecke, betend und dankend.

Da, mit einem Male ... o nein, sie täuschte sich nicht! An ihr Ohr drang eine Stimme, die ihr ganzes Herz aufjubeln ließ. Der Vater! ... Sie richtete sich hoch auf und lauschte. Unwirsch war seine Rede, scheltend. Waren vielleicht die argen Gäste noch da? Wie würde es ihm da ergehen, einem gegen vier?

Nein, er war allein. Man hörte keine andere Stimme als die seine. Niemand redete als nur er, niemand widersprach. Seine Worte fasste sie nicht, nur dass er laut vor sich hin brummte. Und er hatte auch allen Grund dazu! Kein Mensch im Hause! Keine Suppe auf dem Tische! Kein Feuer am Herde!

O wie hatte sie sonst immer gezittert, wenn der Vater schalt! Und jetzt klang ihr sein Schelten wie Musik!

Sie sprang die Treppe hinan, klopfte an die Falltür. »Vater, Vater, da bin ich!« Dann wurde die Tür aufgezogen und der Vater stand vor ihr, halb verdutzt, halb mürrisch. Sie sprach nur wenige Worte; sie sprach von Soldaten, vor denen sie sich versteckt habe. Für einen Augenblick zog fahle Blässe über sein wetterhartes Gesicht; dann schaute er ihr in die Augen, tief, tief ...

Und dann geschah, was ihr noch nie geschehen war, er warf seine Arme um sie und küsste sie auf Mund und Wangen.

Einige Tage später läutete es am Pförtnerstüblein des Stiftes Wilten, und als der Pförtner aufschloss, stand ein Mädchen draußen, schön und züchtig wie ein Heiligenbild. Sie hielt ein Päckchen in Händen und murmelte halb verschämt: »Für die Muttergottes, die die Jungfrauen umtragen!«

Dann ging sie eilig weg. Und als der Pförtner das Päckchen auftat, fand er darin einen prächtigen Mantel aus blauer Seide mit goldenen Borten verziert. Da freute er sich sehr und mehr noch freute sich der Pfarrmesner. Das sei wohl eine Gabe zur rechten Zeit, denn der Mantel der Prozessionsmuttergottes sei ganz abgetragen und rissig, und der Herr Prälat vergesse immer darauf, einen neuen zu spendieren.

Was es aber mit diesem Muttergottesmantel für eine Bewandtnis habe, das ahnte weder der Pförtner noch der Mesner. Ja selbst Barbels ⌐ltern wussten nicht, warum die Tochter so sehr dränge, dass die seid.. Schürze ihrer Bestimmung zugeführt werde und warum die paar Güld.. ⌐, die sie von ihrer verstorbenen Patin hatte, durchaus zu Borten i. den Mantel werden mussten. Barbel hatte ihnen eben nur gesagt, sie s.. ⌐r einigen fremden Soldaten erschrocken; mehr zu sagen, sträubte sich i.. Zunge. Und die guten Eltern waren herzlich froh, dass dem Mädch.. nichts Schlimmes zugestoßen sei und meinten immer noch, ihr Ba.. ⌐ sei nur ein Kind.

Sechs Jahre gingen vorbe. ⌐ie Eltern im Müllerhäuschen waren alt geworden und Barbara war j.. eine schöne verständige Jungfrau voll Lebensernst und Klugheit, wie .. ⌐'s die guten Müllerleute von ihr nie hätten träumen lassen. Da kam e.. ⌐ ein Freier des Weges, ein reicher, angesehener Mann, ein Schmiede.. ister aus Fulpmes, der oft, wenn er mit seiner Ware stadtwärts fuhr. ⌐nen verstohlenen Blick auf die schöne, züchtige Müllerstochter am .. ⌐berbache geworfen hatte. Und nun wollte er sich mit ihr ein traute. ⌐ ausglück gründen.

Die bescheidenen Müllersleute w.. ⌐ vor Freude außer sich und versicherten, ihre Tochter werde di.. ⌐hre einer solchen V⌐⌐⌐⌐⌐ zu schätzen wissen und ihm eine ⌐⌐⌐⌐⌐ Gattin sein. Darauf meinte der Schmiedemeister, das.. ⌐hm ja alles recht und schön, aber er wolle auch das Mädchen se.. ⌐ befragen, und so wurde Barbara herbeigerufen.

Barbara war über die Werbung nicht so verdutzt wie die alten Leutchen. Ein Mädchen von vierundzwanzig Jahren, das zwei Augen und etwas Verstand hat, weiß gewöhnlich schon, wenn ein Mann in Ehren an sie denkt. Darum verlor sie jetzt auch keinen Augenblick ihre Seelenruhe und versicherte, sie sei herzlich gerne bereit, dem Herrn Schmiedemeister eine getreue und fleißige Meisterin zu werden. Aber *eine* Bedingung müsse sie zuvor stellen und wenn er nein dazu sage, dann könne aus der Sache nichts werden.

Die Eltern schauten einander verwundert an, der Schmiedemeister aber erwiderte kurz und gut, die Jungfrau möge nur immer sagen, was sie auf dem Herzen habe: Etwas Unrechtes werde es sicher nicht sein.

Und nun bekannte Barbara schlicht und offen das Gelöbnis, das sie in jener angstvollen Stunde getan hatte. Und dann blickte sie den Mann, der sie liebte, mit ihren schönen, klaren Augen freundlich an und sagte: »Lieber Meister, wenn ich heute mit dem Kranze zum Altare gehen darf, dann verdank' ich's nur der Muttergottes und ihrer Hilfe. Und darum will ich halten, was ich ihr verlobt habe und will zeitlebens nichts Seidenes mehr tragen, weder Schürze noch Halstüchlein.«

Da wurden dem Manne die Augen nass; er streckte dem Mädchen die Hand entgegen und sagte: »Wenn's weiter nichts ist als das, dann sind wir handelseins, Jungfrau Braut!«

So wurde das arme Müllerstöchterlein vom Gärberbache eine wohlbestallte und angesehene Frau. Ihr frommes Gelübde aber hat sie gehalten ihr Leben lang, obwohl sich die Leute oft wunderten, dass die stattliche Schmiedemeisterin von Fulpmes nie einen Faden Seide an sich habe, nicht einmal an den höchsten Feiertagen.

Doch der Leute Gerede focht Frau Barbara nicht an und warum sie es so halte, brauchte niemand zu wissen. Erst im hohen Alter brach sie das Schweigen und erzählte einer Enkeltochter, die ihr die liebste von allen war, die Geschichte von der seidenen Schürze, aus der ein Muttergottesmantel geworden war.

# Die Totennadel

»Vater, wie lebst?«, fragte des Bartlhofers Luzia, während sie leisen Schrittes die Krankenstube betrat.

Düstere Sorge lag auf dem lieblichen Mädchengesichte. Seit der Vater sich beim Holzfällen im Berge droben so durchnässt hatte, wollte er sich gar nicht mehr erholen; er fieberte und hüstelte und nun musste er gar schon seit Tagen zu Bette bleiben. Die Hauswurzenburgel, die am ganzen Berge das Amt einer Heilkünstlerin versah, hatte alle ihre Mittel und Mittelchen an ihm versucht und wohl ein Dutzend Mal versichert, dieses oder jenes habe geholfen. Aber das sagte sie wohl nur, um zu trösten, denn in den Nachbarhöfen sprach sie die Besorgnis aus, der Bartlhofbauer habe die Klumper. Der Luzia war das zu Ohren gekommen, doch sie mochte es nicht glauben; der Vater hatte eine gute Natur, und das Beten würde wohl auch helfen. War doch eben heute die Mutter auf den Freienbichl gepilgert, durch Schnee und Eis, um von der lieben, mächtigen Himmelmutter des Vaters Genesung zu erflehen.

»Wie lebst denn, Vater?«, wiederholte das Mädchen zärtlich, während sie sich über den Kranken beugte. Der schaute mit einem innigen Blicke zu ihr hinauf und seufzte leise: »Luzzele, ich werd' nimmer.«

Sie zuckte zusammen. »Sell derfst nit sagen, Vater!«

»Ich muss es wohl sagen, muss sorgen und denken. Und heunt kann ich einmal allein mit dir reden, Kind. Setz dich her und tu auflosen.«

Gehorsam schob sie einen Stuhl an sein Bett und wartete, was er sagen würde. Ziemlich lange musste sie warten, er hatte wieder einen seiner schmerzlichen Hustenanfälle. Erst nachdem sie ihm etwas Hollersaft gereicht hatte, wurde ihm leichter. Er fasste ihre Hand und sagte leise, aber feierlich: »Luzza, tu bald heiraten … du weißt schon …«

Sie nickte stumm. »Du siehst ihn nit ungern«, fuhr er fort, »gelt Luzza?« Wieder ein Nicken, von unterdrücktem Schluchzen begleitet. »Einen Bessern als wie den Thomas kriegst nit … Und nachher schaugst mir halt aufs Ursele und auf die Muetter.«

»Die Muetter lasst dich nicht sterben, Vater«, warf das Mädchen ein.

Er hatte ein müdes, trauriges Lächeln. »Wenn's Ursele ein Bübel war', nachher derfet ich schon sterben.«

Luzia senkte die Augen und schwieg. Sie verstand ja, was der Vater meinte, sie verstand es, obwohl sie mit ihren achtzehn Jahren unbefangen war wie ein Kind. Ja, ein rechtes Kind ihres Vaters war sie; und herzensgut und arglos. Ach, wäre er nicht ein so argloser Mensch gewesen, der Martin vom Bartlhofe, er wäre nie an sein zweites Weib geraten.

Hoch droben am Berge hauste er, der Bartlhofer. Da sind die Menschen dem Herrgott näher, aber der Weltklugheit ferner. Ein Großbauer war er nicht, gewiss nicht, denn die Umgebung von Sankt Leonhard gehört zu den Gegenden, wo nur der Stubenboden waagrecht ist. Aber wenn man das Aufwärts- und Abwärtsspringen nicht scheut und die Arbeit nicht flieht, dann gedeiht eben doch etwas, denn die steilen Hänge brauchen nicht Durst zu leiden. Überall blinkt und sprudelt es silberhell zwischen den fetten Gräsern, nach denen die graue Zunge des Weideviehs lüstern langt. Ein schönes Heimatl war er trotz allem, der Bartlhof. Vom Söller lachten die rotblühenden Blumenstöcke und an der Hauswand stieg ein Zwetschkenbaum empor und bot im Herbste seine süßen, blauen Früchte dar. Am Hause angebaut war der Stall und daneben der Getreidekasten, wo man den lieben Gottessegen verwahrte, der auf den steilen Äckern gewachsen war. Überfluss gab es hier nicht, aber immer genug zum Sattessen; und der Martin hauste zufrieden, wäre sogar ein vollkommen glücklicher Mensch gewesen, hätte der Herrgott seinem Töchterle nicht die liebe Mutter allzu früh genommen. An ihrer statt waltete Vef im Hause, die große Dirn, ein gestandenes Menschl; die kleine Dirn, das Moidele, war ein williges, geführiges Ding und das kleine Luzzele war des Vaters Freude.

Der Bartlhof war nicht weit vom Leonhardskirchlein entfernt, doch lag dazwischen eine Talschlucht. Ein lustiges Wässerlein hatte sich hier eine Bahn gefurcht; man musste tief hinab und auf der anderen Seite steil hinauf, wollte man zum Kirchlein kommen. Und dann gab's dort erst keinen Geistlichen. Nur jeden zweiten Sonntag kam einer von der Pfarre Sankt Andrä herüber, um Gottesdienst zu halten. Der Bartlhofer-Martl aber war ein Betender, darum zog's ihn sonntags hinab in die liebe Bischofsstadt, wo er eine lange, schöne Predigt haben konnte und ein Hochamt mit mächtig lauter Musik. Und darauf freute er sich die ganze, lange Arbeitswoche. Nach dem langen Kirchen tat ihm aber eine Stärkung not und darum kehrte er jeweils beim Guldenen Adler an der Eisackbrucken ein. Das war nun freilich eine gar fürnehme Tavern und Hans Peisser, der Gastgeb, redete gern von den hohen Herrn, die einst hier eingekehrt waren; sogar vom Kaiser Maximilian wollte er es behaupten. Aber für das schlichte Bauernvolk gab's ja doch eine Schwemme, wo man für ein Billiges einen süffigen Schabser haben konnte.

Nun hatte Hans Peisser eine Bruderstochter, namens Gertraud, die ihm in Haus und Wirtschaft wacker beistand. Sie war nicht mehr eine von den Jüngsten, und von den Schönsten schon gar nicht, hatte vielmehr einen kropfigen Hals und auf der Oberlippe ein rotes Bärtl, weshalb keiner von den vielen, die hier einkehrten, bei ihr angebissen hatte. Sie war aber entschlossen, nicht immer eine Jungfrau zu bleiben, vielmehr sich ein eigenes Königreich zu schaffen, und wäre es auch ein kleines. Der alte Peisser, ihr Ohm, pflegte sie zwar das Kind im Hause zu nennen, doch das war es eben! Kinder müssen folgen, sie aber wollte regieren, und wär es auch nur in einem Berghöfl. Und da sie ein Herz im Leibe trug, wenn auch ein vierzigjähriges, und da der Bartlhofer, der allsonntäglich zum Guldenen Adler kam, ein gar schöner, stattlicher Mann war und dazu die gute Stund selber, so fasste sie den Entschluss, ihn zu heiraten. Niemand durfte dem Bartlhofer sein Schabser Weinl und sein saures Süppl bringen, als nur *sie* allein, und dann blieb sie immer lange Zeit bei ihm stehen, fragte nach seinen Äckern und Wiesen, nach seinen Kühen und Schweinen, und bedauerte ihn, dass er seine brave Bäuerin verloren habe. »Ein Hof ohne Bäuerin ist wie ein Haus ohne Dach«, seufzte sie. Ganz besonders aber jammerte sie über sein Töchterlein, das so früh ohne Mutter dastehe, und redete ein Langes und Breites über die verschiedenen Tugenden, die eine Mutter haben müsse, um ein Mägdlein christlich und gut zu erziehen. Der Martin hörte der Gertraud gelassen zu, löffelte an seiner Suppe, schlürfte an seinem Weinl und dachte nichts Arges. Als sie aber eines Tages offen erklärte, dass sie, Gertraud Peisser, obwohl aus ratsbürgerlichem Geschlechte entsprossen, aus lauter Mitleid mit dem mutterlosen Kinde sich entschließen wolle, das schwere, hausmütterliche Amt am Bartlhofe auf ihre Schultern zu nehmen, war der gute Martin ob solch unerwartetem Heiratsantrag dermaßen vor den Kopf geschlagen, dass er keinen anderen Ausweg fand als eine stotternde, zagende Zustimmung.

Und so wurden der Martin und die Gertraud Mann und Weib.

Die Gertraud brachte ins neue Heim zwar keine klingende Münze mit, wohl aber eine große Truhe von Hausgesponnenem und ein zierliches Trüchlein voll Arbeitssachen. Da drinnen war Nähzwirn, so fein gesponnen, dass man nur staunen musste; ferner zwei schöne Scheren, eine große zum Zuschneiden und eine zierliche kleine, ein Fingerhut aus reinem Silber und ein fein gedrechseltes Büchslein aus Buchsholz mit zwölf Nähnadeln, einigen gröbern und einigen wunderfeinen, dass man gar nicht wusste, was man damit nähen solle. Wie staunte das Luzzele beim Anblick! Denn ihre verstorbene Mutter hatte ihr nur drei Nadeln hinterlassen und davon fehlte an einer die Spitze und an einer war das Ohr zerbrochen, und so war's eigentlich nur eine, die das Luzzele besaß und als kostbaren Schatz hütete. Ja, die zweite Mutter war freilich eine Fürnehme!

Eine Fürnehme und eine Entschlossene, die den festen Willen mitbrachte, am Bartlhofe als uneingeschränkte Herrin zu walten. Als sie dort einzog, war's Herbst; an den Steilhängen dorrten die Plenthocker. Das mutete sie fremd an. Sie hatte ja die Bergbauernhöfe immer nur vom Tale aus gesehen und konnte sich in diese ganze Wirtschaft nicht finden. An den plentenen Knödeln fand sie keinen Gefallen und meinte, man solle doch irgendwo einen Weizenacker anlegen. Mit den Ehalten aus einer Pfanne essen, das ging ihr schon gar nicht ein und auf einem Strohsack zu schlafen, schien ihr schrecklich: Sie musste durchaus eine gute Rosshaarmatratze haben, wie man sie in der Stadt hatte. Auch sonst begehrte sie allerlei Neues und Unerhörtes, und wenn der Martin zögerte und mit ihren Vorschlägen nicht gleich einverstanden war, dann rieb sie's ihm kräftiglich unter die Nase, welch großes Opfer sie gebracht, sie, eine leibhaftige Guldenadlertochter, ihm auf sein Berghöfl zu folgen.

Der gute Martin, der nichts auf Erden so sehr hasste, wie Zank und Streit, wäre vor seiner Gertraud völlig hilflos dagestanden, hätte nicht Thomas, der Knecht, die stolze Hausfrau zuweilen in ihre Grenzen verwiesen. Wenn sie gebieterisch bestimmen wollte, wie man diesen oder jenen Acker zu besäen habe, oder welche Mast für die Schweine tauge, und welches Tränklein für die Kälberkuh, dann stellte sich der

Thomas zwischen sie und ihren Mann und sagte gelassen: »Bäuerin, schaffen tut der Bauer«, und ließ sich nichts dreinreden und ließ sie auch merken, dass sie von diesen Dingen nichts verstehe. Nur die Sorge für die Hennen überließ er ihr widerstandslos, denn Hennen sind eine Sach', die das Weibsvolk angeht. Auch hatte Gertraud, als sie noch beim Guldenadler war, schon den Hühnerhof beim Guldenadler betreut. Man kann sich wohl denken, dass der Thomas bei der neuen Hausfrau nicht in Gnade stand; sie hätte ihn lieber heute als morgen zur Türe hinausgeworfen. Doch in dieser einen und einzigen Sache ließ der Martin nicht mit sich reden, denn der Thomas war ihm ans Herz gewachsen wie ein leiblicher Sohn.

Er war aber auch kein Hergelaufener, der Thomas, wie der nächst-beste Bauernknecht, sondern gutes, echtes Bauernblut war er. Seine Eltern hatten in Lüsen einen schönen Hof besessen, sie waren aber früh gestorben und gewissenlose Verwandte hatten Hab und Gut des armen Buben verschleudert. Da brachte ihn der Lüsener Pfarrer auf den Bartlhof und dort wurde er gehalten wie das Kind im Hause, so dass er darob seine alte Heimat vergaß. Und nun war er ein kräftiger Mann geworden und schaffte nicht wie ein gedungener Knecht, sondern als wäre es sein eigen Hab und Gut.

Ein Jahr nachdem sich Martin unter das Joch seiner zweiten Ehe gebeugt hatte, stand am Bartlhofe ein putziges Dirndlein ein. Martin freute sich des Kindes, Gertraud aber war bitter enttäuscht, denn sie hatte einen Erbprinzen ersehnt. Ihr einziger Trost war, dass noch einer nachkommen könne und sie hatte für diesen Fall der Liebfraue auf dem Freienbichl eine zweipfündige Wachskerze versprochen. O ja, die Liebfraue würde schon ein Einsehen haben! Freilich ängstigte sich Gertraud nun auch um den Zustand ihres Mannes, mit dem es nicht zum Besten stand. Seit einiger Zeit ging Merkwürdiges mit dem guten Martin vor. Es hatte ihm in einer dunklen Adventnacht von einem trüben Wasser geträumt und das bedeutet bekanntlich baldigen Tod. Und weil ihn der böse Traum so erschreckt hatte, kehrte er immer wieder, nur war es bald eine Lacke am Weg und bald ein Tümpel, wo Frösche quakten, und bald gar die Brixener Wiere, die so schmutzig dahinrann, als habe man alle Kehrtafeln der ganzen Stadt hineingeleert. Und nun war der Mann richtig krank geworden und dachte gar nicht ans Gesundwerden. Nur daran dachte er, was wohl am Bartlhofe sein würde, wenn er einmal auf dem Friedhof läge.

Ja freilich, was würde mit seinem Hofe sein und was mit seinem Luzzele? Das Luzzele war wie ein Schäflein, das sich nicht zur Wehr setzt, und wenn sie auch Hoferbin war vor Gott und der Welt, die Stiefmutter würde es schon verstehn, sie zur Magd herabzudrücken. Und da musste er Vorsorge treffen.

»Luzzele, wo ist denn der Thomas?«, fragte er.

»Im Stadel, Vater.«

»Was tut er denn im Stadel?«

»Gsottschneiden.«

»Sell kann er später auch tun. Ruf ihn her – geschwind!«

Ja freilich *geschwind*! Martin musste die Stunden nützen, da *sie* nicht um ihn war.

Nun standen sie vor ihm, das Luzzele und der Thomas. Der Kranke blickte dem treuen Knechte fest ins Auge. »Du weißt schon, Thomas.«

»Ja, Bauer«, erwiderte Thomas ernst.

»Und du weißt's auch, Luzza.«

Sie nickte stumm ergriffen.

Der Kranke richtete sich in den Kissen ein wenig auf. »Aber bald, bald!«, drängte er. Dann sich besinnend: »Ja, ja, jetzt fangt die gesperrte Zeit an, in zechen Tag ist Aschermittwoch. Geschwind after Ostern nachher!«

Luzia wollte sich sträuben. »Vater, wenn's wirklich Gottes Willen wär' … Vater, wenn du wirklich sterben tätest, ich könnt' an keine Hoazet nit denken.« Doch Thomas begriff die Sorge des Schwerkranken. »Wir halten keine Hoazet nit, wir gehn lei nach Trens.«

Dem Kranken war's recht. »Aber versprechen …«, er streckte die Hand aus. »Geschwind nach Ostern nachher … nit länger warten …«, und die zitternde Hand wartete, bis zwei andere Hände einschlugen. Dann erst seufzte der Kranke erleichtert auf.

Inzwischen kniete die Bartlhoferin vor dem Gnadenbilde am Freienbichl. Ganz allein kniete sie da und das war ihr eben recht; dann hätte die Muttergottes nur Ohren für sie, für ihr großes, einziges Anliegen. Hoch erhoben hielt Gertraud die flehenden Hände und wenn sie ihr sinken wollten, dann riss sie sie empor mit verzweifelter Gebärde und lispelte zuerst und sprach es dann laut aus und immer lauter und zuletzt war's ein Schrei: »Himmelmutter, hilf!«

Mehr sagte sie nicht. Die Muttergottes würde schon verstehen. Ein Wunder sollte sie wirken, sollte den Mann gesund machen, den schwerkranken, und ihnen dann den heißersehnten Buben schenken. Und war erst ein strammer Hoferbe da, dann, o dann mochte der Himmel mit dem Bartlhofe anfangen, was er wollte.

Endlich hob sich Gertraud von den Knien. Es war Zeit zum Heimgehn, wollte sie nicht in die Dunkelheit kommen. Hinter ihr verglühten die Bergspitzen des Aferertales, vor ihr tauchten die Wälder der Plose in die Nacht. In ihrem Herzen war fröhliche Zuversicht. Eine Wallfahrt, wie sie sie gemacht hatte, ein so weiter und einsamer Weg über kalte, eisige Pfade, das war etwas Großes, da konnte man sicher sein, Erhörung zu finden. Und vielleicht war sie schon erhört worden, vielleicht war inzwischen das Wunder schon geschehen, vielleicht war der Kranke schon etwas kräftiger geworden, vielleicht etwa gar schon geheilt. – Warum sollte die Muttergottes vom Freienbichl nicht etwas Besonderes tun für eine Guldenadlertochter?

Doch als Gertraud zum Bartlhof hinanstieg, schlug ihr verworrenes Geräusch ans Ohr. Wie Beten und Schluchzen klang es.

Der Martin war eben gestorben.

Als der gute Vater so rasch in die Züge griff, war es für Luzia ein großer Schrecken. Dennoch hielt sie sich tapfer, blieb an der Seite des Sterbenden knien und sprach ihm kurze Gebetlein vor. Unterdessen ging Thomas hinaus, um die Ehalten und das kleine Ursele zu rufen; die Vef musste es erst aus dem Bettlein holen ... Sie sollten alle beim sterbenden Hausvater beten und taten es auch; sogar das Ursele faltete recht lieb seine Patschhändlein. Luzia bat den Vater um seinen Segen für sich und das Schwesterlein; da hob er langsam die erkaltende Hand, wie um ein Kreuz zu machen, und tat seinen letzten Seufzer.

Nun kniete alles um sein Bett, betend und weinend. Es war eine friedliche Trauer. Da wurde die Tür aufgerissen und wie ein Wirbelwind stürmte es herein – die Bäuerin! »Was, sterben habt's ihn mir lassen!«, schrie sie auf, als man ihr den Toten zeigte. Dann warf sie sich über ihn, heulend und schluchzend und bekundete so ihren Witwenschmerz. Luzia suchte zu trösten, brachte aber nicht viel über die Lippen; Thomas aber, der immer wusste, was nottat, zündete eine Laterne an und ging stracks hinüber zum Leonhardskirchlein, denn in dem kleinen Hause, wo der Messpriester zu nächtigen pflegte, wenn in der Kirche Gottesdienst war, hatte die Hauswurzenburgel ihr Kämmerlein, und die suchte der Thomas auf. Die Burgel sorgte nämlich nicht nur für die Kranken und Bresthaften, sondern auch für die Toten.

Festen Schrittes betrat sie die Stube, wo der Martin lag. Zunächst beugte sie sich über ihn und horchte, ob noch ein Atemzug zu vernehmen sei. Dann zog sie ein Fläumchen aus seinem Kopfpfühl und legte es auf seinen Mund, und als sich das Fläumchen nicht bewegte, war ihre Totenbeschau abgetan. Und nun griff sie mit ihrer wuchtigen Hand in das Weihbrunnkrügel neben der Türe und besprengte die Leiche mit einem lauten: »Herr, gib ihm die ewige Ruh!«, worauf die Anwesenden gebührend Antwort gaben.

Jetzt wandte sich Burgel an die Bäuerin, deren lauter Jammer bereits verstummt war, und begehrte Nadel und Faden. Gertraud trat ans Fenster, wo ihr Arbeitskorb stand, und griff zu ihrem Nadelbüchschen. Dann prüfte sie sorgsam den Inhalt. Die beste Nadel wollte sie gerade nicht herlassen, aber sieh, da war ja eine, die hatte einen kleinen Rostflecken oberhalb der Spitze, die würde gerade recht sein. Zugleich schnitt sie ein tüchtiges Trumm Nähzwirn ab. Luzia mit ihren frischen jungen Augen musste das Einfädeln besorgen und dann machte sich Burgel flugs an ihr trauriges Werk. Sie schlug Federbett und Decke zurück, nahm dem Toten das Pfühl unterm Kopfe weg, und schlug das Leintuch über ihm zusammen. Da schluchzte Luzia laut auf, dass das liebe Gesicht so rasch verdeckt werde, und zog das Leintuch wieder weg, um einen letzten Blick auf den Vater zu tun, wurde aber von der Stiefmutter, die ihre volle Selbstbeherrschung wiedergewonnen hatte, ernst zurechtgewiesen. Da schlich das arme Ding weinend zum Herrgott in die Stubenecke und drückte sich dort an die Wand.

Nun nähte Burgel mit weiten Stichen das Leintuch über dem Toten zusammen, wobei ihr die Bäuerin von Zeit zu Zeit ein neues Stück Faden reichte. Unterdessen zimmerte Thomas mit Hilfe des Stallbuben das Rechbrett zurecht und sobald der Tote eingenäht war, hoben sie ihn hinauf. Darauf zündete Burgel zu Füßen der Leiche ein Lämpchen an und fragte, wer wohl heute Nacht die Totenwache übernehme.

Thomas sagte, das übernehme er; Luzia aber, die wohl auch gerne geblieben wäre, musste im Auftrag der Mutter das Ursele zu Bette bringen. Gehorsam hob sie das schlaftrunkene Kind auf ihren Arm und ging damit hinaus, während die Hausmutter an einen Wandschrank trat, um eine Flasche Kirscheler herauszunehmen, denn sie wollte der Hauswurzenburgel eine Labung reichen.

Da wandte sich Burgel an sie und hob die Nadel, an der noch ein Fadenrestchen hing, mit tiefernster Miene empor. »Gib acht darauf, Bäuerin«, mahnte sie, »es ist itzt eine Totennadel!«

Gertraud sah die Alte fragend an. Sie hatte wohl schon sagen hören, dass es mit den Nadeln, die man zum Einnähen einer Leiche gebraucht habe, eine besondere Bewandtnis habe, doch Näheres wusste sie nicht. Aber schon gab Burgel auf ihre stumme Frage Bescheid. »Musst *recht* achtgeben drauf«, wiederholte sie. »Weißt, wenn sich eins damit stechen tät, müsst's gach sterben.«

Der Gertraud gab's einen Ruck; sie scheute sich, die Hand nach so einem Mordinstrument zu strecken. »Wo tät ich sie denn mei vergraben?«, fragte sie schaudernd. Burgl beruhigte sie. »Sell dauert lei aso lang, bis der Tote faul ist; dann bringt a Totennadel Glück ins Haus.« Das ließ sich hören, – Glück kann man immer brauchen, auch wenn man eine trauernde Wittib ist. Gertraud nahm also die Nadel mit gehöriger Vorsicht zwischen zwei Finger und steckte sie in ihr Nähkissen, steckte sie so tief hinein, dass sie bis übers Öhr darin versank. An ihrem Faden konnte man sie ja herausziehen, sobald der Tote vermodert wäre. Wie lange das wohl dauern würde? Einige Monate lang musste man sich jedenfalls vor der Nadel hüten … vor der Totennadel!

Zwei Tage nach seinem friedlichen Hinscheiden wurde Martin, der Bartlhofer, im Schatten des Leonhardskirchleins zur geweihten Erde bestattet.

Es kamen viele Andächtige zur Leichenfeier, manche sogar aus der Stadt herauf, die meisten aber doch vom Berge, darunter die alte Stockerin, Luzias Taufgotl, ein gar frommes, wackeres Weiblein aus Sankt Andrä. Gertraud hielt zwar, während der Geistliche psalmodierte, ein großes Schneuztuch vors Gesicht gepresst, benahm sich aber sonst ruhig und würdig, wie es einer Wittib geziemt, die sich ihre künftige Lage überlegt hat.

Und das hatte sie auch. Und wenn sie's recht bedachte, hatte sich diese Lage durch des Mannes Tod keineswegs verschlechtert, im Gegenteil. Wohl fehlte der männliche Erbe, in dessen Namen sie regieren konnte, doch Luzia, die Hofbesitzerin, war immer ein fügsames Kind gewesen, mit dem sie anfangen konnte, was sie wollte, und mit ihrem ständigen Gegner, dem Thomas, würde sie bald fertig werden.

Bald nach der Beerdigung traf es Lichtmess. Das schien ihr eine gute Gelegenheit, um zu zeigen, dass sie und sie allein auf dem Hof zu schaffen habe, und dass sie und eben sie den Ehalten den ausbedungenen Lohn zu reichen habe. Dem Stallbuben, dem Kassel, drei Gulden und ein paar Schuhe, dem Moidele ebenso viel, der Vef fünf Gulden und zehn Ellen Hausloden zu einem Wifling, dem Thomas zehn blanke Silbergulden samt einer hirkenen Hose und einem wollenen Leibl. All das wurde den einzelnen Ehalten mit einem würdevollen: »Geh!« überreicht, vor dem Thomas aber pflanzte sie sich feierlich auf und sprach: »Thomas, du weißt schon, wir passen nit zusammen, wirst itzt lei gehn mögen.«

»Hab's dir grad sagen wollen, Bäuerin, dass ich morgen geh«, versetzte Thomas ruhig. »In den Widum von Sankt Andrä geh ich für etliche Wochen, weil sich der Knecht dort getückt hat.«

Gertraud hatte grobe Worte erwartet oder eine demütige Bitte. Jetzt blickte sie den jungen Knecht verdutzt an. Dann murmelte sie, halb verlegen, halb gedankenlos: »Ich wünsch dir einen guten Platz, Thomas.« Im Widum von Sankt Andrä war er ja nur zur Aushilfe.

»Einen Platz?«, wiederholte Thomas. »Hat denn die Luzia dir nichts gesagt?«

Gertraud riss die Augen auf. Was meinte er nur? Ach, jetzt erinnerte sie sich, dass ihre Stieftochter vor etlichen Tagen, als sie allein beisammen waren, halb verschämt geflüstert hatte: »Muetter, ich möcht dir eppes sagen.« Aber es hatte sie nicht sonderlich gewundert und in diesem Augenblicke kam gerade das Ursele mit ihrem hellen Lachen in die Stube herein und da hatte sie vergessen, nach Luzias Anliegen zu fragen. Jetzt aber wurde ihr die Sache unheimlich, sie wusste nicht recht, warum. »Was hätt mir die Luzza denn sagen sollen?«, fragte sie und ihre Stimme zitterte ein wenig.

Thomas aber erwiderte, als handle es sich um das einfachste Ding von der Welt.

Gertraud begriff nicht, wollte vielleicht auch nicht begreifen, stammelte nur: »Was? ... Was? ...« Dann schlug sie plötzlich die Hände überm Kopfe zusammen. »Heiraten? … Heiraten?«, und lachte. Doch fröhlich klang dieses Lachen nicht.

Nein, fröhlich nicht! Hatte sie sich doch in den wenigen Tagen seit Martins Tode alles so schön, so friedsam zurechtgelegt und ausgeklügelt. Sie würde auch ferner am Hofe schalten und walten wie bisher, ja, nur noch kräftiger. Denn Luzia musste ledig bleiben so lang, ja, so lang als sie es haben wollte und Thomas, oh, ganz selbstverständlich, Thomas musste aus dem Hause.

»Wir haben's dem Vater versprochen, grad eh er gestorben ist«, sagte Thomas ruhig.

»Da … da … da … werd' ich schon auch noch etwas dreinzureden haben«, lallte Gertraud und ließ sich auf einen Stuhl sinken. Weitere Worte fand sie nicht. Ihr schwindelte, die Stube tanzte um sie her, sie meinte, es habe sie der Schlag gerührt. Wild wie aufgepeitschte Wogen tobten die Gedanken. War *das* die Frucht ihrer harten, winterlichen Wallfahrt, ihrer heißen Bitten, ihrer Tränen vor dem Gnadenbilde, dass unterdessen der Thomas, ja, ausgerechnet *der* zum Herrn und Gebieter am Bartlhofe bestellt wurde? Nein, das konnte nicht sein, nein, das würde sie nicht zulassen, nein, dagegen würde sie sich stemmen und sträuben bis zum letzten Atemzuge. Und nun richtete sie sich auf und um sie her wurde es heller und freier. Bis Ostern hatte sie ja noch Zeit, bis Ostern war's ja noch lange, da würde noch viel Wasser die Rienz und den Eisack hinunterfließen und manches, das jetzt klar und sicher schien, konnte zerrinnen wie flüchtiger Dunst.

Sie hatte sich jetzt wieder voll in der Gewalt. »Weiß nit, seid's narret alle beide! So jung wie die Luzza ist! Ein glattes Kind! Und heiraten, eh der Vater noch kalt ist! Schamt's enk nit? Was werden denn die Leut sagen?«

Thomas schwieg und zuckte die Achseln. Das Gerede der Leute war ihm offenbar einerlei. Aber Gertraud glaubte schon zu wissen, was der Stieftochter das Heiraten verleiden würde; sie ließ jetzt das grobe Geschütz auffahren. »Wisst's, was sie sagen werden, die Leut'?«, fuhr sie den unerwünschten Stiefschwiegersohn an. »Dass ös heiraten *müsst's*, sell werden sie sagen«, und stolz schaute sie sich in der Stube um, ob wohl die Vef und das Moidele und der Kassel ihre Worte gehört und richtig verstanden hätten und auch bereit wären, sie herumzutragen. Und während Thomas, wortkarg wie immer, stumm sein Zeug zusammenraffte und sich zum Gehen wandte, stand sie auf und sagte, wie zu sich selber sprechend, aber mit lauter Stimme: »Na, sell leid' i nit, dass die Luzza am ganzen Berg schlecht gemacht wird, i leid's nit, i bin die Muetter.«

Im nächsten Augenblick schrie sie den Stallbuben an: »Mach di außi, Kassel!« Dann gebot sie der Vef: »Ruf mir die Luzza, g'schwind!« Doch die Ausführung des Befehles wartete sie nicht ab, sondern stürzte selbst hinaus und erfüllte das ganze Haus mit dem dröhnenden Rufe: »Luzza! Luzza!«

Da kam die Luzza eben vom Stalle herüber, den vollen Milchstoß tragend. Sie bemerkte sogleich die Aufregung der Bäuerin. »Muetter, was ist denn?«, fragte sie ängstlich.

»Ja was wird denn sein?«, rief Gertraud heiser. »Narret seid's alle beide, du und der Thomas. Fallt enk wirklich nix Gescheiteres ein? Hast du's wirklich aso gnötig, du mit deine achtzehn Jahr'? Hast epper wirklich schon den ledigen Unwillen?« Und dann kam gleich wieder der Haupttrumpf: »Oder wirst wohl epper heiraten *müssen*?«

Eine tiefe, unwillige Röte flog über das schöne junge Gesicht, während das Mädchen hinter der Stiefmutter her die Küche betrat und den vollen Eimer auf den Anrichtetisch stellte. »Sorg dich nit wegen meiner«, gab sie ernst zurück. »Mit meinem Kranz werd ich kopuliert und nit anders.«

Jetzt kam aber gleich der zweite Trumpf. »Aso g'schwind nach dem Vater seiner Leich! Was werden die Leut sagen?«

»Die Leut sollen lei reden. Ich tu, was der Vater mich geheißen hat«, sagte Luzia mit fester Stimme. Sie wolle keine frohe Hochzeit wie andere Bräute, sie brauche auch keine Aussteuer. »Mein Feiertagsgewand ist noch gut und meine Feiertagsschuh auch. Grad ein Brautpfoad könnt' ich noch brauchen.« Aber da habe sie schon dazu die Leinwand von ihrer seligen Mutter her.

»*Ich* bin jetzt deine Mutter!«, rief Gertraud. »Und was ich sag, danach fragst nit.«

»Meinem Vater muss ich folgen«, gab Luzia zurück. Und dann ging sie hinaus.

Gertraud stand wie versteinert. War das denn noch die Luzia, wie sie immer gewesen war, das stille, zage, willenlose Ding, das immer nur ja gesagt und nie eine Widerrede gekannt hatte? Sie hatte doch ganz sicher darauf gerechnet, Tränen und Drohungen würden sie schnell erschrecken, würden sie dazu bringen, die Verlobung rückgängig zu machen oder wenigstens einen Aufschub zustande bringen – aufgeschoben ist ja auch meist aufgehoben. Aber nein! Der Vater hatte die Heirat gewollt, der leibliche Vater, und Luzia ließ deutlich fühlen, dass sie ihrer Stiefmutter in dieser Sache keinen Gehorsam leisten wolle. Das Herz des stolzen Weibes bäumte sich auf in zornigem Weh. Fluchen hätte sie ihm mögen, dem stillen Toten droben am Friedhof beim Leonhardikirchlein. Solange er lebte, hatte er ihr in allem nachgegeben, hatte nie ein unsanftes oder gar herrisches Wort für sie gefunden, hatte sie immer als eine Höhergeborene geachtet – sterbend aber hatte er ihren Feind über sie gesetzt. War das zu ertragen? Nein, sie würde es nie ertragen.

Seit des Vaters Tode hatte Luzia die Schlafkammer mit der Stiefmutter geteilt, weil die es so gewollt hatte – jetzt wollte sie es nicht mehr. Jetzt wollte sie allein sein mit ihrem Kinde, das so harmlos in seinem Bettlein schlief und es nicht hören würde, wenn die Mutter ihren Jammer in die Kissen hineinschluchzte.

Diese Nacht konnte Gertraud kein Auge schließen. Bald wälzte sie sich herum wie eine Fiebernde, bald heulte sie wie ein zorniges Kind. Dazwischen stieg wohl auch eine leise Hoffnung in ihr auf. Thomas würde morgen den Hof verlassen, Luzia würde ihn dann nicht mehr sehen oder nur ganz selten, und vielleicht konnte es ihr gelingen, ihre Macht über das Mädchen wiederzugewinnen. Aber diese Vielleicht waren wie zerplatzende Seifenblasen. Und wenn es ihr nicht gelang? Wenn Luzia blieb, wie sie am Abend gewesen? Wenn es immer wieder hieße: Ich hab's dem Vater versprochen? Und wenn dann endlich die Osterzeit käme und der neue Bauer aufzöge, und wenn man sie, die Gertraud vom Guldenen Adler ins Austragsstübl verwiese, was dann …?

Dann lieber sterben!

Sterben, wirklich sterben! Gab's keinen andern Ausweg?

Und wenn schon jemand sterben musste, warum gerade *sie*? Warum nicht eine andere?

Da fuhr's ihr durch den Kopf wie ein Blitz. *Die Totennadel …*!

Die heilige, die ernste Fastenzeit war angebrochen. Die Priester hatten den Gläubigen Asche in die Haare gestreut und »*Memento, homo*« gesprochen. Und nun hatten unter den Herdhauben Henkel und Hauswürste gute Ruhe. Aus den plentenen Knödeln lachten keine Speckwürfel mehr und keine glänzenden Schwarten bargen sich im alltäglichen Sauerkraute. Eine harte Entbehrung für die Bergbauern, die einer kräftigen Kost bedurften!

Niemand aber hatte eine schwerere Fastenzeit durchzumachen als die Luzia vom Bartlhof. Täglich gab's neue Auftritte, bald kläglich tränenreiche, bald gröblich wüste. »Mein guts Kind, an söllen hergelaufenen Menschen willst nehmen? Du tätest einen brauchen, der etwas hat. Mit dem Bartlhof alleinig kannst nit leben. Verhungern müssen wir alle!« Und dann ging das Weinen los. Oft beklagte Gertraud laut schluchzend ihr eigenes, unverdient bitteres Los. Man hätte meinen mögen, sie sei von einem Fürstenthrone herabgestiegen aus reinem Mitleid mit dem verwaisten Bartlhofer Luzzele. »Meinst epper, Luzza, ich hätt' deinen Vater genommen, wo ich aus ratsbürgerlichem Stand bin? Ist mir nit leicht g'fallen, auf den Berg da heraufzuziehen, aber ich hab's dechter gewagt, weil du mir so viel derbarmt hast, weil ich gesehen hab, dass du eine Mutter brauchst. Und itzt hab ich den Lohn für meine Gutigkeit und mein Mitleid, jetzt kann ich essen, was ös übrig lasst's und mein Ursele kann einmal für den Thomas Dirn machen … Oh …! Oh …!« Und dann ging ein krampfhaftes Weinen und Heulen an, das alle Beschwichtigungsversuche Luzias übertönte. Zuweilen auch drohte Gertraud mit dem Unsegen, der allen Übertretern des vierten Gebotes sicher sei. Und wenn Luzia immer wieder beteuerte, dass es eben das vierte Gebot sei, das sie an den Traualtar führe, dann wandte sich Gertraud ab und plärrte nur zu. Und einmal, ach, einmal kam eine furchtbare Drohung. »Wart lei, an dem Tag, wo du mit deinem verfluchten Thomas nach Trens gehst, werd ich dir schon einen Ehesegen geben, dass du deiner Lebtag daran denkst!«

Luzia erschrak zu Tode. Ach hätte sie doch nachgeben, hätte sie ihr bräutliches Versprechen lösen dürfen! Aber das wagte sie nicht und zuweilen kam ihr der Gedanke, es wäre für sie am besten, wenn sie vor dem Hochzeitstage sterben könnte.

Eines Sonntags ging sie, ein Laternchen in der Hand, hinab zur Frühmesse bei den Kapuzinern. Das war ihr ganzes Sonntagskirchen; danach musste sie eilends nach Hause, um die Mutter abzulösen, denn die wollte ihren feierlichen Gottesdienst im hohen Dome haben, das gehörte zu ihren Standesrechten. Als Luzia nach der Messe, bei der sie sich herzlich ausgeweint hatte, ins Freie trat, stand plötzlich im matten Frühlichte des Märzenmorgens ein stattlicher Mann vor ihr und streckte ihr die Hand entgegen.

»Thomas!«, rief Luzia erfreut. »O bin decht ich froh, dass ich dich einmal wieder siech! Weißt, ich mein' oft, ich halt's nimmer aus daheim.«

Er sagte kein Wort, fasste nur ihre Hand fest, recht fest und drückte sie. Wir gehören zusammen, sagte dieser Druck.

»Ja, Thomas, wir gehören zusammen«, übersetzte sie die stumme Rede, »und weiß Gott, ich hab dich gern. Aber siehst, wenn's nit wegen dem Vater wär' und wegen meinem heiligen Versprechen, ich mein', ich müsst's Heiraten lassen.«

»Kann mir's denken«, sagte Thomas. »Aber siehst, eben deswegen hat's dich der Vater versprechen machen; er hat deine Stiefmutter gekannt. Und jetzt sei lei zufrieden, bald wir einmal beisammen sein, nachher haben wir's fein.«

Sie erwiderte nichts, sie konnte sich's nicht vorstellen, wie es je fein werden sollte, solange *sie* im Hause war.

Sie waren zum Städtchen hinausgegangen; Luzias Weg führte jetzt aufwärts. »Ich geh ein Blöckel mit dir«, sagte Thomas.

Sie war es wohl zufrieden. Nach einer Weile hub sie an: »Thomas, ich muss dir etwas sagen, etwas Schreckliches.« Und sie berichtete ihm die Drohung der Stiefmutter. »Fluchen will sie uns!«

Im Augenblick schien der starke, schneidige Mann doch betroffen. Dann aber sagte er mit seiner gewöhnlichen Ruhe: »Luzza, dem Vater sein Segen gilt mehr als der Stiefmutter ihr Fluch.«

Ihre Wege trennten sich: »Luzza, nächsten Sonntag sehen wir uns wieder«, sagte Thomas. Und nun hatte sie neuen Mut.

Der Palmsonntag war vor der Tür. Gertraud hatte keine Zeit mehr zu verlieren.

Einst um die Mittagszeit stand Luzia am Herde und rundete die plentenen Knödel, um sie ins brodelnde Wasser zu werfen. Da trat die Stiefmutter unter die Tür. Sie hatte eine ernste Miene.

»Luzza«, sagte sie, »ich red nix mehr gegen deine Heirat, tu, wie du meinst. Grad das eine tu mir zu Gefallen und geh ummi nach Sankt

Andrä zu deiner Gotl, der alten Stockerin, und red mit ihr über die Sach. Auf die Stockerin, weißt, halt ich viel, sie ist ein heiligs Mensch.«

Luzia schien froh verwundert. Sie hatte sonst nie bemerkt, dass die Stockerin bei der Mutter so viel gelte. Doch war sie es wohl zufrieden, sich mit der Gotl zu beraten, und wenn die, wie Luzia nicht zweifelte, mit der Heirat einverstanden war, vielleicht war es dann die Stiefmutter auch, vielleicht ging alles besser aus, als es den Anschein hatte.

»Geschwind aftern Essen geh ich, Muetter, wenn's dir recht ist«, sagte sie. Sie hatte jetzt ein frohes Lächeln.

Als es vom Turm des Leonhardskirchleins zum Englischen Gruße läutete, machte sich Luzia auf den Weg.

Am Erkerfenster der Wohnstube stand Gertraud und folgte der Stieftochter mit starren Blicken. Eben verschwand die Mädchengestalt hinter einer fichtenbewachsenen Erdwelle. Jetzt hatte Gertraud was sie wollte, jetzt bliebe die Tochter für einige Stunden von daheim weg, jetzt galt's!

Da fühlte sich Gertraud an den Rockfalten gezogen. Das Ursele war's, das an ihrem Wifling hing. Groß blickten die blauen Kinderaugen sie an. War's nicht eines Engels Blick, der sie in seinen Bann zog; nicht vielleicht eines Engels Hand, der sie hielt, der sie zurückhielt? Nein, nein, sie musste das Kind jetzt beiseite schieben. Schnell nahm sie aus einer Lade einige Holzklötzchen, die dort als Spielzeug für die Kleine bereitlagen, und verstreute sie auf dem Stubenboden. »Seh, Ursele, tu ein bisserl schimpfelen.« Und sie setzte das Kind auf den Boden.

Dann trat sie zu ihrem Arbeitskorb, nahm Schere und Fingerhut und dann – ihr Herz klopfte – ja, dann griff sie nach dem Faden, der noch in der unsichtbaren Totennadel steckte – ein leiser Ruck und die Nadel sprang aus dem Nähkissen und funkelte in der Sonne. Und jetzt hatte sie alles, was sie brauchte.

Sie eilte hinaus. Drinnen saß das Ursele und spielte mit den Klötzchen, wie die Mutter sie geheißen hatte. Das waren ihre Schäflein und sie die Hirtin und sie rückte sie dahin und dorthin und hatte ein frohes, helles Kinderlachen.

Droben in Luzias Schlafkammer stand Gertraud. Sie schob den hölzernen Riegel vor die Tür; dann tat sie einen schweren Atemzug. Hatte der Gang über die zwei Holztreppen sie so ermüdet?

Die Schere in der einen, die Totennadel in der andern Hand, schaute sie sich im Kämmerlein um.

Wie nett und sauber hier alles aussah, wie alles so schön an seinem Platze stand! Auf dem mit blauen und roten Blumen bemalten Wäscheschrank stand ein Glassturz und darunter schlief ein wächsernes Kindlein, wie es die Brixener Klarissen so lieblich gestalteten. Zu des Kindleins Füßen lag ein Brautkranz mit Knospen von weißem Wachse und silbernem Flitter, der Kranz, den Luzias frühverstorbene Mutter an ihrem Ehrentag getragen hatte, den auch Luzia nun bald tragen wollte vor dem Gnadenaltare zu Trens. Auf dem Kasten lag ein Haufen Leinwand und dazwischen kräftige Grödener Spitzen. Ah, das Brautpfoad, von dem Luzia gesagt hatte, es sei das einzige Stück, dessen sie zu ihrer Ausstattung bedürfe. Heimlich hatte sie daran genäht, um die Stiefmutter nicht zu ärgern, in ihren spärlichen freien Augenblicken, im kärglichen Lichte, das durch das winzige Dachfensterchen fiel, in der winterlichen Kälte, die den kleinen Raum durchdrang, hatte sie Stich an Stich gereiht und dabei an ihre Heirat gedacht. Der Gertraud stieg das Blut zu Kopfe. »Das Pfoad machst du nit fertig«, murmelte sie böse und zog die Nadel aus dem Leinen, um sie in ihr eigenes Halstuch zu stecken. Nein, Luzia würde die Nadel fürder nicht mehr brauchen. Und nun konnte Gertraud ohne Sorge an ihr Werk gehen.

Ohne Sorge? Zitterten ihre Finger nicht, mit denen sie die Totennadel samt dem herabhängenden Faden festhielt? Dieser Rest des Fadens, womit man ihres Mannes Leiche eingenäht hatte, würde ihr genügen. Es wäre bald geschehen. Wenn ihr Herz nur nicht so hämmerte, wenn nur nicht jeder dieser lauten Hammerschläge ihr zuriefe: »Mörderin!« Aber nun war es einmal so weit gekommen, sie konnte nicht mehr zurück. Seit ihr zum ersten Male der Gedanke aufgeblitzt war, der Gedanke an die Totennadel, hatte sie ihn immer festgehalten, immer darüber gegrübelt, immer sich hineinvertieft. Wenn sie auf dem Bartlhofe bleiben wollte wie bisher, nicht als altes Weib im Austrag, sondern als gebietende Frau, gab's keinen anderen Ausweg. Nur das kleine Ding zwischen Daumen und Zeigefinger festhalten, nur nicht zittern, nur nicht am Ende gar sich selber stechen, das wäre furchtbar. Mut, Mut! Niemand würde etwas von der Sache erfahren, keine Hand würde sich anklagend gegen sie strecken und nicht nur dem Thomas und der Luzia, auch dem Teufel wäre das Spiel verdorben. Denn gleich jetzt zu Ostern würde sie zur Beichte gehen – etwa zu einem alten Pater in der Stadt und würde ihm alles aufrichtig sagen und ihm alles erklären und er musste reinen Mund halten und ihr das Kreuz geben und dann konnte sie wieder ruhigen Gemütes auf dem Hofe walten und einen christlichen Haushalt führen wie bisher.

Während diese Gedanken ihr durch den Kopf wirbelten, hatte sie an Luzias Pfühl bereits einige Stiche aufgeschnitten und schob mit fiebrigen Fingern die sich herausdrängenden Flaumen zurück. Vorsichtig führte sie dann die Nadel ein bis hinein in die Mitte des Pfühls, wo Luzias Kopf zu ruhen käme, die rostige Nadelspitze kehrte sie nach oben, dass sie beim leisesten Druck hervortreten musste, befestigte den Faden am Überzüge des Kissens und … ja, so musste es gehn, so musste es gelingen, so konnte die Totennadel ihr Ziel nicht mehr verfehlen. Jäher Tod, hatte die alte Burgel gesagt.

Niemand hatte etwas gesehen, niemand würde etwas ahnen. Noch besaß die Totennadel ihre ganze furchtbare Macht. Den Jungfrauenkranz, der zu Füßen des wächsernen Jesuleins lag, Luzia würde ihn mit ins Grab nehmen.

Am selben Abende kehrte Luzia zurück. Froh und friedlich sah sie aus, als sie in die Stube trat, wo man schon beim Abendessen saß. »Gelobt sei Jesus Christus!«, grüßte sie.

»In Ewigkeit Amen«, antworteten die Ehalten. Die Bäuerin aber brachte kein Wort über die Lippen. Als die anderen nach genossener Mahlzeit und verrichtetem Tischgebete hinausgingen, wollte auch sie weg, wollte nicht allein zurückbleiben mit der Todgeweihten. Aber Luzia hielt sie freundlich fest.

»Muetter, mir ist's lieb, dass du mich zur Gotl geschickt hast, ich hätt' mich nit einmal darauf besonnen. Und jetzt bin ich froh, dass ich bei ihr gewesen bin und alles mit ihr abgeredet hab.«

»Was hat sie denn gemeint, deine Gotl?«, fragte Gertraud tonlos.

»Sie hat gemeint, ich soll dem Vater lei folgen; der Thomas, hat sie gemeint, sei ein christlicher Mensch.«

»Ja, nachher tust halt, wie die Gotl sagt«, versetzte Gertraud trocken und wieder wollte sie gehen.

Aber wieder hielt sie Luzia zurück. Sie war ja so glücklich, dass ihr das Weib, das sie Mutter nannte, nicht mehr grollte.

»Bleib grad noch einen Augenblick, Muetter, grad eppes muss ich dir noch sagen. Zwei Stuck, weißt, hat mir der Vater aufgetragen, eh er gestorben ist. Nit lei wegen meiner Heirat ist's ihm gewesen, er hat mir auch aufgetragen, ich sollt recht auf die Muetter schauegen und aufs Schwesterle. Und sell magst mir schon glauben, Muetter, dass ich dir alleweil eine gute, gehorsame Tochter bleiben will und für dich sorgen will in gesunde und in kranke Tag'.«

Weich und lieb klang die Stimme des Mädchens; der Gertraud wurde es ganz eigen zumute. Sie musste sich's doch gestehen, dass keine Mutter sich ein sanfteres, freundlicheres Kind wünschen konnte, als es Luzia war. Und doch hatte sie ihr den unerbittlichen Tod ins Lager versteckt, den jähen, geheimnisvollen. Wie war das nur möglich?

Freilich, möglich war's und sogar notwendig! Gegen Luzia hatte sie ja nichts, aber sollte sie es dulden, dass der Thomas Bartlhofer werde und im Hause befehle als Herr? Nein, da musste es eher zum Äußersten kommen und zum Äußersten war es nun auch gekommen, sie konnte es nicht ändern.

»Ist schon recht, geht schon gut«, beantwortete sie mit hohler Stimme Luzias freundliche Rede. Und dann kam noch – und sie wusste kaum, was sie sagte – »Gute Nacht, Luzza, und schlaf gesund.«

Luzia ging. Ging hinauf in ihre Schlafkammer, wo der Tod auf sie lauerte. Gertraud blieb allein in der Stube zurück. Das Ursele war schon früher ins Bettlein gebracht worden, da brauchte sie nicht nachzusehen. Wie eine Todmüde saß sie jetzt allein auf der Ofenbank. Auf den Berghöfen ringsum verlöschte Licht um Licht, nur am Bartlhofe glimmte noch das Döchtlein in der schmalzgefüllten Schale; die Stube matt erleuchtend. Gertraud drückte sich an den Ofen, wo man eben noch vor dem Nachtmahl ein lustig Feuerlein hatte abbrennen lassen. Sie wollte sich wärmen; ihr war so kalt.

Doch auch der Ofen wurde allmählich kalt. War es da nicht besser, ihre Liegestatt aufzusuchen und sich die dicke, wollene Decke über den Kopf zu ziehen? Dann könnte man für eine Zeit alles vergessen. Vielleicht sogar einschlafen.

Langsam schlich sie hinauf in ihre Schlafkammer. Sie beugte sich über ihr schlummerndes Kind und horchte auf die sanften, regelmäßigen Atemzüge. Die glückliche Kleine, die wusste nichts von innerer Qual und Seelenmarter! O die herzigen Patschhändchen, die auf der

Decke lagen; wie hatten sie heute die Mutter am Rocke gefasst, ehe sie … Ja freilich, aber sie hatte sich nicht halten und hindern lassen und nun war vielleicht schon alles vorbei, vielleicht Luzia schon tot …!

Gertraud warf sich angekleidet aufs Bett, wickelte sich in die Decke und zog sich das Federbett über den Kopf. Jetzt brauchte sie doch nicht mehr zu frieren, aber einschlafen konnte sie darum doch nicht, ei, keine Rede! Jeden Augenblick gab's ein anderes Geräusch. Bald krachte der Fußboden, als schreite jemand langsam darüber hin. Bald klirrten die Butzenscheiben am Fensterchen wie unter der Berührung einer geheimnisvollen Hand. War's eine Geisterhand? War's der Geist der Toten, der sich meldete? Und nun war ihr, als fasse diese Hand sie an der Kehle, dass sie mit einem gurgelnden Laut emporschnellte. Doch dann war nichts mehr zu fühlen und war auch nichts mehr zu hören, als die friedsamen Atemzüge des schlafenden Kindes.

Wieder legte sich die Schlaflose aufs Pfühl. Wenn sie schon keine Ruhe finden konnte, so wollte sie doch versuchen, die quälenden Gedanken abzuschütteln, ruhig die Sache zu überlegen. Was hatte sie denn so Arges getan, das andere in ihrer Lage nicht getan hätten? Es gab doch viel schlimmere Leute als sie und in die Hölle kamen diese Leute doch nicht. Und sie erinnerte sich eines Raubmörders, von dem sie in ihren jungen Jahren gehört hatte, dass man ihn auf der Kachlerau gehenkt habe und dann habe ihn die gottselige Jungfrau Maria Hueberin aus dem Fegefeuer herausgebetet. Dann fielen ihr auch die vielen Milizen ein, die im vergangenen Sommer durchs Eisacktal gezogen waren, bald südwärts, bald nordwärts, denn es war Krieg im Reiche draußen und drin im Welschland. Krieg, Krieg! Wer hatte den wohl angestiftet? Einer musste doch anfangen und der eine trug dann die Schuld, wenn Hunderte, Tausende auf den Schlachtfeldern fielen. Was war gegen solches Gemetzel *ihr* Tun? Nein. Wahrhaftig, was sie getan, hatte sie tun *müssen*: Es war ja schlechthin Notwehr, und Notwehr ist immer erlaubt.

Wieder richtete sie sich im Bette auf, warf das Federbett weit zurück und wischte sich den Schweiß von der Stirne. Denn ihr war plötzlich heiß geworden und die Hitze wurde mit jedem Augenblick drückender. War das vielleicht schon die Hölle? Nein, die Hölle war es nicht und in die Hölle wollte sie auch nicht. Sie würde es schon einmal gütlich ausmachen mit dem großen Richter da drüben, sie würde zu ihm sprechen: »Ich hab allweil ein ehrbar Leben geführt und kein Mensch kann mir etwas nachsagen.«

Kein Mensch, das ist wahr. Aber der große Richter da drüben ist mehr als ein Mensch. Wird er sie denn wirklich verurteilen, die Gertraud vom Guldenadler, obwohl sie an keinem Völkerschlachten schuld ist? Sei's, wie's will, hier in der Kammer hält sie's nicht mehr aus. Leise stöhnend hebt sie sich vom zerwühlten Bette. Ist doch das eine Nacht! Kein Ende will sie nehmen. Aber leichter wird es ihr werden, wenn sie nur einmal draußen ist. Vorsichtig schließt sie die Kammertüre hinter sich und steigt hinab in die Kuchel. Dort glimmen noch Kohlen auf dem Herde; eine Unschlittkerze, die in einem eisernen Leuchter steckt, zündet sie an der Glut an und hat nun Licht und ist froh. Aber nicht lange währt dieses Frohsein. Seltsame Schatten wirft das dürftige Kerzenlicht; gespensterhaft tanzen Gestalten an den Wänden. Himmel, und wer sitzt dort auf dem Herde? Ist's nicht ihr Mann, der Martin? Gerade dort saß er fröstelnd und fiebernd, als er an jenem Novemberabend heimkam aus dem Walde. Nun sitzt er wieder an derselben Stelle und glotzt sie an mit hohlen Augen und murmelt: »Weib, als Mutter hast du dich angeboten für mein Kind, als Mutter, weißt du's noch?«

Schnell löscht sie die Kerze aus. Jetzt ist sie weg, die Gestalt auf dem Herde. Das Dunkel ist freilich schrecklich und die Hitze hier noch ärger als droben. »O wenn's nur endlich Tag werden möchte, wenn's nur betläuten möchte!« – »Der Engel des Herrn brachte Maria die Botschaft –« Ob sie das je wieder sprechen könnte, ob sie je wieder beten, je wieder den Fuß in eine Kirche setzen könnte? Und das müsste sie doch. Sonst würden die Leute ja reden! Aber nein, in der Hölle betet man ja nicht mehr! Droben in der Kammer ist die Hölle und hier unten in der Kuchel ist sie auch. Oder nein! In ihr selber ist sie. Sie selber trägt die Hölle in sich.

Halt, nun schimmert es grau durch das Kuchelfensterle. Der Tag bricht an, der liebe, liebe Tag mit all seinen kleinen Sorgen und frohen Arbeiten. Nun hätte sie nicht mehr Zeit, ihren Höllenängsten nachzuhängen.

Horch, flinke Schritte kommen die Holzstiege herab! Das ist nicht der schwere, wuchtige Schritt der Vef, nicht das kindische Hüpfen der kleinen Dirn, das ist … Gertraud stürzt hinaus. »Wer bist denn du?«, schreit sie der Nahenden entgegen.

»Ja, wer werd' ich denn sein?«, kommt es freundlich und fröhlich zurück. Und Luzia steht vor ihr.

Trotz des unsicheren Dämmerlichtes merkt das Mädchen gleich, dass etwas nicht stimmt. »Ist dir nit gut, Muetter?«

»Nein, nit gut ist mir. Hab kein Aug zutun können, die ganze Nacht.« Doch während Gertraud das sagt, kommt eine Erleichterung über sie. Luzia lebt. Sie ist doch keine Mörderin.

»Leg dich noch ein bissel nieder«, rät die Stieftochter. »Ich koch derweil das Fürmus für die Leut und für dich stell ich ein Hafele Milch auf.«

Aber Gertraud will nicht. Sie geht vors Haus hinaus: Im Freien, hofft sie, wird ihr leichter werden. Langsam wandelt sie vor dem Hause auf und nieder und grübelt nach, wie es denn möglich ist, dass Luzia noch lebt. Sie weiß es ja, hat ihr vormals oft zugesehen, wie das Mädchen den Kopf immer so schwer auf das Kissen warf; die Totennadel muss ihr eingedrungen sein und doch … und doch … Und während sie so denkt und sinnt, weicht die frohe Regung, die sie bei Luzias Anblick eben empfunden hat, und wieder fährt der schlimme Geist in sie. »Die Sünd hab ich itzt decht und hab nit einmal einen Nutzen davon.« Und ein schweres, schwarzes Gefühl der Enttäuschung steigt in ihr auf. Vielleicht hat sich das Mädchen nicht so aufs Pfühl geworfen wie sonst, vielleicht gelingt es nächste Nacht.

Nächste Nacht. Und dann müsste sie wieder eine solche Marternacht zubringen wie die vergangene und ins Dunkel starren und hinaushorchen in die tiefe und doch so lebendige Stille und sich ängstigen und quälen? Nein, eine zweite solche Nacht hielte sie nicht mehr aus!

Die Vef tritt aus dem Hause hervor und schließt den Hühnerstall auf. Da flattert's und gackert's und drängt sich heraus und kommt auf die Bäuerin zu, denn die hat ja sonst immer alle Hände voll Futter. Heut aber sind ihre Hände leer. Die Hühner stehen und staunen und schauen und können's nicht glauben. Endlich wenden sie sich um, ganz enttäuscht, und zerstreuen sich. Die einen zieht es zum Düngerhaufen hin, die andern hinaus auf die kleine Wiese, die ihnen zum Auslauf überlassen ist. Die Vef hat inzwischen den Milchstoß erfasst und verschwindet im Stalle. Aus dem Hause hört man das Knacken dürrer Äste. Luzia ist am Feuermachen. Der Bäuerin gibt's einen Ruck bei jedem Geräusche, das an ihr Ohr dringt; allein möchte sie sein, ganz allein in tiefster Einsamkeit. Sie wandert den Hügel hinab, worauf der Bartlhof steht, und steigt auf der andern Seite hinan am kleinen Waldköpfl, das den Ausblick gen Süden abschließt.

Hinter diesen Bäumen hat sie gestern die Stieftochter verschwinden sehen und hat sich dann gleich ans Werk gemacht. Und jetzt muss sie erst warten, ob das Werk auch gelingt. Ist es nicht schrecklich, dieses Warten? Wird sie darüber nicht den Verstand verlieren? Sollte sie nicht lieber Luzia wieder über Land schicken und inzwischen das zerstören, was sie gestern so klüglich ausgeführt hat?

Aber dann kommt wieder der Gedanke und krallt sich fest an ihrer Seele: Die Sünde ist geschehen, jetzt will ich auch den Nutzen davon haben!

Hinter der Plose sprüht jetzt die Sonne hervor und blitzt der Einsamen ins Auge, dass sie zusammenzuckt. Auf der anderen Talseite glühen die Berge im Morgenlichte. Ein schöner Frühlingstag ist angebrochen. Freilich, hier oben am Berge ist's noch winterlich; an schattigen Stellen liegt noch, verstaubt und beschmutzt, der alte Schnee. Aber sieh da, aus dem welken Laube des Waldbodens lugt schon ein herziges Leberblümchen, blau mit weißen Staubfäden. »Bring mich doch deinem Kinde zum Morgengruße«, bittet es. Mein Gott, das Kind! Ob es nicht schon wach ist und verwundert um sich blickt, weil keine Mutter da ist, es aus dem Bettlein zu heben? Soll sie nicht umkehren und nach ihm sehen und ihm ein Blümlein mitbringen? Aber nein, sie schaudert beim Gedanken. Nie mehr wird sie mit der Kleinen scherzen und kosen können, wie sie sonst getan hat, nie mehr in die hellen Äuglein schauen. Gerade so, wie sie nie mehr beten kann.

Trotz allem macht sie sich auf den Heimweg. Der Gang durch den einsamen Wald verleidet sie, das Gezwitscher der Vögel tut ihr weh. Menschenscheu hat sie von daheim weggetrieben, jetzt möchte sie wieder unter Menschen sein. Nur der Luzia möchte sie fernebleiben. Doch die ist nun wohl schon wieder in ihrem Dachkämmerlein, schafft dort Ordnung und setzt sich an ihre Arbeit. Halt, mit der Arbeit ist's aus! Im Brautpfoad steckt ja keine Nadel mehr und sie wird ihrer Lebtag mehr keine Nadel zwischen die Finger nehmen. Die Totennadel würde schon endlich ihr Werk tun.

Gertraud steigt den Abhang zum Hofe hinauf, aber langsam, denn sie hat keine Eile. Was soll sie daheim auch anfangen? Es ist keine Arbeitslust in ihr, keine Freude, keine Ruhe, es ist, als ziehe und zerre eine grausame Hand an ihrem Herzen und wolle es zerreißen wie einen morschen Faden. Vor Stunden, da es noch finster über der Erde lag, hat sie sich auf die Tageshelle gefreut und nun, da der frohe, frische Märzentag über ihr lacht, fragt sie sich bange, was sie denn beginnen soll mit all den vielen langen Stunden, die sich endlos vor ihr dehnen.

Jetzt ist sie am Hause. Sie nähert sich, tritt her ans Stubenfenster, lugt verstohlen hinein, ob jemand in der Stube ist. Ei freilich, die Luzia! Seelenruhig sitzt sie im Erker, hält ihre Arbeit auf den Knien und stichelt daran herum. Nie hat sie sonst das Brauthemd in die Stube genommen, hat sich wohl immer vor der Stiefmutter gescheut, hat auch recht gehabt, sich zu scheuen.

In Gertraud regt sich der Unwille. Und auch der Fürwitz. Welche Nadel hält das Mädchen wohl zwischen den Fingern? Hat sie sich etwa gar an Gertrauds Nadelbüchschen herangewagt? Ei, das muss Gertraud doch wissen.

Rasch, mit dröhnenden Schritten tritt sie in die Stube. Luzia fährt auf, errötet, legt die Arbeit beiseite. Will die Mutter fragen, wie es mit ihr stehe und ob sie ihr nicht eine Labung reichen dürfe. Aber sie kommt nicht zu Worte.

»Weißt du dir keine andere Arbeit?«, fährt Gertraud sie an und reißt das Brauthemd an sich.

Im nächsten Augenblick entfährt ihr ein Schrei. In ihrer achtlosen Hast hat sie sich die Nadel, die in dem Linnen steckte, tief in den Finger gebohrt. Jetzt streckt sie die Hand aus, an der ein großer Blutstropfen hängt. Luzia springt vom Sitze. »Hast du dir weh getan, Muetter?«

Gertraud hat die Nadel aus dem Finger gezogen, betrachtet sie einen Augenblick, verfärbt sich jäh. An der Nadelspitze erscheint ein winziger Rostflecken. Sie reißt die Augen weit auf. »Die Totennadel …!«, lallt sie. Und dann: »Wer … wer hat …?« Wie Röcheln ringt sich's aus ihrer Brust. Weit offen stehn die Lippen. Das Auge verglast sich. Sie bricht in die Knie.

Luzia will sie in den Armen auffangen. »Muetter, Muetter, was ist dir denn?«

Keine Antwort. Sie liegt hingestreckt auf dem Stubenboden. Die Totennadel hat ihr Werk getan.

Heftig klopft es an die Kammertür der Hauswurzenburgel. Wie sie auftut, steht draußen das Moidele vom Bartlhof. »Die Bäuerin ist gach gestorben«, keucht sie.

Der Burgel gibt's einen Ruck. Die Totennadel! Gewiss ist die Bäuerin damit unvorsichtig umgegangen. Aber Moidele weiß nicht Bescheid. »Es ist lei die Luza bei ihr gewesen.«

Die Burgel eilt hinüber. Die Tote liegt noch in derselben Stellung, wie der Tod sie überraschte. Luzia kniet neben ihr, die Hände fest verschlungen, den Blick starr auf das Gesicht der Stiefmutter geheftet, ein aschgraues, von jähem Schreck entstelltes Gesicht. Heftig fasst Burgel sie am Arme. »Wie ist denn mei denn dös gangen?«, will sie wissen. Und wie Luzia keine rechte Antwort findet, raunt die Alte geheimnisvoll: »Ist epper die Totennadel schuld?«

Da fährt Luzia auf. »Die Totennadel? Ja, so hat sie gesagt, ja, das ist das letzte gewesen.«

»Hab mir's gedenkt, hab mir's gedenkt«, murmelt Burgel mit traurigem Kopfnicken. Und wie sich nun Luzia von den Knien hebt und sie verständnislos anstarrt, erklärt ihr die Hauswurzenburgel, wie sie es schon vielen erklärt hat, die geheimnisvolle Kraft dieser Nadel, deren Stich unfehlbar jähen Tod herbeiführe. Aber fassungslos blickt Luzia vor sich hin und möchte etwas sagen und findet keine Worte. Jähen Tod soll die Nadel bringen, wirklich? Sie selber hat sich doch gestern Abend, als sie den müden Kopf auf das Kisten warf, heftig gestochen, dass sie mit leisem Schrei emporfuhr, und doch, sie lebt, sie lebt …! Sie hat am Morgen, als sie die eigene Nadel nicht mehr fand, die aus dem Kissen gezogene zu ihrer Arbeit verwendet und dann, ja, dann war das Unglück mit der Stiefmutter geschehen. Dem Mädchen wirbelt es im Kopfe. Wer hat, wer hat ihr die Nadel ins Kopfkissen gesteckt, so sorgsam gesteckt und befestigt, dass sie sich daran stechen *musste*, wer anders als … War das letzte Wort der Stiefmutter nicht ein Geständnis gewesen? Ein Wunder war geschehen. Ein Wunder für sie, die arme, kleine Luzia vom Bartlhofe! Sterben hätte sie sollen und nun hat es eine andere getroffen. Aber ein solcher Tod … es war schrecklich! Burgel wollte noch forschen und fragen, aber Luzia brachte kein Wort mehr hervor.

Als die Nachricht vom jähen Tod der Bartlhoferin bekannt wurde, da war's ein Wundern und Staunen am ganzen Berge und nicht minder drunten in der Stadt. Die frommen Brixner Seelen, die sie am Schwarzen Sonntag noch im Dome gesehen und sich an ihrer Andacht erbaut hatten, meinten, es sei die Trauer um ihren Seligen, die ihr das Herz abgedrückt habe. »Mei, so gut geschaffen haben sie miteinand.« Beim Guldenadler wieder dachte man nüchterner und Gertrauds Ohm, der alte Hans Peisser, war der Ansicht, der rasche Tod sei für sie ein Glück gewesen. »Die Gedel ist nit eine, die ins Austragstübele gepasst hätte.«

Vielleicht dachte auch Thomas dasselbe; jedenfalls eilte er jetzt ohne Weiteres dem Bartlhofe zu. Er hätte der Stiefschwiegermutter ja das Leben von Herzen vergönnt, doch war ihm das Herz nicht gerade schwer und er verhehlte sich nicht, dass es eine heikle Sache gewesen wäre, an ihrer Seite zu leben.

Leichten Sinnes stieg er zu dem Hause empor, das ihm von Jugend an wie eine Heimat gewesen war und das ihm nun bald zur bleibenden Heimat werden sollte. Da bemerkte er, auf der Hausbank sitzend, eine Frauengestalt in gebeugter Haltung, die Hände auf den Knien verschlungen, die Haare vom Märzenwind durchflattert. Es war ein Bild tiefster Ergriffenheit. Als er näher kam, erkannte er Luzia. Er rief sie beim Namen. Da richtete sie sich auf, doch ohne Wort, ohne Gruß. Er stutzte. Er griff nach ihrer Hand. »Luzza, tut's dich so ansehen?«

Leise, verängstigt klang ihre Antwort. »Sie ist halt decht meinem Vater sein Weib gewesen – und itzt a söller Tod!«

»Wohl, wohl, a gacher Tod ist alleweil eppes Unguts«, gab er zurück. Er begriff nicht, was sie meine.

Da stand sie auf und fasste seinen Arm, wie um sich daran festzuklammern. »Thomas, ich muss dir eppes sagen. Aber lei dir und du derfst es durchaus nit weitersagen, weißt, ich leid's nit, dass die Leut schlecht von ihr reden.« Sie holte tief Atem, und dann kam's heraus: »Umbringen hat sie mich wollen.«

Er schrak zusammen, wollte ihr nicht glauben. Da berichtete sie ihm alles. »Thomas, a Wunder ist geschehen, sonst stünd ich nit lebend vor dir.«

Thomas schüttelte nachdenklich den Kopf. »A Wunder, meinst? Na, sell tät ich nit glauben. Ich hab wohl öfter von die Totennadeln reden hören, aber dass man davon gach sterben muss, sell ist wohl ein Gerede von der Hauswurzenburgel. Nit wegen der Nadel ist deine Stiefmuetter gestorben, lei vom bloßen Schrecken. Luzza, es ist ein Gottesurteil.«

Sie lehnte den Kopf an seine Schulter und es wurde ihr allmählich leichter. Es war doch ein schönes, friedliches Leben, das jetzt vor ihr lag, ein Leben an der Seite eines treuen Mannes, der ihr Stütze und Helfer sein würde. Sie seufzte nur noch leise, wie in Gedanken: »Herr, gib ihr die ewige Ruh!«

# Ein Unglücklicher

In langsamer Steigung zieht sich der schmale Fahrweg, mit großen Steinen gepflastert, den Berg hinan. Zu beiden Seiten des Weges winken Weingärten, deren noch reiches Laub in der hellen Novembersonne goldgelb leuchtet. Aber das Arbeitsjahr ist vorbei, die letzte Traube abgeschnitten; in den Kellern gärt und schäumt der junge Wein. Doch man sollte nicht glauben, dass der Winter schon vor der Türe steht. Mild und warm ist's wie im Mai und froh strahlt Gottes Sonne aufs Etschland herab.

Am Wegrande steht ein großes Kreuz. Die Heilandsgestalt wendet das Antlitz der Berglehne zu, wo sich ein schmucker Bauernhof an einen Rebenhügel schmiegt. Das Kreuz gehört wohl zu diesem Hofe, und eine mächtig große Traube mit schwellenden Beeren, die man dem Heiland an die durchbohrten Füße gehängt hat, ist gewiss das Weihegeschenk des dankbaren Besitzers.

Dem Kreuze gerade gegenüber ist eine halbzerfallene Steinbank, von wildem Feigengestäude umwuchert. Dort sitzt ein noch junger Mann, blass, müde, die Lider halb geschlossen, und lässt sich von der lieben Sonne bescheinen. Um die bartlosen Lippen liegt ein herber Zug. Das linke Bein ist steif ausgestreckt. Den Stock, auf den er sich beim Heraufsteigen stützte, hält er mit beiden Händen fest und stemmt ihn zwischen die Beine, als müsse er sich auch jetzt noch darauf stützen.

Franz Isser ist Kriegsinvalide und stellenlos und mittellos dazu. Bekannte in Südtirol haben ihn, den hungernden Wiener, zu sich geladen, dass er sich erhole. Bald aber musste er sehen, dass seine Gastfreunde auch nicht im Überfluss lebten, sondern von der Hand in den Mund.

Nein, Isser will seinen Freunden nicht zur Last fallen. Ein paar Tage noch und er wird nach Wien zurückkehren.

Franz Isser ist einer guten, frommen Mutter Kind. Als er beim großen Waffengange an die galizische Front abging, hat sie ihm einen Rosenkranz und eine Marienmedaille mitgegeben. »Der liebe Gott wird helfen, du kommst gewiss bald zurück«, hat sie gehofft. Aber es kam anders! Blutige Schlachten, furchtbare Märsche, harter Rückzug, Gefangenschaft! Weit weg, in einem sibirischen Gefangenenlager erfuhr Franz Isser den Tod seiner Mutter, und als er endlich mit lahmem Bein und gebrochenem Mute heimkehrte, da fand er ihr Herz nicht mehr, um ihn zu wärmen, und ihren Kinderglauben nicht mehr, um ihn zu stützen. Und er hätte doch der Stütze bedurft! Von seinen Kameraden, von seinen Vorgesetzten hatte er viel Schlimmes gehört, und später, während seiner jahrelangen Gefangenschaft, inmitten der Leiden und Entbehrungen der langen Transporte, war ihm nur zu oft der Gedanke aufgestiegen: »Gibt es einen Gott? Und wenn's einen gibt, warum lässt er so viele Leiden zu?« Und er hatte niemand, dem er diese Frage stellen und niemand, der ihm darauf antworten konnte. So war es in seiner Seele allmählich dunkel geworden. Er glaubte noch an einen Gott, aber nicht mehr an Gottes Gerechtigkeit. Österreichs Sache sei gerecht, hatte es geheißen. Meinetwegen, aber nun wurde es in Trümmer geschlagen! Und was hatte es den Tirolern geholfen, all ihr Kämpfen und Beten, all ihr festes Vertrauen auf Gottes Hilfe? Das Schreckliche war über sie hereingebrochen ...

»Nur den Bösen gelingt alles, nur sie sind glücklich!«, so klang es auch jetzt durch seine Seele. Er saß gerade vor dem großen Kreuze, aber sein Blick haftete nicht auf der Huldgestalt des Erlösers, der mit weit ausgebreiteten Armen alle Traurigen an sich ziehen will, um sie zu trösten; nein, weit hinaus blickte er ins schöne, sonnbeglänzte Land, über dem die Dolomiten ihre starren Wände zum Himmel hoben wie Festungsmauern. Armes Land, armes Volk, die Zeit der Freiheit ist vorbei!

Langsame Schritte kamen den Weg herauf. Franz Isser wandte den Kopf, um zu sehen, wer es wäre. Ach, nur ein altes Mütterlein, das ein Bündel Reisig auf dem Rücken trug. Nun war sie zur Steinbank gekommen, ließ aufseufzend das Bündel vom Rücken gleiten und nickte dem jungen Manne grüßend zu.

»Ein bissel rasten tut gut«, meinte sie, und setzte sich ohne weiters neben ihn.

Isser hat alte Leute gern. Schon um seiner verstorbenen Mutter willen. Und dann ist er fast froh, seinen schweren, düstern Gedanken entrissen zu werden. Freundlich erwidert er den Gruß der Alten. »Ihr habt da wohl recht schwer zu tragen«, meint er.

»Zum Tragen sind wir auf der Welt«, erwidert sie mit kindlichem Lächeln. Dann streift ihr Blick den jungen Mann und gleich hat sie in ihm den Kriegsinvaliden erkannt. Da wird sie warm. »Sie haben auch Ihren Teil, junger Herr«, sagt sie teilnehmend. Und dann erzählt sie ihm, und ihre Augen feuchten sich, sie habe zwei Söhne gehabt, so ziemlich in seinem Alter, und die seien beide im Kriege gefallen und nun habe sie niemand mehr auf Erden. Aber beide seien brav gewesen und hätten gewiss ein gutes Plätzlein drüben gefunden, und so sei sie ihretwegen getröstet. Dann aber will sie wissen, wo der junge Herr neben ihr gekämpft hat, ob in Russland oder an der Dolomitenfront. Und Franz Isser wird nun fast gegen seinen Willen beredt, erzählt seinen Abschied von der Mutter, erzählt seine Kämpfe in Galizien, seine Verwundung, seine Gefangennehmung. Vielleicht wenn er im Lazarett eine bessere Pflege gefunden hätte, wäre er kein Invalide. So aber ist sein Bein eben steif geblieben. Und für einen, der sein Brot verdienen muss, ist das doppelt hart.

Sie nickt und seufzt. Und dann schaut sie ihm recht lieb in die Augen und sagt: »Sie haben wohl recht, Herr, dass Sie da herauf gekommen sind zum Plonerherrgott. Das ist ein guter Tröster.«

Er erwidert ihr schlichtgläubiges Wort mit leichtem Spott. In Tirol gebe es gar viele solche Kreuzbilder. Wenn jedes trösten könnte, da hätte man des Trostes die Fülle.

Die Alte scheint den Spott nicht zu verstehen. »Nein«, belehrt sie ihn, »wissen Sie, *der* Herrgott da ist ein völliges Mirakelbild. Sooft ich da vorbeikomm', bet' ich zu ihm hinauf.«

»Das ist brav von euch, Mütterchen«, sagt der Invalide schmunzelnd. »Aber warum soll denn gerade dieser Christus etwas Besonderes sein? Ein schönes Schnitzwerk ist er ja, das seh ich wohl auch, obschon ich nicht gerade ein Kunstkenner bin.«

Das Mütterchen überhört diese Worte. Ob der Christus ein Kunstwerk ist, das kümmert sie nicht, danach fragt sie nicht. Aber sie beschattet ihre Augen mit der dürren, zitternden Hand und schaut aufmerksam hin. »Man sieht's jetzt nicht, die Sonne blendet zu viel«, sagt sie, die Hand sinken lassend, »aber wenn Sie aufstehen täten, Herr, und täten von der Seite her schauen, nachher wollten Sie's schon sehen.«

»Was ist denn da zu sehen?«, fragt Isser, ohne sich von der Stelle zu bewegen. Denn ihm ist wohl an dem sonnigen Plätzchen.

»Ja, denken Sie grad: Angeschossen ist er worden, *der* Christus!«, sagt das Mütterlein. Nur scheu und leise sagt sie's, als graue es ihr, laut von dem Frevel zu sprechen, der hier verübt wurde.

Und dann, ohne dass der Fremde bittet oder fragt, erzählt sie ihm die ganze Geschichte.

Als das Mütterlein noch ein kleines Mädchen war, gerade aus der Schule entlassen, kam sie als Kleindirn auf diesen schönen Weinhof, den man den Plonerhof nennt. Der Bauer, bei dem sie in Dienst trat, war jung, war neuvermählt; er hatte die schönsten Weingüter am ganzen Berg, und seine Ware erzielte alljährlich die höchsten Preise. Er dachte aber auch Tag und Nacht, wie er am besten für seine Reben sorgen könne und keines Bauern Grund ringsum war so wohl bestellt wie der seine. Er war ein fleißiger, nüchterner Mann, dem niemand etwas Schlechtes nachsagen durfte, er erfüllte seine sonntägliche Christenpflicht, nicht mehr, aber auch nicht weniger. Für arme Leute freilich hatte er nichts übrig und für Kirchen und Klöster schon gar nicht. Und wenn im Herbste die Franziskaner ihren Sammelbruder mit der Butte auf den Berg herauf schickten, dann suchte der Ploner fleißig die schlechtesten und unreifsten Träublein zusammen und auch von diesen bekam der Bruder kaum eine halbe Butte voll, so hart kam es dem Ploner an, sich von dem zu trennen, was sein eigen war.

Da kam einmal ein großes Unglück über die Gegend. Im Spätsommer war es, als die Trauben schon blauten und Bauern und Händler schon über die Preise sprachen. Über den Ritten schob es sich vor, eine große, schwefelgelbe Wolke, und ehe sie drunten in Rentsch und droben in Unterinn Wetterläuten konnten, prasselten auch schon die Hagelsteine herab; groß wie Taubeneier und von eisigem Winde gepeischt. Wenige Minuten nur, und des Jahres Ernte lag zermalmt auf der Erde.

Der Ploner, der auf der Jagd gewesen war, kam eilends heim, das geladene Gewehr auf der Schulter. Weiter droben im Berg, wo er gejagt hatte, war's nicht so schlimm gewesen, seltener und kleiner waren die Hagelkörner gefallen. Aber nun, als er sah, wie es um seine Ernte stand, als er die schönen, saftschwellenden Trauben zerquetscht und zerschlagen am Boden liegen sah, gleich an der ersten Rebenzeile, an der sein Weg ihn vorbeiführte, da überkam ihn namenlose Wut. Ach, Wut und Zorn gegen *Den*, der über den Wolken thront und die Winde regiert und Sonnenschein und Regen misst und die Hagelschloßen in seiner Gewalt hat.

Mit einem schaurigen Fluche riss er das Gewehr von seiner Schulter und drückte es gegen das Kreuzbild ab.

Die Dienstleute, die vor dem Hause standen, der Rückkehr des Bauern gewärtig, sahen den Frevel und schauderten. Sie meinten nicht anders, als dass die Erde sich auftun und den Sünder verschlingen müsse. Aber die Erde tat sich nicht auf; alles blieb wie es war. Nur wollten die Zeugen der grausen Tat nicht mehr beim Ploner bleiben. Auch das kleine Maidlein, das jetzt als altes Weiblein neben Franz Isser saß, war damals vom Plonerhofe weggegangen, denn sie glaubte nicht anders, als dass das Dach des Hauses über dem gottlosen Besitzer einstürzen müsse. Aber das Dach stürzte *nicht* ein. Bald wusste man am ganzen Berge, was der Ploner getan hatte. »Dem kann's nicht mehr gut gehn auf Erden«, sagten die Leute schaudernd. Und damit meinten sie, er werde keine schöne Weinernte mehr haben und kein gesundes Vieh im Stalle. Aber sie täuschten sich. Der Ploner hatte bald andere Knechte und Mägde gefunden: Er war ein tüchtiger Landwirt, der alles recht angriff, und hatte überall Glück. Kein Hagelschlag kam mehr über seine Weinberge und keine Seuche über seinen Stall. Und kein anderer Besitzer in der Gemeinde hatte so viel Geld auf der Bozner Sparkasse liegen. Und viele Leute nahmen Ärgernis an Gottes Gerechtigkeit und sagten: »Wir haben nie etwas so Schlimmes getan wie er, und doch geht es uns lange nicht so gut.« Andere aber wussten es anders und sagten: »Schaut ihn nur an, den Ploner, dann wird euch der Neid schon vergehen.«

»Nein, ich bin ihm nie neidig gewesen«, versicherte das Mütterlein, indem sie einen kindlich reinen Blick auf den Invaliden warf. »Ich hab mit meinem Mann viel durchmachen müssen, hab ihn lang krank gehabt, und wie er gestorben ist, hab ich meine Buben aufgezogen in Not und harter Arbeit. Aber sooft ich dem Ploner begegnet bin, hab ich mir immer gedacht: ›Mit *dem* möcht' ich nicht tauschen!‹ Kein Humor ist mehr in dem Menschen gewesen, und das schlechte Gewissen hat man ihm von Weitem angesehen. In die Kirche ist er jetzt nie mehr gegangen, nicht einmal an den höchsten Feiertagen, umso lieber dafür ins Wirtshaus, und wenn er sich einen rechten Rausch angetrunken hat, dann hat er wohl wieder lachen können, sonst aber nie. Und sooft ich ihn gesehen hab mit seinen wirren Augen, ist mir immer vorgekommen, so müssten die Verdammten in der Höll' dreinschauen. Ich weiß schon, solang Leib und Seele beinander sind, kann sich der Mensch immer noch richten und bessern. Aber der Ploner ...«

Sie hielt inne und schüttelte traurig den Kopf.

Franz Isser hatte ihr schweigend zugehört. Nun fragte er, ob der Ploner vielleicht noch lebe.

O nein, der Ploner war schon lange gestorben. Ein Schauder ging durch die verkümmerte Gestalt der Alten; es war, als bringe sie etwas nicht über die Lippen.

Dann aber sagte sie es doch.

Am Balken seines Dachbodens hatte man ihn eines Tages erhängt gefunden. Und das war das Ende dieses Glücklichen, den die Leute beneideten!

Der Arzt habe gesagt, die Tat sei in einem Anfall von Trübsinn geschehen und so habe man den Ploner trotz allem am Kirchhof begraben. Aber fast niemand vom Berge sei mit der Leiche gegangen, und sein Grab sei heute noch gemieden, als liege er zu Unrecht in der geweihten Erde. Die Witwe habe bald nach seinem Tode den Hof verkauft, und nun wohnten hier brave, christliche Leute. Und das Kreuzbild, das der Frevler so schmählich misshandelt hatte, werde von ihnen hoch in Ehren gehalten.

Mühsam erhob sich jetzt die Alte. »Ich hab mich völlig verplaudert«, entschuldigte sie sich mit müdem Lächeln.

Franz Isser half ihr, so gut er konnte, die Holzlast wieder auf den Rücken zu nehmen. Dann rief er noch hinter ihr her: »B'hüt Gott, Mütterlein, und Vergeltsgott!«

Da wandte sie sich nach ihm um und sah ihn verwundert an. »Möcht' grad wissen, warum Sie mir Vergeltsgott sagen!« Doch als er nichts erwiderte, setzte sie ohne Weiteres ihren Weg fort.

Er wartete, bis sie schleppenden Schrittes hinter der nächsten Wegbiegung verschwunden war. Dann stand er auf, trat zum Kreuze und blickte empor. O ja, nun sah er ganz deutlich die Spuren der Freveltat, eine Vertiefung gerade unterhalb der Seitenwunde. Aber auch das Kreuzbild selbst sah er mit andern Augen als früher. Wie seltsam war ihm doch jetzt mit einem Male ums Herz. »Ich bin ihm nie neidig gewesen«, hatte das Mütterlein von jenem Unglücklichen gesagt, und die Weisheit der Einfalt hatte aus ihr gesprochen. Aber auch der arme Invalide fühlte jetzt plötzlich Kraft in sich, um hinauszuschauen über dieses kurze Erdenleben, über dieses elende Erdenglück, um zu begreifen, dass Geld und Gut und irdisches Wohlergehen und flüchtige Erfolge nicht das Höchste sind, was Gottes Vaterhand für seine Kinder bereit hält, und dass ein friedlich Herz und ein ruhig Gewissen das Beste ist selbst auf Erden schon.

Und innerlich stark und ruhig trat er den Heimweg an, Gottes Trost im Herzen.

# Der Sonnenstrahl

Es war ein heller, kühler Sommerabend. Ziel- und zwecklos schlenderte ich über die breite Heerstraße, die das freundliche Brennerdorf Gries durchschneidet. Auf der Straße spielten barfüßige Kinder; unter den Haustüren strickten und plauderten die Weiber. Überall an Fenstern und Söllern nickten und lachten bunte Blumen. So war ich fast bis ans Ende des Dorfes gekommen; da sah ich ein ärmlich gekleidetes Persönchen stehen, an einen Gartenzaun gelehnt. Sie stützte die Hände auf den Zaun und lugte darüber hin, als gebe es hinter diesen Latten etwas Besonderes.

Ich trat ein paar Schritte näher und warf nun auch einen neugierigen Blick in das Gärtlein.

Es war ein winziges Flecklein Erde mit kleinen, von Buchs eingefassten Gemüsebeeten. In einem Winkel wucherte würzige Camomilla, in einem anderen stand ein Rosenstrauch mit jenen nicht eben prächtigen, aber so wundervoll duftenden Zentifolien, wie sie in der Höhenluft erblühen. Daneben ein hölzernes Bänkchen, worauf ein Hortensienstock stand und ein mit Erde gefülltes Holzkistchen, aus dem feuerrote Nelken ihre Köpfchen senkten. All das sah nett und freundlich aus, aber meine Neugier war enttäuscht.

Das Weib mochte meine Anwesenheit bemerkt haben; sie wandte mir ihr Gesicht zu, ein altes Gesicht, aber verschönt von einem guten, treuen Augenpaare, und sagte, wie um ihr Benehmen zu erklären: »Wenn ich an einem Garten vorbeigeh, muss ich alleweil stehen bleiben und schauen. Wissen Sie, ich hab die Blumen so viel gern.«

»Ja, ja«, gab ich ihr recht, »die Blumen sind auch wirklich das Schönste auf der weiten Gotteswelt, und mit etwas Fleiß und Liebe kann fast jedermann sein eigenes Gärtlein haben – an den Fenstern wenigstens. Gerade hierzulande sieht man ja allerorts so schöne Blumenstöcke.«

»Freilich wohl«, sagte sie, »aber in meinem Stübele hab ich nie keine Blum' nicht aufzügeln können. Ich hab ein einzigs Fenster und das ist mitternächtig, da kommt das ganze Jahr kein Sonnenstrahl herein.«

»Ach, das ist freilich traurig«, erwiderte ich schier gedankenlos und wollte weiter. Doch als sie sah, welche Richtung ich einschlug, bat sie, mich zu begleiten; sie wolle mir ihr Haus zeigen.

Gern ließ ich mir die Gesellschaft gefallen. Wir plauderten von dem und jenem; dabei bemerkte ich, dass die Alte heitern Gemütes war und zufrieden mit Gott und der Welt. Sie war unverheiratet, hatte in ihren jungen Jahren die Eltern gepflegt, im reifern Alter die Kinder ihres Bruders betreut und sah sich jetzt von ihres Bruders Enkeln umschwärmt. »O, ich hab die Kinderlein so viel gern!«, rief sie, und dabei strahlte ihr gutes Gesicht gerade so wie vorhin, als sie von den Blumen gesprochen hatte.

Kaum hatten wir das Dorf hinter uns, so senkte sich die Straße, und enger traten die steilen Waldberge aneinander. Neben uns brauste und schäumte die junge Sill über buntes Gestein. Es war eines jener düster-schönen Landschaftsbilder, die man im Vorübergehen gern betrachtet, die aber nicht zum Verweilen laden. An der anderen Seite des Baches stand ein einsames Haus, eingekeilt zwischen Wasser und Berg. Eine alte Mühle war es, aber das Mühlrad hatte seine Arbeit längst eingestellt und die Holzrinne war zerfallen. Die Mauern waren von grünlichem Moose überzogen; auf dem morschen Söller hing etwas Wäsche zum Trocknen. All das sah düster und traurig aus bis zum Äußersten.

»Sehen Sie, da bleib' ich«, sagte meine Begleiterin.

Und dann bog sie nach links ab, wo ein schmaler Steg über den Bach führte.

Ich weiß nicht, was mich trieb, ihr zu folgen. Aber es schien ihr Freude zu machen. Durch eine niedere Türe betraten wir einen halbdunklen Raum, worin Holz und Streu aufgeschichtet lag. Dann öffnete die Alte ein ganz kleines Türchen und hieß mich eintreten.

Ich stand in einer engen, ziemlich feuchten Stube. Das einzige Fensterchen sah talabwärts; durch die trüben Scheiben konnte man den Lauf des Baches verfolgen, der am Hause vorbei tobte. Auf der Fensterbrüstung grünte ein Efeustock: Diese anspruchslose Pflanze war die einzige, die es in diesem Raume aushielt. Eine wurmstichige Truhe, ein alter Schrank, zwei Stühle und ein Bett: das war die ganze Einrichtung.

So schien es wenigstens. Doch als ich mich nach einigen freundlichen Worten entfernen wollte, bemerkte ich in der Ecke zwischen Ofen und Wand ein weiteres Einrichtungsstück, das aufs Haar einer Wiege glich.

Die Alte hatte beachtet, welche Richtung mein Blick nahm; vielleicht las sie auch in meinen Zügen eine gewisse Überraschung. Sie lächelte. »Sehen Sie wohl, man hat halt seine Anhänglichkeiten«, murmelte sie.

Ich weiß nicht, wie es kam: Ich schloss die schon halb geöffnete Tür und trat ins Zimmer zurück. Und die Alte schien das als stumme Frage zu deuten, denn sie begann gleich: »Wissen Sie, das muss ich Ihnen erzählen.« Und dann setzte sie sich auf die Truhe und ich setzte mich an ihre Seite.

»Wie ich gegen dreißig Jahre gewesen bin«, berichtete sie, »sind meine Eltern schnell nacheinander gestorben, und da ist mir recht zeitlang geworden. Mit dem Bruder, der die Heimat übernommen hat, bin ich nit extra gefahren und mit der jungen Schwägerin schon gar nicht. Bei der Schwägerin ist *ein* Poppele nach dem andern eingestanden, aber ich hab nicht viel danach gefragt, hab die Kinder zu der Zeit nicht recht gern mögen. Ich hab daran gedacht, geistliche Häuserin zu werden: Das hätt' mir am besten gepasst. Aber der Herrgott hat's anders gefügt.

Einmal spät auf Nacht im Winter – am Sebastianitag ist's gewesen – bin ich mit meinem Spinnradl nah beim Ofen gesessen, weil's gar so kalt gewesen ist – da klopft's auf einmal an der Haustür. Erschrocken bin ich nicht, ich hab gemeint, es ist der Bruder, der spät von Steinach zurückkommt. Und weil die Schwägerin schon im Bette gewesen ist, bin ich gegangen aufmachen. Draußen aber ist ein Weib gestanden mit zerrütteten Haaren, und hat ein kleines Kind auf dem Arm gehabt, und recht spassig hat sie geredt, aber was sie will, hab ich doch verstanden. Ich sollt' das Kind über Nacht behalten, hat sie gebeten, weil's gar so kalt wär': Morgen in der Früh wollt' sie schon kommen, es holen. Ich hab gesagt, sie möcht' in Gott's Namen lieber mitsamt dem Kind in meiner Stuben bleiben; aber sie hat gesagt, an die Kälte wär' sie gewohnt, und ihre Leut' täten weiter droben auf sie warten. Und dann hat sie mir schleunig das Kind zugeworfen und ist auf und davon.

Kann nicht sagen, dass ich eine Freud' gehabt hab«, fuhr die Alte kopfschüttelnd fort, »aber was hab ich machen wollen? Ich hab das Kleine in meine Stube getragen und hab's unter mein Federbett gelegt und hab mir gedacht: In Gottes Namen, die Nacht wird wohl herumgehn. Hab ihm auch ein bissel abgerahmte Milch gegeben und Zuckerwasser; aber es ist mit nichts zufrieden gewesen und hat grad fortzu geschrien, bis in der Früh. Einmal ist mir eingefallen, ich sollt' das Häuterle taufen – diese fremdländischen Zigeunerkinder kriegen ja keine Tauf' nit. Aber wie ich meinen Wasserkrug in die Hand nehm', ist das Wasser gefroren gewesen – es ist so viel kalt im Winter in meiner Stuben! – und im Augenblick danach hab ich mir gedacht, ich tauf' es doch lieber nicht, wenn es unter dem heidnischen Zigeunervolk aufwachsen muss.

Bald es Tag geworden ist, bin ich mit dem Kind auf dem Arm die Mutter suchen gangen. Aber weit und breit hab ich keinen Zigeunergratten gefunden, und kein Mensch im Dorf hat etwas von Zigeunern gesehen. Jetzt denken Sie grad wie ich erschrocken bin!«

»Und habt Ihr nichts mehr von der Zigeunermutter gehört?«, fragte ich.

»Warten Sie grad!«, beschwichtigte sie mich, denn sie erzählte gern hübsch ordentlich der Reihe nach, wie alte Leute zu tun pflegen. »Mein erster Gang ist in den Widum gewesen; da hab ich dem Geistlichen mein Leid geklagt, und er hat gemeint, man sollt' noch von der Gemeinde aus Nachforschungen anstellen, aber wenn nichts herauskommt, dann sei's halt eine Fügung Gottes und ich sollt' mich ergeben. Aber taufen hat er das Kind nicht wollen, weil die Mutter zurückkommen könnt' und dann tät sie's wieder holen und als einen Heiden auferziehen. Mir ist aber ganz schwer ums Herz gewesen, wie ich mit dem armen Heidenkindl heimgangen bin. Im Haus aber hab ich ihm mindestens ein Muttergottespfennigle umgehängt, und dann ist's auf einmal ruhiger geworden und hat nicht mehr gar so wild geschrien. Und wie ein paar Tage umgewesen sind, hab ich's Poppele gern gehabt und hätt's gar nicht mehr hergeben mögen. Ich hab's versorgt, so gut ich's verstanden hab, und die Rösselwirtin hat mir Windeln und Fatschen geschafft, und die Kramer Lies hat mir die alte Wiegen gegeben, die Sie dort beim Ofen sehen, und hat gesagt: ›Du tust ein gut's Werk.‹ Aber etliche Leut' haben mich brav ausgelacht, dass ich so aufgesessen bin, und etliche haben gar herumgesprengt, das von der Zigeunerin sei alles derlogen und ich wollt' grad nur mein schlechts Leben verheimlichen. O, das hat weh getan! Aber z'samt allem Verdruss hab ich das Kind alleweil lieber bekommen. Wohl zehnmal jede Nacht bin ich aufgestanden und hab gelost und gespannt, ob wohl dem Hansele nichts zugestoßen ist – wissen Sie, ich hab ihn Hansele genannt, weil ich mir gedacht hab, einen christlichen Namen sollt' das Kind wenigstens haben. Und auf Nacht hab ich alleweil eine Kaffeeschal' voll Wasser auf den Ofen gestellt, dass ich's Kind taufen kann, wenn's sein müsst. Grad weinen hätt' ich können vor Erbarmen und grad auffressen hätt' ich's mögen vor Lieb, das Häuterle. Und *die* Freud, wie er mich zum ersten Mal angelacht hat! Und denken Sie nur, zusamt allem Schlafbrechen und allen Sorgen hab ich nie einen so guten Humor gehabt wie denselbigen Winter.

Das Bübl ist alleweil frischer und größer geworden und nett wie ein Engele, grad nur ein bissel braun im Gesicht. Aber wie ein Jahr umgewesen ist, da hat's angefangen so spassige Gesichter zu machen und die Augen verdrehen, und meine Schwägerin, die ich gerufen hab, hat gemeint: Das sind die Vergichter und jetzt wird's das Kind schon räumen. Das hat mir einen Stich ins Herz gegeben; ich hab das Kind zusammengepackt und bin mit ihm hinab nach Steinach gelaufen zum Doktor. Und der hat auch gemeint, mit dem Kind könnt's auf einmal fertig sein. Wie ich dann heimkommen bin, ist's schon spät gewesen. Ich bin die ganze Nacht bei der Wiege gekniet und hab mit vielen Zähren gebetet, der Herrgott möcht das Kind grad noch bis in der Früh am Leben bleiben lassen, damit ich's dem Geistlichen zur Tauf' bringen könnt'. Aber auf einmal – es wird so eine halbe Stunde vor

Betläuten gewesen sein –, tut das Kind einen Zucker und ist dann ganz starr geworden. O, der Schrecken! Ich hab gemeint, es ist schon tot. Ich hab's aber recht fest mit Weihwasser angespritzt und nachher hat's wieder ein Zeichen gegeben. Und jetzt hab ich's schleunig getauft. Und denken Sie, grad ruhig und brav ist's beim Taufen gewesen, wie wenn's alles verstehen tät'! Und bald es getauft gewesen ist, schaut's mich an mit seine herzigen Äuglein und sagt auf einmal: ›Mamma!‹ Ja, stellen Sie sich das vor: *Mamma* hat's mich geheißen! Und das ist sein erstes Wort gewesen, das es geredet hat, und sein letztes auch.«

Sie wischte sich mit der rauen Hand die Augen aus; dann fuhr sie fort: »Wie's den letzten Schnaufer hat getan gehabt, hab ich's aus dem Wiegele genommen und gebußt, leicht zehnmal hintereinander – o, mir ist grad vorkommen, wie wenn ich's Christkindl im Arm hätt'! Und in der Früh ist die Schwägerin gekommen und wir haben's miteinander aufgebahrt, und mir ist vorgekommen, die Schwägerin ist ganz anders als wie sonst, recht gut und fein. Und jetzt denken Sie grad, wie gut es der Hansele troffen hat! Grad ein paar Tag danach, spät auf den Abend, ist die nichtsnutzige Zigeunermutter auf einmal vor der Tür gestanden und hat das Kind begehrt und hat mir auch etwas geben wollen für meine Müh. Und wie ich ihr gesagt hab, das Kind ist gestorben, hat sie mir's nicht glauben wollen und hat geschrien und gelurlt und ist mit die Fäust' auf mich los, und wenn ich sie etwa angelogen hätt', wollt sie's schon erfragen, hat sie gesagt, und das Kind wieder mitnehmen. O, da hab ich Gott gedankt, dass der Hansele ein gut's Platzl gefunden hat!«

Als ich mich endlich zum Gehen anschickte, wollte mich Hanseles Ziehmutter durchaus noch ein Stück begleiten. Denn die Geschichte vom Zigeunerbüblein war mit seinem Tode noch nicht fertig, o, beileibe! Der kleine, braune Engel wirkte Wunder! Die Liebe, die sie ihm gegeben hatte, die hatte sie gelernt, auf ihres Bruders Kinder zu übertragen. »Und seit der Hansele bei mir eingeflogen ist, hab ich nie mehr Zeitlang gehabt und alleweil einen guten Humor, und denken Sie grad: Der Bruder und die Schwägerin sind wie ausgewechselt gewesen, und seit der Zeit tun wir uns recht gut vertragen.«

Während sie noch emsig plauderte, kam ein junges Mädchen vom Dorf hergelaufen und meldete atemlos, dem Kleinsten gehe es nun endlich besser.

»Gott sei's gedankt!«, rief die Alte und erhob die Hände als beredte Begleitung des frommen Wortes, während ihr gutes Gesicht vor Freude strahlte. »Nur weitermachen mit dem Leinsamen und recht fleißig sein: Heut auf Nacht komm' ich nachschauen. – Das ist dem Mesner sein ältestes Madel«, stellte sie mir die Kleine vor. »Es sind wohl acht Kinder zu Haus, aber ums kleinste Bübl wär's halt doch schad gewesen, weil's so viel herzig ist. Wissen Sie«, fügte sie mit harmlos rührender Selbstgefälligkeit bei, »die Leut' rufen mich recht oft, wenn einem Kind etwas fehlt. Bei die Kinder versteh ich schon etwas, und die Kinder tun auch gar nicht scheu vor mir: Sie merken's schon, wie gern ich sie hab.«

Mehrmals noch in jenem Sommer kam ich an der alten Mühle am Sillbache vorbei, und schier unwillkürlich flog dann mein Blick nach dem kleinen Fenster mit der Efeupflanze. Kein Sonnenstrahl war je durch jene Scheiben gedrungen, aber ins Herz der Bewohnerin hatte Gott einen hellen Strahl der Liebe gesandt. Und in diesem Strahle hatte sie die Kunst gelernt, sich zu freuen an der Freude anderer; an fremden Kindern und an fremden Blumen.

# Der gerettete Herrgott

Dass der Prosserbauer ein Goliath war, das wusste in Radfeld jedermann, die Großen und die Kleinen. Die ganz Kleinen schrien, wenn sie des bärtigen Riesen ansichtig wurden, denn die Mütter pflegten sie mit ihm zu schrecken. Sonst aber fürchtete sich niemand vor ihm, denn er war der gutmütigste Mensch im ganzen Lande und hätte keinem Hühnlein etwas zuleide tun können, darum war er bei allen wohlgelitten. Das aber wusste niemand, dass in dem ungeschlachten Leibe eine große Seele wohne; nein, das wusste und ahnte niemand, das machte erst eine furchtbare Sommernacht kund. In jenem Sommer – es sind wohl mehr als dreihundert Jahre her – war das Wetter, wie die Bauern meinten, verrückt geworden. Häufige Schneefälle auf den Bergen wechselten mit gewaltigen Regengüssen. Von den Höhen nieder rieselten tausend silberne Wasserfäden, die Ziller tat ungebärdig, die Brandenburger Ache brüllte wie ein angeschossener Stier und die Leute sagten: »Wie soll das weitergehen?«

Ja freilich, wie sollte es weitergehen? In einer lauen Julinacht wurden die Radfelder durch lautes Rauschen geweckt. Und als sie aufsprangen und an die Fenster eilten, sahen sie, dass der Inn über die Ufer getreten war und das breite Tal durchflutete.

Da rafften die armen Leute zusammen, was sie konnten; manche Mutter band sich ihr Jüngstes auf den Rücken und mancher Mann hielt mit zitterndem Arm sein Weib umfasst, während er in der anderen Hand einen knorrigen Stock hielt, um sich gegen die anbrausenden Fluten zu stemmen. Nach demselben Ziele strebten all diese Flüchtlinge, nach der Kirche ihres Heimatdorfes die hoch droben am Lindenbühel stand. Ein geisterhafter nächtlicher Wallfahrtszug war es, ach wohl eine seltsame Wallfahrt, denn mancher Lustige, der sonst lieber ins Wirtshaus als ins Gotteshaus ging, war jetzt heilfroh, zu Füßen des Heiligtums Schutz zu finden.

Das Vieh hatte man eilends aus den Ställen getrieben; brüllend, blökend, meckernd suchte es das Weite, kämpfte gegen das Wasser, wurde emporgehoben, trachtete wieder festen Boden zu gewinnen, sandte laute Jammertöne in die Nacht hinaus. Wie hätte man sich des Viehs annehmen sollen? Hatte man doch in der eiligen Flucht manch altes Menschlein, manch hilflosen Kranken zurücklassen müssen. Und höher und höher stieg die Flut: Wer konnte sich dieser Verlassenen annehmen?

Da zeigte der Prosserbauer was er konnte, wie ein Christophorus, einen gewaltigen Knotenstock in der Rechten, watete er durch die Dorfstraße hin, die sich jählings in einen reißenden Sturzbach verwandelt hatte; in die Fenster griff er hinein; zu den Söllern langte er empor; wo verzweifelte Arme sich nach ihm streckten, da griff er kühnlich zu und hob den Hilflosen auf seine starken Schultern. Einen nach dem andern brachte er bis zum Fuße des Lindenbühels und dort, wo das Wasser nur mehr leicht emporleckte, setzte er sie ab und eilte, ohne auf ein Vergeltsgott zu warten, zurück, um andere zu retten.

Endlich war keine menschliche Seele mehr im Dorfe, alles war um die Kirche versammelt. Inzwischen hatte sich der Regen zum schrecklichen Wolkenbruche gesteigert; es war, als verwandle sich das Himmelsgewölbe in rauschendes Wasser und wolle sich auf die Erde ausgießen. Finster war die Nacht. Immer lauter klatschte der Regen, immer höher schwollen die Wogen und schon brandeten sie gegen die

Kirchhofmauer, als wollten sie das droben zusammengedrängte Volk zur Beute fordern.

Da fuhr aus dem schwarzen Himmel ein Blitzstrahl herab. Wie ein feuriger Pfeil schoss er in die dunkle Flut, wie ein gezücktes Flammenschwert durchschnitt er das grausige Dunkel. Für einen Augenblick war alles taghell erleuchtet.

Laut auf schrien die Leute am Lindenbühel. Denn nun erst sahen sie, wie hoch das Wasser gestiegen war, und wie nur mehr die Giebel und die kleinen Glockentürmchen ihrer Häuser aus der Flut hervorragten. Nur der Prosser hatte keinen Schrei getan. Der stand, an die Kirchenmauer gelehnt, die mächtigen Arme auf der Brust verschränkt, und blickte unverwandt vor sich hin. Im Flammenleuchten des Blitzes hatte er etwas gesehen, etwas Seltsames: ein großes Kreuz und daran den Marterleib des Heilands.

Der Blitz war verlöscht und wieder war's dunkel. Der Prosser aber sah noch immer das Kreuz vor sich, sah es wehrlos auf den Wellen treiben, sah die ausgespannten Arme des Gekreuzigten, die sich ihm hilfeflehend entgegenstreckten. Da sprang er plötzlich vor, sprang auf die Kirchhofsmauer und mit gewaltiger Stimme rief er in die Nacht hinaus: »Hab ich die Menschen gerettet, muss ich auch den Herrgott retten!«

Im nächsten Augenblick hatte er sich in die Wogen gestürzt. Stumm standen die Leute, und bekreuzigten sich. Den Herrgott retten, das große, schwere, wuchtige Kreuz, das auch ihnen im Aufleuchten des Blitzes erschienen war? Würde der kühne Riese wiederkehren, würde das Wagnis gelingen? Ja, es gelang! Schon hatte er das schaukelnde Kreuz erreicht, schon fasste er es an und trieb es vor sich gegen die Kirchhofsmauer, die sich wie ein Damm gegen die schäumende Flut stemmte. Nun streckten sich auch andere Männerarme aus, streckten sich dem Retter und dem Geretteten entgegen und inmitten allen Jammers hoben sich jubelnde Stimmen, als der Prosser, triefend und keuchend, mit dem Kreuzbilde droben auf der Mauer stand.

Ruhig, als sei nichts geschehen, schüttelte er sich das Nass aus den Kleidern; dann schritt er mit dem Kreuze zur großen Linde hin, die vor der Kirche stand und der die Anhöhe den Namen verdankte. Er schob es mit voller Kraft hinauf in die Krone des Baumes, so dass die Querbalken sich auf die Äste stützten und das Kreuz frei herabhängen ließen. Nun konnten alle es sehen. Und Not lehrt beten. All die Jammernden und Vertriebenen, all die Durchnässten und Zitternden, die auf dem Lindenbühel beisammen waren, sanken vor diesem Heiligtum auf die Knie und riefen zu *dem* hinauf, der allein Gewalt hat über Winde und Wetter, riefen zum geretteten Herrgott, dass auch *Er* sie nun rette, sie und das Heimatdorf.

Und der Herrgott erhörte ihr inbrünstig gläubiges Flehen. Wie auf einen Schlag hörte der Regen auf. Dann hob sich im Osten pfeifend und sausend ein frischer Wind und fegte durch das überflutete Tal. Ein Stück Himmel brach hervor, an dem einige Sternlein glückverheißend funkelten, und endlich über dem fernen Kaisergebirge stieg der frühe Sommermorgen glührot herauf. Die Schreckensnacht war vorüber.

Kräftiger wurde der Wind. Nach allen Seiten hin trieb er die fliehenden Wolken. Die Wasser sanken. So rasch sanken sie, dass es wie ein Wunder schien. Noch lagen sie auf den Radfelder Äckern, die Häuser aber hoben sich aus dem Wasser, schienen zu wachsen, die Söller zeigten sich, dann die Fenster der untern Stockwerke, dann die Haustüren. Ein wundervoller Sommertag stieg über dem Inntal empor. Noch ehe er sich zum Abend neigte, durften es die Radfelder wagen, ins Dorf hinabzusteigen.

In feierlicher Prozession stiegen sie vom Lindenbühel nieder, Gott laut dankend, dass ihre Häuser standgehalten, dass sie trotz allem noch eine Heimat hatten.

An der Spitze des Zuges schritt der Prosser mit seinem geretteten Herrgott. Im Dorfe angelangt, ging er stracks auf sein eigenes Haus zu und lehnte das Kreuzbild an die Hauswand. Hier sollte er bleiben, der Herrgott, den er aus dem Wasser gezogen hatte. Und wieder knieten alle nieder und sprachen ein inniges Dankgebet, ehe sie ihre durchfeuchteten Wohnungen aufsuchten.

Dem wackeren Goliath von Radfeld aber hatten die Mühen jener Schreckensnacht allzu viel zugesetzt, so dass er am nächsten Tage zu fiebern begann, was er sonst in seinem Leben nie getan. Und als nun das Fieber wuchs und stärker ward, da rief man den Priester und den Bader, und der eine konnte wohl noch helfen, nicht aber der andere, der Heilkünstler. Noch einige Tage und ein feierlicher Leichenzug wallte durch die Dorfgasse hinaus und hinauf auf den Friedhof am Lindenbühel; dort senkte man den frommen Riesen, der so viele und zuletzt noch den Herrgott gerettet, unter viel Tränen und Gebet in die geweihte Erde. Ein Denkmal aber hat er sich selber gesetzt und das war der große Christus an seiner Hausmauer. Zu ihm wallte fürder das Volk, wenn Wetter drohten oder Dürre die Saaten fraß, wenn der Krieg an den Grenzen tobte oder der schwarze Tod seine Sense schwang. Und zum Gedächtnis an jene schreckliche Julinacht und an den heldenkühnen Retter nannte man jenes Kreuzbild den Wasserherrgott.

## Zwei Mütter

Der Kurat von Sprengenfeld hatte ein goldenes Herz, aber leider eine schwere Zunge und das war schlimm, besonders wenn ihn das Mitleid packte. Kam dann gar eine böse Nachricht vom Kriege, die er den Angehörigen übermitteln musste, dann lag's ihm wie Blei auf dem Herzen.

So wie heute war's ihm aber noch nie zumute gewesen. Der Weber Sepp war gefallen und er sollte es der Mutter sagen. Und kam sich dabei vor wie ein armer Sünder, den man zum Galgen führt.

Nicht als ob er sich vor einem lauten Schmerzensausbruch gefürchtet hätte! O nein, die alte Weber Liese war eine Stille. Drei erwachsene Kinder hatte sie schon begraben, der Sepp allein, der Jüngste, war ihr geblieben. Sie hatten ganz mit- und füreinander gelebt, Mutter und Sohn, und nun ...

Wie sollte es der arme Kurat nur angreifen, seine Schreckensbotschaft zu melden? Wäre es nicht vielleicht am klügsten, zur Liese ins Haus zu gehen? Das würde ihr auffallen, würde sie auf den Gedanken bringen, es müsse etwas Besonderes vorgefallen sein. Aber richtig, die Liese hatte sich ja heute bei ihm angesagt. Um drei Uhr, hatte sie sagen lassen, würde sie kommen. Und eben schlug's drei Uhr vom Turme. Da blieb nichts übrig, als sie zu erwarten.

Der Kurat las die Unglücksmeldung wieder und wieder durch. Wort für Wort las er sie, ob sich darin denn gar nichts Tröstliches finde. Aber nein, nur dürrer Amtsstil: »An das Pfarramt Sprengenfeld. Melde hiemit, dass der Unterjäger Josef Ehrwalder am 23. l. M. beim Sturm auf die Kote X. gefallen ist, und ersuche, die Familie zu verständigen.«

Kein Wort der Anerkennung für den stillen, bescheidenen Helden, kein Tröpflein Trost für die Mutter eines tadellosen Sohnes, nichts, nichts!

Mit großen, schweren Schritten ging der Kurat in seinem Zimmer auf und nieder. Zwischen dem Fenster und einem großen Kruzifix, das dem Fenster gegenüber an der Wand hing. Sooft er ans Fenster kam, spähte er ängstlich auf die Dorfgasse hinab, ob die Liese sichtbar werde, sooft er ans Kreuz herantrat, hob er flehend den Blick zum Gekreuzigten und zur Schmerzensmutter, die dem Sohne zu Füßen stand.

Ein altes Schnitzwerk war's; es stammte aus des Kuraten Heimat und er hatte schon als Büblein davor gebetet. Ein Kunstwerk war es sicher nicht, war auch viel zu plump und wuchtig für das kleine Widumzimmer. Aber *eine* Schönheit hatte er doch immer daran gefunden und das waren die Hände der Muttergottes. Sie hielt sie zusammengefaltet über dem Schwerte, das ihre Brust durchbohrte, und es war, als wolle sie dieses Schwert, das ihr doch so wehe tat, mit aller Kraft festhalten. Das hatte der Kurat aus dem alten Holzbilde herausgefunden und hatte darüber auch schon manche Predigt gehalten. Jetzt aber will ihm keine Predigt einfallen, ja nicht einmal ein einziges liebes Wort für die Ärmste, der er selber das Schwert ins Herz stoßen muss. Wie eiserne Ringe liegt's um seine Brust, um seine Kehle.

Da klopft es ... Und schon steht die alte Liese vor ihm.

»Küss' die Hand, Herr Kurat!« Er starrt sie an, als habe er sie gar nicht erwartet. »Ah, Liese, du bist's?« Das ist alles. Dann aber fasst er sich und sagt, er habe aus dem Fenster nach ihr ausgeschaut.

Sie lächelt freundlich. Da habe er sie freilich nicht kommen sehen, sagt sie. Sie sei nicht über die Straße gekommen, sondern durch den Obstanger des Rambacherhofes. Sie ist ja gegenwärtig bei der Rambacherin, um sie zu warten. Das Neugeborene ist gar klein und schwach und die junge Mutter so traurig. »Sie sorgt sich um den Mann im Schützengraben. Ich muss nur alleweil trösten.«

»Schön, schön«, murmelt der Kurat zerstreut.

Die Liese merkt, dass seine Gedanken anderswo sind. Sie möchte nicht stören, versichert sie, habe nur ein paar Worte zu sagen. Eben wegen der Rambacherin. Ihr Vorleben sei freilich nicht tadellos gewesen, aber nun sei sie brav, wie der Herr Kurat ja wisse. Und sie möchte in den Frauenbund: ob der Herr Kurat es nicht gestatten wolle?

»Meinetwegen, meinetwegen«, murmelt er. Der Liese scheint, er gebe seine Einwilligung nur ungern. Da meint sie, noch ein paar gute Worte über die Rambacherin sagen zu müssen. Und dann will sie gehen.

Er aber wehrt ihr mit rascher Gebärde. »Einen Augenblick, Liese!« Verwundert wendet sie sich um. Ob er vielleicht noch etwas wegen der neuen Frauenfahne zu sagen hat? Ob man mit der Bestellung noch warten, ob man die alte noch behalten solle? Er murmelt etwas Unverständliches, aber sie merkt doch, dass es nicht gerade die Fahne ist, was ihn beschäftigt. So sonderbar, so düster hat sie ihn noch nie gesehen. »Herr Kurat, was ist denn?«

Hilflos steht er vor ihr. Seine Finger knittern an dem verhängnisvollen Papier herum, seine Lippen öffnen sich und bringen kein Wort hervor, sein Atemholen klingt wie verhaltenes Stöhnen. »Was ist denn, Herr Kurat?«, fragt sie wieder. Ach, er darf sie nicht länger hinhalten, das Schreckliche muss heraus ...

Da kommt ihm ein Gedanke. Er tritt zum Kreuzbild und steckt das Blatt Papier der Muttergottes in die Hände. Zwischen die Hände und das Schwert steckt er's. »Liese, die Schmerzensmutter hat etwas für dich!« Und dann wendet er sich und geht. Sollen allein, sollen Aug' in Auge bleiben, diese zwei Mütter ...

Draußen vor dem Zimmer geht er eine Weile auf und nieder. Dann zieht er sich zurück in sein kleines Pfarrarchiv und nimmt ein Buch von der Stelle, aber er weiß nicht, was für ein Buch es ist. In sein Widumgärtlein geht er, doch es liegt kein Sonnenschein auf den Beeten. Und endlich zieht es ihn zurück nach seinem Zimmer, wo er schon so viel traute Stunden verlebt hat in Studium und Gebet, dass es ihm zu einem kleinen Heiligtum geworden ist. Ein Heiligtum des Schmerzes ist es jetzt. Ehrfürchtig tritt er ein.

Vor dem Kreuze und der Schmerzensmutter liegt Liese auf den Knien. Sie hat den Brief an sich genommen, sie hält ihn fest in ihren hageren Fingern und schluchzt leise. So ist sie, die Weber Liese, tief und still! Als die Männer des Dorfes zum großen Kriege auszogen und die Weiber die Luft mit Jammergeschrei erfüllten, da hat sie gesagt:

»Gott sei Dank, dem Sepp ist's nicht gar so hart angekommen!« Und jetzt denkt sie vielleicht: »Mir ist's schon hart, aber dem Sepp ist wohl!«

Der Geistliche hält sich ruhig; er glaubt, sie habe ihn nicht bemerkt. Aber schon hebt sie sich von den Knien und blickt nach ihm.

Er will sich entschuldigen. »Liese, ich hab's nicht fürgebracht.« Leise erwidert sie: »So ist's am besten gewesen.« Und steht vor ihm und hält den Brief an ihre Brust gepresst, als sei er etwas Kostbares, als habe sie ihn wirklich aus den Händen der Märtyrerkönigin empfangen.

Der Blick des Priesters aber wandert von einer Mutter zur anderen. Von der armen Soldatenmutter zu der königlichen Frau, die den göttlichen Sieger geboren hat. Beide sind ja Mütter voll Schmerz und Weh. Und beide halten, was ihnen weh tut, fest und mutig ans Herz gepresst. Die eine das geheimnisvolle Schwert, das ihr geweissagt wurde, die andere das elende Blatt Papier, das, von kalter Hand beschrieben, ihr den Tod ihres Einzigen meldet. Und der Priester fühlt, dass eine warme Welle von Trost und Kraft aus dem *einen* durchbohrten Mutterherzen in das andere fließt.

# Der Mesnermichel

Über den alten Mesner von Oberplaning, der durch mehr als ein halbes Jahrhundert Kirche und Sakristei in Ordnung gehalten hatte, war endlich das Löschhörnchen des Todes gekommen und hatte seinem schwachen Lebenslichtlein ein Ende gemacht. Die Oberplaninger mussten sich also um einen Ersatz umsehen; aber das war schwieriger, als man meinen möchte. Der Oberplaninger Mesner bezog ein Jahresgehalt von rund fünfzig Gulden, und jede Taufe und jede Leichenfeier trug ihm einen blanken Zwanziger ein; er durfte jeden Sonntag im Widum zu Mittag speisen und hatte das Recht, in der Oktave des Patroziniumsfestes von fünf bestimmten Bauernhöfen je ein Dutzend Eier zu beziehen. Aber trotz all dieser Vorteile wollte sich niemand zum Mesner hergeben. »Es zahlt sich nicht«, sagte jeder, dem der Kurat von Oberplaning diese Ehrenstelle anbot.

Die Oberplaninger, deren jeder seinen Acker und sein Weingut hatte, hielten große Stücke aufs Wetterläuten: Sobald sich ein verdächtiges Wölklein am Himmel zeigte, musste der Mesner in den Turm.

Nun konnte man es aber keinem Oberplaninger Bauern zumuten, dass er gleich jedem Wölklein zuliebe Schaufel oder Rebschere beiseite lege und seinen Mesnerpflichten nachkomme. Selbst der Flickschuster Hartl, der außer seinem winzigen Häuschen nur einen Wiesenfleck mit einem Zwetschkenbaume sein eigen nannte, gab dem Kuraten die abschlägige Antwort: »Es zahlt sich nicht!«

Plötzlich aber, ein paar Tage später, hatte sich der Hartl eines anderen besonnen, zur großen Erleichterung des Geistlichen. Und diese Sinnesänderung war seinem Ältesten, dem zehnjährigen Michel, zu danken, der um jeden Preis Mesnermichel werden wollte.

Der Michel war ein hübscher, aufgeweckter Bub mit Wangen wie Böhmeräpfel und einem kugelrunden Gesichte, von dem man hätte meinen mögen, es müsse immer lachen. Seltsamerweise aber lachte es fast nie. Von zarter Kindheit an hatte Michel einen ausgesprochenen Beruf zur Mesnerei gezeigt, und kaum war er stark genug, um das Messbuch von der Epistel- auf die Evangeliumseite zu schleppen, so hatte er dem alten Mesner seine Dienste angeboten. Im Nu hatte er sich auch die Gunst des Alten erobert, der doch ein eingefleischter Hagestolz und Kinderfeind war und als erbitterter Widersacher alles jungen Blutes tägliche Firmungsreisen in der Kirche antrat. Aber an Michel fand er nichts auszusetzen, ja, oft besprach er sich mit dem krummen Thomas, einem alten Männlein, das fast den ganzen Tag in der Kirche verbrachte, über Michels Vorzüge. Er tue alles mit staunenswerter Ruhe und Besonnenheit und kümmere sich nicht um seine Schul- und Altersgenossen. Nie lasse er das Messbuch fallen, nie stoße er mit dem Fuße an die Glocke, nie beträufle er den Altar mit Wachs. Auch gebe es nirgends einen Ministranten, der das »Confiteor« und das »Suscipiat« so schön und deutlich ausspreche. Und zu Michel selber sagte der alte Mesner oft: »Bub, wenn ich einmal nicht mehr bin, nachher musst *du* Mesner werden.«

Das hatte sich Michel wohl gemerkt, und nun hatte er bei seinem Vater seinen Willen durchgesetzt und zog in Sakristei und Kirche ein wie in ein angestammtes Reich. War er schon früher eine Autorität unter dem Ministrantenvolke gewesen, so trug er jetzt eine vollendete Pfarrermiene zur Schau. Der Kurat selber war lange nicht so würdevoll wie der Michel, und Michel fand auch manches an ihm auszusetzen. Namentlich, dass er so ungestüm in den Chorrock schlüpfe, wodurch gar leicht ein Riss entstehen konnte; dass er beim »*Dominus vobiscum*« sich so rasch umwendete und dabei an den Messingrahmen des Altares stieß, wodurch jedes Messkleid über kurz oder lang zugrunde gehen musste, und endlich, dass ihm nicht selten beim »*Asperges*« der Weihbrunnwedel aus der Hand flog über die andächtigen Gläubigen. Und sooft der Kurat sich solches zuschulden kommen ließ, zogen sich über Michels Blauaugen die Brauen finster zusammen.

Zwei Jahre waren vergangen, seit aus dem Schustermichel ein Mesnermichel geworden war und die Oberplaninger hatten allen Grund, mit den neuen Mesnerleuten zufrieden zu sein. Der Schuster Hartl übersah keine Wolke, sein Weib besorgte mit Eifer die Kirchenwäsche und der Michel war einfach eine Perle. Er achtete auf jedes Stäubchen, das sich an Kirchen- und Beichtstühle angesetzt hatte, er kannte den Inhalt jedes Sakristeischrankes, er gab dem Geistlichen jeden Morgen das richtige Messkleid heraus, denn dem guten, zerstreuten Herrn wäre es ja ganz einerlei gewesen, an Werktagen die Feiertagskasel anzuziehen. Aber Michel wusste alles. Er wusste, dass man um Dreikönigen eine große Kufe mit Wasser zu füllen habe, dass man um Lätare die Osterzettel bereit halten und am folgenden Samstage Kreuze und Altarbilder mit den blauen Tüchern verhängen müsse, die im kleinen Schranke in der Sakristei, gleich rechts vom Eingange verwahrt wurden. Er wusste, dass man für den Palmsonntag Palmkätzchen und Ölzweige herbeischaffen, dass man am Karsamstage das Weihwasserbecken ausleeren und wieder füllen, die Lichter auslöschen und wieder anzünden müsse und dass es an besagtem Tage Pflicht eines braven Ministranten sei, beim Gloria aus Leibeskräften an der Sakristeiglocke zu reißen. Ja, all das wusste der Michel und noch viel mehr, und wenn dem guten Kuraten eine Vergesslichkeit unterlief, dann war der Michel schnell zur Hand und machte alles wieder gut.

Bei so viel Vortrefflichkeit konnte man es ihm schließlich nicht verargen, wenn er die Überzeugung gewann, dass *er*, der Mesnermichel, in der Kirche die Hauptperson sei.

Ein glutheißer Frühsommertag war es. Welkes Gras, tags vorher von den Sensen niedergestreckt, bedeckte die Wiesen, und die Bauerndirnen, schier festtäglich anzusehen mit ihren weißen Schürzen und Hemdärmeln, wanderten hin und wider, die matten Halme lockernd. Auch in den Weingärten, wo die ausbrechenden Traubenknospen süßen Duft ausströmten, ging es geschäftig her. Und laut und fröhlich war man trotz aller Hitze, denn wie sollte man sich nicht des reichen Gottessegens freuen, der über Feld und Flur ausgegossen war.

Aber was war das? Im Turme von Oberplaning schlug die Glocke an. Feuer? … Nein, gottlob, jetzt begann es ordentlich zu läuten. Wetterläuten!

Aus Wiesen, Äckern, Weingärten richteten sich hundert Augen zum Sonnenhimmel empor. Richtig, da drüben zog sich's zusammen, weiß, frostig. Aber das war weit weg. Andere mochten zittern, weit im Unterland unten mochte es wettern, nicht in Oberplaning. »Gar zu emsig ist er mit dem Läuten, der Hartl«, meinten einige lachend.

Aber der Hartl behielt recht. Näher und näher wälzte sich der Wolkenknäuel, mächtiger und drohender wurde er, und gerade auf die Planinger Scharte flog er zu.

Da hielten die Mäderinnen auf den Wiesen inne und die Arbeiter in den Weingütern schüttelten den Kopf und meinten, das Ding sehe »versappert« schlimm aus. Und die Frommen falteten die Hände und flehten: »Mein Gott, Barmherzigkeit!«

Dann ließen sich erschreckte Stimmen hören: »Jegges, der Kurat ist nicht daheim!«

»Der ist nie daheim, wenn ein Wetter kommt!«, brummten einige unwirsch.

Andere entschuldigten den Geistlichen. Das Wetter habe man ja nicht voraussehen können. Der Kurat sei auch nicht weiter gegangen als nach Kesselheim zum Dechant. Er werde sicher das Läuten hören und schleunig heimkehren.

Das beruhigte. Die meisten gingen jetzt der Kirche zu; wenn der Geistliche käme, wollten sie den Wettersegen nicht versäumen.

Bald war die kleine Kirche von Andächtigen gefüllt. Am Turme droben heulten die Glocken. Erschütternde Angstrufe waren es, die sie hinaussandten; es war, als wollten sie mit aller Macht *den* herbeirufen, der allein Gewalt hatte, die stille kleine Wohnung zu erschließen, worin der Gebieter über Sturm und Wetter verborgen war.

Aber der Ersehnte kam nicht, und die Wolke rückte näher. Dem Mesner hatten sich einige handfeste Burschen zugesellt. Auf der Turmtreppe harrten die Schuljungen, ob nicht auch für sie ein Plätzchen am Glockenstrange frei würde. Aber heute wurde keiner von ihnen zugelassen: Die Gefahr war zu groß, es galt mit allen Kräften zu läuten.

Abseits von den anderen Buben stand Michel an einem Fensterchen der Turmstiege und spähte hinaus. »Das kenn' ich schon, wenn das Gewölk gegen die Scharte rückt, nachher kommt's schiech!«

Mit dem Ernst eines alten Landmannes, der seit Jahrzehnten Wind und Wetter beobachtet hat, murmelte er diese Worte. Sorgenvolle Falten gruben sich in seine junge Stirn; um den kindlich roten Mund lag ein Zug eiserner Entschlossenheit.

Noch einen letzten Blick hinaus zum Fensterchen. Wie ein helles Band wand sich die Kesselheimer Fahrstraße durch die Gegend. Eben trieb ein Windstoß den Staub empor, dass die grünen Hecken, die den Weg einsäumten, in der weißen Wolke verschwanden. Einzelne Landleute eilten, vor dem Unwetter fliehend, durch die aufgewirbelten Staubwolken dahin. Aber so weit Michel spähte, nirgends sah er die schwarze Soutane des Kuraten.

»Läutet's, Buben, läutet's!«, mahnte der Mesner, der einen Augenblick ausgesetzt hatte und sich den Schweiß von der Stirne wischte. »Wenn unser Herr nicht bald ein Aug' auftut, schlagt's uns heut alles zusammen.«

In der Kirche drunten mehrte sich die Zahl der Beter von Minute zu Minute. Der krumme Thomas betete laut und langsam den Armenseelenrosenkranz vor. »Heilige Maria Muttergottes!«, riefen Hunderte von angstvollen Stimmen. Draußen zuckten die Blitze, aber der Wind hatte sich gelegt. Umso schlimmer: Jetzt würde es losgehen!

Schon schlugen einige Hagelsteine, die Vorboten eines vernichtenden Heeres, gegen die Kirchenfenster, da trat Michel, mit seinem schönsten Ministrantenröcklein bekleidet, aus der Sakristeitüre und zündete am Altar die Kerzen an. Wie ein Aufatmen ging es durch die Kirche. »Der Kurat ist gekommen!«

Aber nein! Ruhig stellte der Knabe das Löschhörnchen beiseite, stieg die Stufen des Altares hinan und jetzt – ja, was war das? – nach dem Tabernakelschlüssel griff er! Er steckte den Schlüssel an ... die Tür des Tabernakels sprang auf.

Durch die Reihen der Andächtigen ging leise Erregung. Aber niemand nahm Anstand an Michels kühner Tat. Diese kindlichen Menschen begriffen, was der Knabe meinte. Weil kein Priester da war, sollte der Heiland selber den Wettersegen geben.

Michel hatte den Tabernakelschlüssel beiseite gelegt. Vor seinen Blicken stand das Ziborium. Oft schon hatte er es ganz nah gesehen, wenn er bei der Segenmesse an den Stufen des Altares kniete. Es war ihm kein neuer Anblick; er kannte es genau mit seinem buntgestickten Seidenmäntelchen und dem goldenen Krönlein darüber, und er hatte stets davor das Knie gebeugt und den Kopf gesenkt wie ein musterhafter, wohlgeschulter Ministrant.

Nun aber brach der Knabe in die Knie wie von unsichtbarer Gewalt ergriffen und seine Stirn neigte sich so tief, dass sein blondes Gelocke den Teppich vor dem Altare streifte. Was sein Ohr hundertmal gehört, sein Gedächtnis gedankenlos bewahrt hatte, was ihm bis heute nur Gewohnheit gewesen war, das wurde ihm jetzt erschütternd klar, und die überwältigende Gegenwart des Verborgenen brach mit der Macht zündenden Blitzes über seine junge Seele herein.

Minute um Minute verrann. In der Kirche herrschte tiefste Stille. Thomas hatte den Rosenkranz unterbrochen. Lautlos ergossen sich die Anwesenden vor dem erschlossenen Tabernakel. Eine Glocke um die andere verstummte, und seltener zuckten die Blitze an den Kirchenfenstern vorbei. Die Wolken zerstoben, dann klatschte ein Gussregen auf das Kirchendach nieder. Und endlich drang ein matter Sonnenstrahl durch die Scheiben des Chores. Doch all das beachtete Michel nicht: Er war noch ganz versenkt in das, was er getan hatte. Etwas Arges schien es ihm und doch etwas Schönes, etwas Verbotenes, aber Erhabenes, und er wusste nicht, ob er zittern oder sich freuen solle. Und so kniete er tiefgebeugt, regungslos und wagte keinen Blick auf den Tabernakel, den seine kleine Frevlerhand erschlossen hatte.

In der Kirche hielt sich noch alles still; allen war zumute, als sei etwas Wunderbares geschehen. Der krumme Thomas war der erste, der sich ein Herz nahm. Er trat aus seinem Stuhle, trat mit schlürfenden Schritten vor und fragte leise: »Michel, tust nicht zusperren?«

Aber Michel gab keine Antwort. Er hatte sein Gesicht in den Händen geborgen und weinte.

Da wurde die Kirchtüre aufgerissen und herein stürmte der Kurat. Sturmwind und Wetter schien er von draußen mitzubringen in seiner flatternden Soutane und den wirren, grauen, die Tonsur überwallenden

Locken. Da endlich erhob sich Michel und blieb neben dem Altare stehen, blutrot im Gesichte, mit gesenkten Augen. Der Kurat aber machte eine rasche Kniebeugung, schloss das Tabernakeltürchen, blies rechts und links die Kerzen aus, und dann fasste er mit raschem Griffe Michel am Arme und zog ihn mit sich in die Sakristei.

Michel ließ alles mit sich geschehen – er war auf das Äußerste gefasst. Aber es kam nicht so schlimm. »Wer hat's getan?«, fragte der Geistliche kurz. Und Michel bekannte sich schuldig.

Dann fragte der Kurat weiter: »Ja, in Gottes Namen, was hast du dir denn gedacht?«

Und leise, aber deutlich kam die Antwort: »Ich hab mir gedacht, weil kein Geistlicher da ist, mach ich halt's Türl auf, dass *Er* herausschauen kann.«

Dem Geistlichen zuckte es unwillkürlich um die Mundwinkel. »Hast denn nicht gewusst, dass das Unrecht ist?«

Michel schüttelte den Kopf. »Ich hab's nicht verstanden. Aber bald aufgesperrt gewesen ist, nachher hab ich's verstanden und nachher hab ich mich nimmer getraut«, – seine Stimme sank zum Flüstern herab – »ich hab mich nimmer getraut, *Ihn* einzusperren.«

Halb ärgerlich, halb gerührt blickte der Kurat auf den beschämten Knaben. Er gab ihm eine ernstliche Vermahnung, dass solches nie wieder und unter gar keiner Bedingung vorkommen dürfe. »Den Tabernakelschlüssel musst mir in Ruh lassen, verstanden, Bub?«


Der Mesnermichel hat aber den Tabernakelschlüssel seither noch gar oft in die Hand genommen. Er ist gegenwärtig ein ehrwürdiger alter Pfarrer, der in seiner Kirche gute Ordnung hält und auch nie fehlt, wenn es gilt, den Wettersegen zu halten. Nur wenn er krank ist, darf ihn der Gesellherr ersetzen.

»Aber«, heißt es dann, »der kann's lang nicht so kräftig.« Nun trachtet zwar der gute Pfarrer, den Leuten diese Meinung auszureden; wenn ihn aber seine Amtsbrüder damit aufziehen, dann nickt er bedächtig, und sagt: »Ja, sehen Sie wohl: Mit dem Wettersegnen hab ich halt früh angefangen, darum hab ich's gut los.« Und dann erzählt er in aller Treuherzigkeit seinen Jugendstreich und fügt ganz demütig bei: »Ich hab's halt nicht besser verstanden.«

*Mehr* sagt er nicht. Was damals zwischen dem Mesnermichel und dem offenen Tabernakel vorging, das braucht niemand zu wissen.

# Das Neujahrsgeschenk

Wundersam warm und traulich war's im hübschen, kleinen Wohnzimmer, wo alles die sorgliche Hand eines lieben Hausmütterleins verriet. Auf dem schneeweiß gedeckten Tisch dampfte der duftende Punsch und ausnahmsweise, weil's eben Silvesterabend war, durften auch Gerta und Berta, die herzigen Zwillinge, ein Gläslein davon genießen. Dazu reichlich Faschingskrapfen und schwarze Afrikaner. Die zwei waren selig; sie vergaßen in dieser Feierstunde der schweren Enttäuschung am Weihnachtsabend. Sie hatten nämlich dem Christkind gar schön geschrieben, dass sie auf alle Geschenke verzichten wollten, wenn es ihnen nur ein Brüderlein bescherte. Ein lebendes Püppchen natürlich, das sie pflegen und hegen könnten. So eins wie den Hansi, den es voriges Jahr zu sich genommen hatte! Aber das Christkind hat um Weihnachten wohl allzu viel zu denken und vielleicht liest es nicht alle Briefe mit gebührender Aufmerksamkeit, kurz, unterm Christbaum lagen eine Menge schöner Sachen, aber kein Brüderlein!

Schier unbewusst fühlten es die zwei kleinen Mädchen, dass mit Brüderleins Tod vieles anders geworden war. Der Vater saß nicht mehr so gerne daheim wie früher, er war zerstreut, unfreundlich, gab oft kaum Antwort, scherzte und lachte nicht mehr und ärgerte sich über Kinder und Mutter. Auch heute hatte es ihn weggetrieben aus dem gemütlichen Kreise. Ganz plötzlich, noch ehe ihm die Mutter das Punschglas füllen konnte. »Du gehst, Max?« – »Ja, ich hab's dem Walter versprochen.« Und weg war er. In die Wangen der Frau schoss rasche Röte und die Augen wurden ihr feucht. Ach, sie wusste ja, dass es nicht die Freundschaft für Walter Groß war, was ihn immer wieder von ihrer Seite riss!

Bald nach Hansis Tod war es gewesen, der ihm so tief ins Herz gegriffen hatte, dass er kaum mehr ein Lächeln fand. Eines Tages aber kam er von seinem Büro nach Hause, ganz froh, ganz angeregt. »Denk nur, Elisabeth, mein alter Studienkamerad, der Groß, ist hieher versetzt.

Er wohnt im Villenviertel. Ich hab ihn eben vorhin mit seiner jungen Frau begegnet und er hat versprochen, uns zu besuchen.«

Der Besuch unterblieb aber. Frau Melanie Groß, die Tochter eines reichen Großindustriellen, gab vor, leidend zu sein und machte keine Besuche, dafür empfing sie zu Hause, meist auf dem Sofa hingestreckt. Und Max Harder war unter ihren Besuchern und – Anbetern. War sie denn so schön, so geistreich? Vielleicht keines von beiden, eine Zauberin war sie. Wen sie mit dem Blick ihrer seltsam grünlich schillernden Augen bannte, der war ihr verfallen. Und das war Max Harders Schicksal. Halb unbewusst war er in ihre Netze getaumelt. Zwischen ihm und der Frau seiner ersten Liebe gähnte jetzt eine Kluft. Was war die bescheidene, anspruchslose Mutter seiner Kinder neben dieser Melanie mit ihrer einzigen, unnachahmlichen, schlangenartigen, geschmeidigen Grazie? Ihm war, als sei ihm ihr Anblick Lebensbedürfnis. Immer wieder hieß es: »Ich muss zu Walter.« Und bald wusste man in der Stadt, was sich hinter dieser angeblichen Jugendfreundschaft berge. Auch Elisabeth wusste es. Max, der gute Gatte und Vater, war ein anderer geworden. Würde er zurückfinden zu seinem häuslichen Glücke?

»Kinder, es ist Zeit zum Schlafengehn«, mahnte Frau Elisabeth. Die kleinen Mädchen hätten noch gern Aufschub gehabt, aber das gab's nicht. Bald lagen sie in ihren blütenweißen Bettchen und schliefen. Die Mutter zog den Schirm vor die elektrische Lampe und saß bei ihnen im Halbdunkel und sann … Sann mit schwerem Herzen, wie es früher gewesen war und fragte sich, ob es je wieder so sein würde, der arme, verzauberte Mensch!

Max Harder stapfte unterdessen seinem ersehnten Ziele zu. Der Schnee wirbelte um ihn her, er achtete es kaum, er blickte geradeaus durch die tanzenden Flocken dorthin, wo die Lichter der Villa Groß durch das Schneegestöber blitzten. Jetzt war ihm, als höre er leise Klänge; vielleicht saß Melanie am Klavier. Das tat sie wohl zuweilen, und dann war sie ganz besonders entzückend. War sie eine Virtuosin, eine Künstlerin? Nein, aber sie hatte eine eigene Art, ihre schlanken Finger über die Tasten gleiten zu lassen. Auch am Klavier war sie eine Zauberin.

Nun stand er vor dem Eisengitter des Vorgärtchens und wollte auf die Klingel drücken. Aber er tat es nicht. Es war etwas so Stimmungsvolles, dieses Schneegewirbel, diese Silvesternacht und diese Klänge, die wie Zaubertöne daher perlten als holder Abschiedsgruß an das scheidende Jahr.

Da – mitten zwischen den feenhaften Klängen ein anderer Ton! Wie das Wimmern eines Kindes klang es: Wäre er abergläubisch gewesen, er hätte geglaubt, sein kleiner Hansi melde sich. Ganz ähnlich hatte er geklagt, als er im Sterben lag. Einbildung! Woher käme denn ein kleines Kind in kalter Winternacht?

Schon wieder dieser erstickte Jammerruf. Kätzchen, lauf zu! Man kann nicht auf solch ein Miezchen achten, das wäre zu dumm. Und so blickt er unverwandt nach den hell erleuchteten Fenstern da droben und wieder sucht sein Finger die Klingel.

Da fährt er zurück. Nein, beim Himmel, das ist keine Täuschung, es ist doch der Schrei eines Kindes. Und ganz nahe. Wo mag es sein? Nur langsam gewöhnt sich sein geblendetes Auge an das fahle Dämmern der Schneenacht, nun aber sieht er's. Wenige Schritte von ihm ragt ein dunkles Bündel aus dem weichen Schnee. Er stürzt darauf hin, hebt es vom Boden, hält es enger zum Lichtschein, der vom Eingang der Villa strömt. Ach, ein kleines, jämmerliches, verhutzeltes Gesichtchen ist es, in das er blickt. »Hansi«, murmelt er und drückt das Kleine an sich, als wär's sein eigenes.

Ein weggelegtes Kind! Aber wohin mit ihm? Das Spital liegt am andern Ende der Stadt und hier im Villenviertel weiß er niemand, hat er keine Bekannten. Keine anderen Bekannten als die Bewohner der schönen Villa, aus deren Fenstern Licht und Zaubertöne fluten. Sollte er vielleicht hier …? Der Gedanke kommt ihm seltsam vor, bizarr, lächerlich. Wäre doch das ein Neujahrsgeschenk für die schöne Melanie! Für sie, die so fein und spitz über hausbackene Frauen zu witzeln weiß, über beschränkte Frauen, die, wie sie sagt, nach der Küche riechen und von der Kinderstube plaudern. Eine solche ist sie nicht; eine Selbstanbeterin ist sie, die nur fordert, nicht gibt. Und das kleine, halberfrorene, hinausgestoßene Geschöpfchen braucht Wärme, braucht eine Mutter.

Droben an den hellen Fenstern tauchen Schattengestalten auf. Die Musik geht in einen Walzer über; man tanzt. Max Harder aber eilt mit seinem Funde heimwärts und ehe des neuen Jahres erste Stunde schlägt, hat er für das Kind eine Mutter gefunden.

War das ein Jubel für Klein-Gerta und Klein-Berta, als man sie am Morgen mit der Nachricht weckte: »Denkt nur, Papa hat gestern ein Brüderlein heimgebracht!« Ei, wie sprangen da die beiden zugleich aus dem Bettchen und hüpften in ihren langen, weißen Hemdchen herum wie Englein auf Wolken vor heller Freude. Also das Christkind hatte sie erhört, also das Brüderlein war doch gekommen! Nun musste man es auch gleich besichtigen und bewundern. Und am Bewundern ließen's die Schwesterchen nicht fehlen. So lieb, so schön, so herzig fanden sie's und beide erklärten im Chor, es sehe dem verstorbenen Hansi ähnlich zum Verwechseln. Ja, wer konnte sagen, ob nicht etwa der Hansi selbst vom Himmel zurückgeflogen war, weil er gesehen hatte, dass sich die Schwestern so um ihn grämten.

Auch Frau Elisabeth herzte den armen Findling, den eine herzlose Mutter grausam auf Schnee gebettet hatte; sie wusste ja, was ihr das verlassene Kind gebracht hatte. Kein Wort von Liebe war zwischen den Gatten gefallen, als Max Harder das wimmernde Bündel seiner Frau in die Mutterarme legte. Aber was brauchte es da Worte? In ihm war alles erwacht, was die Zauberin eingelullt hatte. Elisabeth hatte den Gatten wiedergefunden.

Max Harders Neujahrsgeschenk war nicht von Dauer; das Kleine hatte in jener Schneenacht wohl zu viel gelitten; keine Sorge der Pflegemutter half, es flog in den Himmel. Da war der Jammer der Schwesterchen groß. Auch Elisabeth weinte um das Kind, aber es waren süße Tränen. Rasch wie ein Englein war es gekommen, hatte Glück und Frieden ins Haus gebracht als köstliches Geschenk und war zu dem zurückgekehrt, der es geschickt hatte.

Die zwei brauchten dem Christkind nichts mehr von einem Brüderlein zu schreiben, denn es lag schon eins in der Wiege, und diesmal eines, das gar nicht im Sinne hatte, ein Engel zu werden. Der Engel war das andere, der verlassene Findling, den Max Harder in kalter Neujahrsnacht von der verschneiten Straße aufgelesen hatte und der ihm den Frieden ins Herz gebracht hatte und den Frieden ins Haus.

# Die hölzerne Hütte

Gemächlich zieht sich Imst, die stattliche Ortschaft, am Pigerbache hin. Heute ist der Ort eine Stadt, damals war er noch ein Markt, aber ob Stadt oder Markt, er hat eine einzige Gasse, die in sanfter Steigung hinaufführt zur prächtigen neuen Pfarrkirche. Damit man's indessen mit dem Kirchengehen nicht zu beschwerlich habe, sind die Imster auf den guten Einfall gekommen, just in der Mitte der endlos langen Ortschaft ein zierliches Kirchlein zu erbauen, dem heiligen Johannes geweiht. Und wem die Pfarrkirche zu entlegen ist, der mag hier seiner Andacht genügen.

So hielten es auch der Hans und die Barb vom Steigerhüttl, die fromme Leut waren und keinen Tag die Messe versäumen mochten. Das Hüttl hatten sie als Neuvermählte von einem alten Vetter ererbt und waren darob so selig, als sei es ein Palast. Und war doch ein gar ärmlich Ding, an dem seinerzeit der Maurer keinen Kreuzer verdient hatte, die Wände von Holz und das Dach mit Schindeln gedeckt. Aber ein eigenes Heim ist eben doch etwas Schönes und als nun gar ein kleines Seppele einstand, da war das Glück voll. Solch volles Glück ist freilich nicht von Dauer und ehe noch der Seppele die Kinderschuhe ausgezogen hatte, raffte ihn eine böse Krankheit weg.

Das war ein großer Schmerz für die Steigerleute gewesen, aber sie hatten ihn vereint getragen und das macht jedes Kreuz ringer. Schier fünfzig Jahre waren sie nun beisammen und hatten in dieser Zeit sich nie ein schiefes Wörtlein gegeben, waren also ein gar einträchtiges und zufriedenes Paar. Mit Glücksgütern freilich waren sie nicht gesegnet. Wohl herrschte damals in Imst ein schöner Wohlstand: Der Bergsegen war noch nicht völlig aus der Gegend gewichen und eine große Baumwollspinnerei brachte Arbeit und Geld in den Markt, auch zogen über den Fernpass hin und wieder zahlreiche Fuhrleute und Reisende aus aller Herren Länder, die den Imster Wirten viel zu verdienen gaben. Doch von all dem Goldregen war für die Steigerleutchen nichts abgefallen: Kaum dass sie sich trotz Fleiß und Sparsamkeit einen kleinen Notpfennig zurückgelegt hatten. Kein Wunder, dass die beiden Nachbarn, der hochmütige Fleischhauer auf der einen und der steinreiche Krämer auf der andern Seite aus ihren stolzen Behausungen geringschätzig auf das hölzerne Hüttl niederschauten; der Hans und die Barb aber lebten darin vergnügt, lebten vom Gottvertrauen und von der Freude an stillem Wohltun. Ei freilich, große Wohltäter waren die beiden in ihrer Art und waren auch als solche bekannt. Und das war so gekommen.

An einem Winterabend, als der Schnee durch die Marktgasse wirbelte, saßen die zwei behaglich in ihrem Stübchen und dachten dankbar, wie schön es doch sei, bei solchem Wetter ein Dach über dem Kopfe und ein paar flammende Scheiter im Ofen zu haben. Da klopfte es ganz verschämt an der Haustür und als die Barb auftat, stand einer draußen, der aufs Haar einem Schneemandl glich, so fest hatten ihn die neckischen Flocken in ihren weißen Samtmantel gehüllt. Ein Handwerksbursche war's, wie sie damals zu Hunderten durchs Land zogen, immer zu Fuß mit ihrem Felleisen, denn Bahnen gab's noch keine und ein Platz im Eilwagen war für solche Leute unerschwinglich. Der arme Mensch schien ganz durchfroren und bat nur bescheiden, sich am Stubenofen etwas wärmen zu dürfen. Das erlaubte man ihm gern; doch während er so stand und sich der Wärme freute und ihm der Schnee von den Kleidern tropfte, zog die Barb ihren Hans ins Kämmerlein nebenan und fragte, ob man den Häuter nicht über Nacht behalten solle. Dem Hans war's recht und so überließ man dem Armen Kämmerlein und Bett, darin einst der Seppele geschlafen hatte. Und wenn's dem Mutterherzen auch schwerfiel, einem Landfremden ihres Sohnes Bett anzubieten, sie fühlte sich doch still glücklich dabei und der Hans auch.

Wie der arme Mensch dankte! Gar nicht genug Vergeltsgott sagen konnte er. Und Hans und Barb sahen einander an und dachten: »Die Vergeltsgott sind schon etwas wert!«

Es musste aber der dankbare Bettgeher die Gastfreundschaft der Steigerleute weit herumposaunt haben, denn von nun an kamen des Öfteren solch ungeladene Gäste. Und immer wurde ihnen aufgetan und immer ihnen das Bett in der Kammer angewiesen. Und wenn ihrer etwa gar zwei waren, ei, da mussten sie sich eben in die Liegerstatt teilen.

Wieder war ein Winter gekommen und gegangen und hatte dem hölzernen Hüttl reichliche Einquartierung gebracht. Nun aber war der Sommer da, ganz unversehens und viel früher als in anderen Jahren, wo sich im rauen Oberland die Maienlüfte oft gar kühl anlassen und der Schnee zuweilen bis Mitte Juni auf den Berghalden liegt. Dieses Jahr aber – man schrieb 1822 – war's anders. Eine wahre Gluthitze hatten die ersten Maientage über das Oberland gebreitet und die alten Leute, die etwas vom Wetter verstanden, meinten, das sei nicht gut.

Gerade am 7. Mai war es. Vom Imster Turm läutete es zum Englischen Gruße. Die Leute am Wege blieben stehen, um zu beten, die Männer nahmen die Hüte vom Kopfe und wischten sich den Schweiß von der Stirne. Und mit einem Male hörte man in der Ferne leises Grollen. Lauter wurde das Grollen allmählich, näher rückten die drohenden Wolken, Blitze zuckten über den Bergen auf. Und über ein Weilchen rief es vom Pfarrturm zum Wettersegen. Die Steigerleutchen aber wandelten in die nahe Johanneskirche hinüber, er mit seinem großen Jerusalemrosenkranze, sie mit einem mächtigen Betbuche, aus dem sie die kräftigsten Wettergebete herauslas.

Plötzlich ein Krach, ein furchtbarer. Des Kirchleins Fenster zittern und klirren, als müssten sie zerspringen. Der Hans hält sich stramm, der Barb aber gibt's einen Ruck. »Eing'schlagen hat's!«, murmelt sie.

Eingeschlagen! Das kommt wohl öfters vor. Vielleicht hat's droben am Berge einen Baumriesen gespalten und geschwärzt. Was ist dabei? Barb hat sich wieder beruhigt und betet weiter, die Lippen geräuschvoll regend. Aber horch, was ist das ...? Die große Glocke am Pfarrturm hat einen Schlag getan ... nun einen zweiten ... nun wieder, wieder ... Feuer!

Den beiden Alten macht das Beine. Rasch sind sie draußen, wollen sehen, was es gibt, wo es brennt. Ach, da brauchen sie nicht lange auszuspähen! Aus des Krämers Bude schlägt eine Rauch- und Feuersäule, steigt an der Hauswand hinan, wächst mit jedem Augenblicke. Aus dem Hause dringt die jammernde Stimme der Krämerin; altes Gerümpel schleudert sie zum Fenster hinaus und wähnt Kostbares zu retten. Doch ihr Mann hat den Kopf beisammen behalten und eilt umher, Löschmannschaft zu werben. Scharenweise kommen die Helfer herbei, auch der Steiger Hans bietet sich an trotz seiner steifen Beine. Eimer sind rasch zur Hand: Vom nahen Brunnen bis zum brennenden Hause zieht sich die Kette, jede Sekunde zischt das Wasser in die Lohe hinein. Dann ducken sich für einen Augenblick die Flammen wie getretene Schlangen, fahren aber gleich wieder in die Höhe. Immer höher, immer wilder. Mit Gewalt muss man die Krämerin aus dem brennenden Hause reißen: Sie kann's nicht glauben, dass es nicht mehr zu retten ist.

Zitternd steht die Steigerbarb, steht mit gefalteten Händen da, als müsse sie das heiße Unheil beschwören. Über ihres Hüttleins Schindeldach sprühen und tanzen die boshaften Funken. »Herr, dein Wille geschehe!«, versucht sie zu beten und sieht auch ihr liebes Heimatl schon lichterloh aufflammen. Aber nein! Vom Norden her fährt ein heftiger Windstoß, dann wieder einer, die treiben die feurigen Ungeheuer vom Steigerhüttl weg, die Marktgasse entlang. Dort flammt ein Haus nach dem andern auf wie Zunder. »Oh, die armen Leut'!«, flüstert die Barb, und dann schier unbewusst: »Gott sei's gedankt!«, denn sie meint, jetzt sei ihr Hüttl sicher.

Und wieder nein! Der Wind hat sich gewendet, ein mächtiger Süd braust einher und jagt die roten Schlangen zurück, woher sie gekommen sind. Der untere Markt ist nur mehr ein großer Feuerstrom und des Stromes lichtrote Fluten wälzen sich unerbittlich dem oberen Markte zu. Niemand denkt jetzt mehr, dem Feuer zu wehren, alles will nur das eigene Leben retten. Hinauf zum steilen Kapellenberg flüchten die Armen; dort sieht man den Markt vor sich liegen, dort können sie jetzt sehen, wie ihr Heimatort in Asche sinkt. Einige fluchen und wissen's nicht, andere beten und denken doch kaum, was sie sagen. Und so stehen sie lange, hilflos harrend. Und endlich bricht aus dem umwölkten Himmel ein jäher Gussregen und stürzt brausend und zischend in die Flammen.

Nun steigen die Leute herab. Langsam, sie haben ja drunten nichts mehr zu versäumen. Noch schwelt und raucht es, noch springt da und dort ein wildes Flämmlein auf, aber das Feuer ist bezwungen, der Brand gelöscht. Freilich, Imst ist jetzt eine Trümmerstätte.

Von den vielen und stattlichen Häusern des Marktes stehen nur mehr vierzehn noch aufrecht. Und unter ihnen das hölzerne Hüttlein! Das Schindeldach ist geschwärzt und die Blumen am kleinen Söller hängen welk herab, von der Gluthitze versengt. Sonst aber ist alles, wie es war; die Steigerleute können ruhig zurückkehren in ihre kleine Wohnung und während die Großen und Reichen obdachlos geworden sind, haben sie ihr bescheidenes Obdach behalten.

Wie war es möglich? Wie konnte es geschehen, dass mitten unter den großen Steinhäusern des Ortes gerade diese Burg der Armut unversehrt blieb? Die Barb zerbricht sich nicht lange den Kopf; sie sagt zu ihrem Alten: »Hans, das haben die Vergeltsgott gemacht.«

Und von jenem Tage an war das Steigerhüttlein erst recht eine Zuflucht für alle Landfahrenden und Verlassenen und Obdachlosen.

## Unter schwerem Verdacht

»Michel, grüß Gott!« Mit diesen Worten neigte sich ein blühendes Mädchengesicht, dem das schwarze, runde Pustertalerhütchen recht anmutig stand, über einen Gartenzaun.

Beim Klange ihrer Stimme richtete sich der Bursche auf, der gerade mit Graben beschäftigt war; er warf die Schaufel weg und trat an den Zaun. »Grüß Gott, Gedel!«

»Dass du jetzt schon beim Garteln bist?«, verwunderte sich das Mädchen.

Ein bisschen früh sei es wohl, gab der junge Mann zu. Er werde auch nicht lange dabei bleiben: Nachmittag müsse er ins innere Tal hinein, um einen Viehhandel abzuschließen. »Aber Gedele, wohin gehst denn du so ganz allein?«

»Bin nit allein. Die alte Liese ist bei mir; siehst nit, da hinten kommt sie schon. Nach Montal kirchfahrten gehn wir. Bis morgen Mittag sind wir schon wieder daheim.«

»Das ist recht.« Er blickte sie zärtlich an. »Mir ist immer zeitlang, wenn du nicht in der Nähe bist.«

Das Mädchen erwiderte nichts, aber das jähe Rot, das ihr in die Wangen stieg, zeigte deutlich genug, dass sie seine Gefühle teile. Sie reichte ihm die Hand über den Zaun und entzog sie ihm erst, als ihre Begleiterin nahe gekommen war.

»Kannst dir wohl denken, warum ich kirchfahrten geh!«, rief sie dem jungen Mann noch zu. Und dann zog sie ihren Rosenkranz hervor und schritt an der Seite der alten Jungfrau laut betend ihres Weges.

Ein schweres Anliegen war es freilich, das Gertraud Wieser der Gnadenmutter von Montal vortragen wollte. Sie und Michel Kerschbaumer hatten einander lieb, so recht redlich und von Herzen;

aber zwischen ihnen stand die alte Base Ursula, die Gertraud als früh verwaistes Kind aufgezogen hatte, und die wollte von einer Heirat mit Michel nichts hören. »Was, den Kleinhäusler? Nein, das geschieht nicht, so lang ich leb!« Und die Base sah aus, als habe sie im Sinne, noch recht lange zu leben: war sie doch erst fünfundsechzig und kerngesund. Michel hätte seine Gertraud auch ohne die Erbschaft und die Einwilligung der Base zum Altare geführt: Das Nötige zum Leben hatte er ja, aber Gertraud wollte nicht. »Sie ist wie eine zweite Mutter für mich«, warf sie ein, »und da wär kein Segen darauf.«

Die Base Ursula hatte eine Wegschenke an der Heerstraße zwischen Gais und Uttenheim. Wer von Bruneck nach Taufers wollte oder noch weiter hinein ins Ahrntal und über die Tauern, der musste daran vorbei. Und da sie einen guten Tropfen schänkte, hatte sie viele Kunden. Ihre besten Freunde waren die Frächter, und eben unter diesen hatte sie auch den Bräutigam für ihre Ziehtochter gewählt. Einer aus Bruneck war es, ein wohlhabender Mann, der seine zwölf Gäule im Stalle hatte und bald selbst, bald mit seinen Knechten die Pustertaler Straßen befuhr. Jung war er nicht mehr, aber tüchtig und angesehen, und ein Mädchen, das daran dachte, einen eigenen Hausstand zu gründen, konnte wohl mit ihm zufrieden sein. Aber Gertraud wollte nichts von ihm hören, so eifrig er sich um sie bemühte. »Dem einen die Hand und dem andern das Herz, nein, das tu ich nicht! Lieber bleib ich ledig.«

»Dann bleibst halt ledig!«, entschied die Base. Sie selbst war eine alte Jungfrau, die zeitlebens nie eine andere Liebe gekannt hatte als ihren Geldbeutel. Wenn man schon heiratete, dann sollte auch etwas Nahrhaftes dabei sein. Das war ihre Ansicht, von der sie nicht abging. Und so konnten sie nie eines Sinnes werden, die alte Ursula und ihre Pflegetochter.

Gegen die Mittagszeit hatte Michel seine Wanderung ins Ahrntal hinein angetreten. So heißt das innere Tal der Tauferer Ache, das sich jäh ostwärts wendet und bis zu den Tauern hinzieht. Es ist ein weiter Weg da hinein. Als Michel am Ziele war und seinen Handel abschloss, neigte sich der Tag schon zum Abende. Man wollte ihn aufhalten: die Straße sei unheimlich und einsam zur Nachtzeit, aber er fürchtete sich nicht: er steckte sein Geld zu sich und machte sich auf den Heimweg. Bis Mitternacht wäre er sicher zu Hause.

Als er das Dorf Uttenheim durchschritt, schlug es elf Uhr. Still und dunkel standen die Häuser. Noch eine Stunde und er wäre daheim.

Kaum hatte er das Dorf im Rücken, so kam ihm ein hochaufgepackter Fuhrwagen entgegen, von vier Pferden gezogen. Trotz der Dunkelheit erkannte Michel Wagen und Fuhrmann. Der Martin Egger war's, derselbe, der ihm seine Gertraud rauben wollte. Er konnte den Egger nicht ohne Ärger sehen. Gesprochen hatte er noch nie mit ihm; dennoch kannten sich die beiden mehr, als ihnen selber lieb war. Ohne Gruß gingen sie aneinander vorüber.

Es dauerte nicht lange, so kam Michel an die Wegschenke, wo die alte Ursula hauste. Hinter den Scheiben der Schankstube brannte mattes Licht. Es fiel ihm auf. Hatte die Alte einen so späten Gast? Möglich war es ja, denn sie war immer bereit zu öffnen, wenn eine Kundschaft sich meldete. Ein paar Kreuzerlein Gewinn war ihr Lohnes genug für die Mühe der gestörten Nachtruhe. Übrigens machte sich Michel nicht viele Gedanken über das zitternde Lichtlein. Was war ihm heute dieses Haus, hinter dessen Mauern er keine Gertraud wusste? Gertraud war schon längst an ihrem frommen Ziele und hatte der Gottesmutter ihr Anliegen vertraut.

Rüstig schritt Michel voran. Kurz, ehe er sein Heim erreichte, kam ihm ein zweiter Wagen entgegen, ein leerer Wagen diesmal und mit einem einzigen Rösslein bespannt. Vielleicht war der Fuhrmann ein Bauer aus dem Innern des Tales, der im Städtlein Geschäfte gemacht hatte und nun während der Nacht sich auf den Heimweg machte.

Michel war froh, am Ziele zu sein. Der Weg war doch gar einsam. Die beiden Frächter waren die einzigen gewesen, die er während seines fünfstündigen Marsches begegnet hatte.

Nach kurzem Schlaf war Michel frühmorgens schon wieder auf den Beinen und ging an seine Gartenarbeit. Ein Bauerngärtlein ist sonst bald bestellt, aber Michel nahm es genauer. Er hatte als Knabe im fürstbischöflichen Garten zu Brixen gelernt und tat sich etwas auf diese Kenntnisse zugute. Darum war auch sein Krautgärtlein säuberlicher gepflegt, als es sonst bei Bauern der Fall ist.

Als es vom Gaiser Kirchturm zum Englischen Gruße läutete, hielt Michel inne und nahm den Hut ab. Während er betete, fiel ihm ein, dass Gertraud gestern gesagt hatte, sie würde um Zwölfuhrläuten wieder heimkehren. Da musste er sich doch ein bisschen herrichten. Und wie er nun einen Blick auf seine Kleidung warf, erschrak er. Seine blaue Zwilchschürze war ja voll Blut! Richtig, gestern hatte er sich an einer Scheibe verletzt, die er aus der Gartenerde zog; das hatte ihn so beschmutzt. Schnell riss er die Schürze ab und wollte ins Haus, um sich eine andere zu holen.

Da tauchten hinter dem Gartenzaune unvermutet zwei hohe Federbüsche auf. Es waren die Gendarmen von Taufers.

»Ihr seid Michael Kerschbaumer?«, fragte ihn der eine.

Michel lachte ihm ins Gesicht. Warum fragte er denn? Man kannte sich ja schon lange, war ja oft im Gasthause am gleichen Tische gesessen.

Aber das Lachen erstarb ihm auf den Lippen, als der Gendarmenführer auf ihn zutrat, ihm die Hand auf die Schulter legte und mit ernster Miene sagte: »Michael Kerschbaumer, ihr seid verdächtigt, heute Nacht die Ursula Wieser, Gastwirtin dahier, meuchlings ermordet zu haben.«

Als Michel in den Arrest des Tauferer Gerichtes abgeführt wurde, war ihm ganz wirr im Kopfe; es war wie ein wüster, dunkler Traum. Der Gendarm hatte ihm die blutige Schürze aus der Hand gerissen und »Da haben wir's ja!« gerufen. Und dann hatte man ihn gefesselt nach Taufers geführt, den ganzen weiten Weg. Erst als er allein in seiner Zelle war, wurde er sich klar über das, was geschehen war, und hätte versinken mögen vor Scham. Dass seine Unschuld an den Tag kommen würde, daran zweifelte er keinen Augenblick, aber schlimm genug war es schon, dass er, Michael Kerschbaumer, dem man nie das Geringste hatte nachsagen können, nun mit der »Keuche« Bekanntschaft machen musste. Ein Makel würde ihm immer ankleben: Nie mehr würde er seinen Tal- und Dorfgenossen so offen ins Auge schauen können wie bis jetzt.

Stunden vergingen. Dann wurde er vor den Richter geführt. Das Verhör begann. Michael hatte aus dem Munde der Gendarmen erfahren, dass an der alten Ursula eine Bluttat geschehen war; mehr wusste er nicht. Der Richter, ein junger, heftiger Mann, wollte die Voruntersuchung möglichst rasch zu Ende führen und zeigte sich gegen ihn eingenommen. »Gestehen Sie«, drängte er immer wieder, »es wird ein Milderungsgrund für Sie sein.«

Aber auf all sein Drängen antwortete Michel: »Ich bin unschuldig, so wahr mir Gott gnädig sei!«

Nach und nach erfuhr er, wie alles gekommen war. Heute früh, als man die Wegschenke zu ungewohnter Stunde noch gesperrt fand, hatte man die Tür mit Gewalt erbrochen und die Alte neben dem Schanktische in der Gaststube liegen gefunden, tot, das Gesicht blau und gedunsen. Der Hals zeigte deutliche Spuren eines gewaltsamen Todes, was der herbeigerufene Arzt von Taufers bestätigte. Auf dem Schanktische stand ein geleertes Schnapsgläschen, das den Abdruck eines Daumens zeigte. Vielleicht hatte ein später Besucher der Schenke, nachdem er sich zuerst Mut angetrunken hatte, die Alte ermordet und beraubt.

Der Fingerabdruck Michels stimmte nicht zu dem Abdrucke auf dem Glase. Aber das war auch der einzige Umstand, der zu seinen Gunsten sprach. Und dieser Umstand sagte nicht viel. Denn der Gast, der das Glas geleert hatte, musste nicht notwendig derselbe sein, der die Wirtin erwürgt hatte: Das Glas konnte vom Abend her auf dem Tisch geblieben sein. So sagte der Richter, und Michel las aus seinen Augen, dass er ihn für den Mörder halte.

Michel gab auf alle Fragen ehrliche, klare Antwort; er stellte nichts in Abrede. Ob es wahr sei, dass er gegen die Ermordete Abneigung gehegt und sich auch darüber geäußert habe. »Ja, Herr Richter, ich hab sie nicht gern mögen, weil sie mir mein Mädel nicht vergönnt hat. Ich hab auch öfters so geredet, hab gar einmal vor etlichen Bekannten gesagt, es wär kein Schad um sie. Es tut mir leid, dass ich das gesagt hab, aber ungeschehen kann ich's nicht mehr machen.«

Ob es wahr sei, dass er gewusst habe, dass die Alte gerade diese Nacht allein im Hause sei? – »Ja, Herr Richter, die Gertraud hat's mir selber gesagt, eh sie auf die Kirchfahrt gegangen ist.«

Ob es wahr sei, dass er sich diese Nacht auf dem Wege zwischen Uttenheim und Gais befunden habe.

»Ja, ich bin gestern wegen einem Viehhandel im Tal drin gewesen und bin erst um Mitternacht nach Haus gekommen. Wie ich am Haus der Ursula vorbei bin, hab ich drin Licht gesehen, hab aber nichts Arges gedacht.«

Am folgenden Tage kam es zu einem zweiten Verhöre. Da traten Zeugen auf, und keiner wusste etwas Entlastendes für den Angeklagten vorzubringen, als nur das eine, dass er ein tadelloses Leben geführt habe. Hingegen mussten alle seine Abneigung gegen Ursula zugeben sowie seine Liebe zu Gertraud, und dass die Ermordete das einzige Hindernis gewesen sei, das die Liebenden trennte. Mehrere bezeugten auch, sie hätten sich gewundert, dass Michel schon zu dieser frühen Jahreszeit seinen Garten umgrabe und der Richter knüpfte daran die Vermutung, es sei geschehen, um seinen Raub in der gelockerten Erde zu verbergen.

Die beiden Fuhrleute, die Michel zu später Stunde begegnet hatten, wurden ebenfalls vorgeführt. Der eine war ein Bauer aus dem Innern des Tales, der Michel nicht kannte, wohl aber meinte, der Mann, dem er begegnet sei, habe dem Angeklagten ähnlich gesehen. Bestimmter äußerte sich Martin Egger. »Gerade, ehe ich Uttenheim erreicht habe, ist mir der Kerschbaumer entgegengekommen. Ich habe ihn gleich erkannt.« Auf die Frage des Richters, ob Egger in der Wegschenke Licht gesehen habe, antwortete der Frächter entschieden verneinend. Darauf wandte sich der Richter unwillig an Michel und sagte: »Sie sehen, Kerschbaumer, der sagt ganz anders als Sie.«

Michel begriff wohl, dass schwere Beweise gegen ihn sprachen; er fühlte sich entmutigt und niedergedrückt bis zum Äußersten. Und als der Richter sich an den Amtsdiener wandte: »Führen Sie die Zeugin Gertraud Wieser vor!«, da meinte Michel, er müsse zusammenbrechen. Das Mädchen trat ein, blass, traurig. Auf die Fragen des Richters gab sie Antwort, leise, aber bestimmt. Sie leugnete nicht, dass Michel um ihre Abwesenheit gewusst habe, dass sie selber ihn von ihrer Wanderung unterrichtet habe. Dann aber hob sie die Hände empor, bittend. »Herr Richter, er hat's gewiss nicht getan! Er ist unschuldig!«

Der Richter schmunzelte nur. Von einem liebenden Mädchen konnte er anderes nicht erwarten. Dem Michel aber war's, als durchzucke ihn neues Leben, weil nur *sie* an seine Unschuld glaubte.

Aber freilich, je mehr er über seine Lage nachdachte, desto hoffnungsloser erschien sie ihm. Alle Umstände trafen zusammen, um seine Schuld in den Augen der Menschen unzweifelhaft erscheinen zu lassen. Der Gefängniswächter, ein gutmütiger Mensch, tröstete ihn: »Sei ruhig, Michel, ich hab Erfahrung. Wenn die Geschworenen dich sehen mit

154

deinem ehrlichen Geschau, haben sie nicht das Herz, dich schuldig zu sprechen. Einstimmig auf keinen Fall. Vielleicht fällt das Urteil doch besser aus, als es den Anschein hat!« Aber das war ein schwacher Trost. Die Ehre war dahin auf jeden Fall. Er würde in seiner Heimat keinem Menschen mehr ins Auge schauen können.

Bessern Trost fand er, wenn er in schlaflosen Nächten in der Einsamkeit seiner Zelle den Rosenkranz durch seine Finger gleiten ließ. Wohl regte sich manchmal eine böse Stimme in ihm: »Wozu noch beten? Es ist umsonst! Gerade während die Gedel kirchfahrten gegangen ist, gerade in derselben Nacht ist das Unglück über mich gekommen.« Aber mannhaft drängte er alle Zweifel zurück und setzte sein Beten fort.

Nach der schrecklichen Bluttat in der Wegschenke war Gertraud aus dem Tale geflohen zu einer Bekannten im Städtchen. Das unglückliche Mädchen siechte hin vor Kummer und Sorge; kein Lächeln kam mehr auf ihre Lippen. Je fester sie von Michels Unschuld überzeugt war, desto mehr tat es ihr weh, dass auch in ihrem Heimattale viele an seine Schuld glaubten, ja wohl gar sie selber noch der Mitschuld oder doch der Mitwisserschaft am blutigen Verbrechen bezichtigten.

Eines Morgens trat sie eben aus der Kirche, wo sie vor dem Heiland ihr kummervolles Herz ausgeschüttet hatte. Es war Markttag, das Städtlein war voll Leben und frohem Treiben. Sie aber eilte umso mehr, nach Hause zu kommen, um nur ja keinen Bekannten aus dem Heimattale zu sehen. Daher schrak sie zusammen, als sie sich plötzlich beim Namen rufen hörte. Sie wandte sich um und hinter ihr stand, eine junge Kuh an einem Seile haltend, eine Bäuerin von einem Berghofe bei Uttenheim, die nicht selten bei ihren Marktfahrten in Ursulas Wegschenke eingekehrt war.

»Hätt' dich schier nimmer erkannt, Gedele«, sagte die alte Bäuerin mitleidig. »Ja, gelt, hast halt auch Kreuz genug!« Und als Gertraud, ihrer selbst kaum mächtig, in Tränen ausbrach, fügte die Alte bei: »Weißt, ich kann's völlig nit verstehen, wie sie den Michel für einen Mörder anschauen. Ist doch immer ein guter Christ gewesen, und so einer begeht nicht eine solche Todsünd. Weißt, Gedele, ich hab mir von Anfang an etwas ganz anderes gedacht.«

Gertraud zuckte zusammen. »Was hast du dir denn gedacht, Kathl?«
Oh, wenn die Alte etwas wüsste …! Aber was Kathl wusste, war nicht
viel. Am Tage vor dem Morde war sie allein auf ihrem Berghofe gewesen: Da war ein junger Fremder ins Haus gekommen, der ihr auffiel.
»Eine breite Kappe hat er auf dem Kopf gehabt, wie man in der Gegend
da nie eine sieht, und gesprochen hat er fremdländisch, nicht grad wie
ein Welscher, eher wie ein Windischer. Er hat etwas zu essen begehrt,
und wie ich ihm alles gegeben hab, was von Mittag übrig war, hat er
geschimpft und geflucht, und hat Wein verlangt und Geld. Oh, und
ich hab mich gefürchtet! Aber zum größten Glück ist mein Bub vom
Wald zurückgekommen und wie der Fremde den gesehen hat, ist er
zur Tür hinausgelaufen und über den Berg hinab. Ein guter Mensch
ist der jedenfalls nicht gewesen, und ich denk' mir, der könnt' schon
eher der Schuldige sein als der Michel.«

Mit gespannter Aufmerksamkeit hatte Gertraud dem Berichte der
Alten gelauscht. Aber dann war sie enttäuscht. Was half das? Ein
fremder Strolch, den man nur auf jenem Berghofe gesehen hatte, nicht
aber in der Nähe der Wegschenke, nicht in jener Nacht, wo das Verbrechen geschehen war, was konnte das nützen?

»Behüt' dich Gott, Kathl!«, sagte sie und setzte traurig ihren Weg
fort.

Plötzlich kam ihr aber ein Gedanke. Ihr Herz klopfte heftig. Sollte
sie es wirklich versuchen? Ihr ganzes Wesen sträubte sich dagegen.
Aber es musste sein! Um Michels willen! Vielleicht, dass seine Unschuld
doch noch an den Tag käme.

Eine Minute später stand Gertraud in einem großen Hofraume, der
von einem stattlichen Wohnhause und geräumigen Stallungen umringt
war. Eben trat ein Junge aus dem Stall, an jeder Hand ein Pferd führend, und schritt auf einen großen Brunnen zu, um die Tiere zu trän-
ken.

»Ist der Herr Egger daheim?«, fragte das Mädchen mit bebender
Stimme.

Der Junge bejahte. »Da kommt er gerade!« Und richtig, eben trat
Martin Egger, ebenfalls zwei Pferde führend, aus dem Stalle.

Als er Gertraud sah, lachte er mit dem ganzen Gesichte. Seit Gertraud das Vermögen ihrer ermordeten Base ihr eigen nannte, schien
ihm das schöne Mädchen noch viel schöner. Und dass sie, die ihn

immer zurückhaltend, ja, schroff behandelt hatte, nun gar zu ihm kam, erfüllte ihn mit freudiger Verwunderung. Ohne Zweifel hatte sie den Kerschbaumer aus ihrem Herzen verbannt und wünschte nun Beziehungen zu ihm, Martin Egger, anzuknüpfen.

Ehe er noch fragen konnte, was Gertraud von ihm begehre, war sie auf ihn zugetreten. »Herr Egger, ich hätte ein paar Worte mit Ihnen zu reden.«

»Gleich, gleich steh ich zur Verfügung«, versicherte Egger mit seinem verbindlichsten Schmunzeln. Und dann rief er seiner Köchin, die eben am Fenster erschien, zu, sie möge einen Imbiss für »Fräulein Gedel« bereit halten.

Aber das Mädchen wehrte ab. »Nein, nein, das braucht's nicht. Ich brauch' gar nicht zu Ihnen ins Haus zu kommen«, fügte sie abweisend hinzu, »wir können's auch da im Hof ausmachen.«

Ihr Blick folgte dem Jungen, der sich mit den Pferden entfernte. Dann als sie allein mit dem Frächter war, trat sie einen Schritt näher an ihn heran und schaute ihm ernst in die Augen.

»Herr Egger, ich komm' wegen dem Michel.«

»Wegen dem Michel?« Über Eggers Gesicht glitt ein hämischer Zug. »Ja, was kann denn ich für den Michel tun? Ich hab ausgesagt, wie's meine Pflicht und Schuldigkeit war, ich hab ausgesagt, dass ich ihn in derselben Nacht auf der Uttenheimer Straße gesehen hab. Das kann ich nicht widerrufen. Auch nicht Ihnen zulieb, Fräulein Gedel.«

»Aber sie haben wirklich *keinen* anderen Mann begegnet als den Michel?«, forschte sie und sah dem Frächter tief in die Augen.

Der wandte den Blick ab. »Einen anderen Mann? ... Wie? Was soll das heißen? ... Was meinen Sie?«

»Ich meine, ob Sie nicht vielleicht einen jungen Mann mit einer breiten Kappe begegnet haben?«

Mit zitternder Stimme stellte Gertraud die Frage. Kaum aber hatte Egger etwas von einer breiten Kappe gehört, so entfärbte er sich und konnte seinen Schrecken nicht verbergen. Dem Mädchen entging es nicht. Mit beiden Händen griff sie nach seiner Hand und ließ sie nicht mehr fahren. »Du hast einen solchen gesehen!«, rief sie leidenschaftlich. »Lüg' nicht, sonst soll's dich noch in deiner Todesstunde drücken!«

Da ließ er den Kopf hängen und murmelte: »Ja, ich hab einen gesehen!«

Noch am selben Tage wurde dem Gerichte von Taufers Eggers Geständnis angezeigt, und dieser Umstand gab der Sache Michels eine andere Wendung. Der zweite Fuhrmann, den Michel in jener Nacht begegnet hatte, wusste zwar nichts von einem Manne mit breiter Kappe, aber das entkräftete Eggers Zeugnis nicht, im Gegenteil, es bewies, dass der Fremde gerade zu jener Zeit sich vermutlich in der Schenke aufgehalten hatte, wo die grause Tat geschehen war. Eifrig forschte man nun nach jenem Unbekannten und endlich gelang es, ihn als müßigen Landstreicher in der Gegend von Innsbruck zu entdecken. Er war ein junger Bursche aus der Slowakei und trug eine Tellermütze, die von einem fremdländischen Soldaten stammen mochte. Die alte Kathl erkannte ihn sofort als denselben, der sie am Tage vor dem Morde auf ihrem einsamen Gehöfte erschreckt hatte. Was aber entscheidend zu seinen Ungunsten zeugte, war der Abdruck aus dem Gläschen, der genau auf den Daumen des Fremden passte. Erst wollte der junge Mann leugnen, dann aber brach er zusammen und legte ein vollständiges Geständnis ab, worauf er an das Kreisgericht zur Aburteilung überführt wurde.

Michael Kerschbaumer und Gertraud Wieser aber standen bald nachher vor dem Altare der Uttenheimer Pfarrkirche und versprachen sich Treue fürs Leben. Und als die Hochzeit vorbei war, wanderten sie frohen Herzens zum Gnadenbilde von Montal, um der Muttergottes zu danken. Denn geholfen hatte sie ja doch!

# Getröstet!

Ein heißer Tag war es gewesen, selbst drin im wilden, rauen Schmirntale. Ober der Schmirner Pfarrkirche, wo die Schroffen so steil abfallen, hatte der Eller seine Wiesen, und heute hatten sie dort die Mahd gehabt. Mit Steigeisen hatten die Mähder ihre Arbeit getan: Wie leicht konnte man beim Schwingen der Sense ausgleiten und sich über den steilen Abhang zu Tode fallen! Morgen traf's das Wittern: Da würde es schon leichter sein.

Auf der Bank vor des Esters sauberm Hause saß Michel, der große Knecht. Ganz still, ganz allein saß er, die Hände aufs Knie gestemmt und schaute stieren Blickes hinab auf den Bach, der unterm Hause vorbeitobte. Der aufgehende Mond warf seine Strahlen auf die weißen Schaumrosen, die da stiegen und sanken, auflebten und zerflossen, recht wie ein Bild der Vergänglichkeit. Und fast hätte man meinen sollen, der Michel stelle solch ernste Betrachtungen an, so ernst, so regungslos saß er da.

Er war überhaupt ein Sinnierer, der Michel. Lächeln sah man ihn selten, lachen hörte man ihn nie. Auch kein Singen gab's bei ihm, und kein gemütliches Plaudern beim Heimgart. Als Arbeiter kam ihm keiner gleich, aber ein fröhlicher Kamerad, das war er nicht. War es deshalb, dass Peter, der junge Ellerbauer, ihn nicht recht leiden mochte oder hatte das einen anderen Grund?

»Michel!«

Leise war hinter dem Burschen ein Fensterchen aufgegangen und ein Mädchenkopf, dessen blonde Flechten im Mondenscheine schimmerten, guckte hervor.

Michel zuckte zusammen und wandte sich um. »Was möchtest, Vrona?«

»Wart grad ein bissel, ich komm!« Das Mädchen schlug das Fensterchen wieder zu. Bald nachher schlüpfte die flinke jugendliche Gestalt aus der Haustüre und setzte sich ohne weiters auf die Bank zum Burschen.

»Geh, geh, Vrona, was suchst denn da bei mir?«, wehrte er ab. Aber er blieb doch sitzen, als sei ihm ihre Gegenwart lieb.

»Michel, sag', was hast denn?«, fragte Vrona nach einer Weile.

»Was werd' ich denn haben?« Der Bursche zuckte die Achseln.

»Bist alleweil betrübt«, schmollte sie.

»Wer sagt denn das?«

»Das braucht mir niemand zu sagen, das seh ich wohl selber. Lustig hab ich dich nie gesehen, nie so wie andere Buben sind.«

Er ging auf ihre Rede nicht ein. Über eine Weile wehrte er sie wieder ab. Was die Mutter wohl sagen würde, wenn sie Vrona bei ihm anträfe? Und erst der Bruder?

Stolz warf das Mädchen den Kopf zurück. »Was wir vorhaben, ich und du, das darf jeder Mensch wissen, die Mutter auch. Und den Peter werd' ich nicht erst fragen müssen, ob ich heiraten darf!«

»Nein, Vrona, heiraten kannst, wen du magst ...« Einen Augenblick stockte Michel. Dann kam es hastig, fast heftig heraus: »Lei auf mich darfst nicht denken!«

Jetzt sprang das Mädchen auf. »Michel, Michel, du hast mir decht gesagt ...«

»Dass ich dich gern hab, freilich! Weiß nicht, wie mir's neulich herausgekommen ist, schier wider Willen. Und zurück in die Gurgel bring' ich das Wort nimmer. Arme Vrona!«

»Arm? Arm?«, wiederholte Vrona aufgeregt. »Was meinst denn, Michel, was willst denn sagen? Ist's etwa erlogen gewesen, was du mir gesagt hast? Hast mich für Narren gehabt? Hast eine andere gern?«

Sie lehnte ihr Gesicht gegen die Hauswand, als müsse sie aufquellendes Weinen verbergen. Da stand er auf und schlang den Arm um sie, nicht heftig und leidenschaftlich, mehr wie ein Bruder, der die Schwester trösten will.

»Freilich hab ich dich gern, Vronele, o, von Herzen gern. Aber still sein hätt' ich sollen. Nicht sagen hätt' ich dir's sollen. Heiraten kann ich dich ja doch nicht.«

Rasch wandte sie ihr Gesicht ihm wieder zu. Wie er das meine, wollte sie wissen. Ja freilich, der Peter würde schimpfen und die Mutter würde kopfschütteln und die Leute würden ein bisschen reden, wenn die Ellertochter einen armen Knecht nehme, aber das schade doch nichts. Der Michel sei ein tüchtiger Arbeiter und bei ihrer Heirat würden ihr vom Bruder ein paar Tausend Güldelein ausbezahlt und damit wollten sie sich ein kleines Heimatl kaufen und arbeiten und haushalten und sparen und glücklich sein.

»Glücklich?« Er schüttelte den Kopf. »Nein, Vrona, es geht nicht, es geht nicht!«

Er ließ sich schwer auf die Bank zurückfallen. Dann murmelte er: »Ich bin und bleib' ein unglücklicher Mensch!«

Dem Mädchen wurde es unheimlich. »Michel, ich wett', es drückt dich etwas, ich wett', du tust mir etwas verheimlichen. Sag', Michel, ist's nicht wahr?«

Er schwieg. Sie drängte in ihn. »Sag mir, sag mir, was dich so schwermütig macht, um der Gottswillen, sag mir's!«

Er ließ den Kopf auf die Brust sinken.

»Wenn ich dir's sag', nachher magst mich nimmer.«

Dem Mädchen legte sich bleischwere Angst aufs Herz. Aber sie wollte ihm Mut machen; sie zwang sich zum Scherzen. »Geh, geh, Michel, wirst nicht etwa einen umgebracht haben?«

Durch seine Glieder fuhr's wie Schüttelfrost. »Könnt'st's völlig erraten haben!« Und wieder senkte er den Kopf auf die Brust.

Einen Augenblick war es still zwischen den beiden. Nur der Bach sang sein schauriges Nachtlied zum Bekenntnisse des jungen Mannes.

Aber Vrona hatte sich rasch gefasst. »Sag' mir alles! Sag' mir's genau!« Und wieder setzte sie sich zu ihm.

Da war's, als tue ihr Drängen ihm wohl, als werde ihm leichter durch das Erzählen. Und er begann.

Vrona wusste ja schon, dass er nicht aus der Gegend war, dass er seine Heimat im unteren Eisacktale hatte, am Abhang des Rittnerberges, wo Nuss- und Kastanienbäume rauschen und auf sonnigen Hügeln edelster Wein heranreift.

»Wir haben's gut gehabt auf unserm Leitacherhöfl«, sagte Michel, »wir haben's fein gehabt, ich und meine Geschwister. Und ich bin der Jüngste gewesen und der Lustigste auch. Und wenn's wo von einem Schroffen oder einem Porzen herab gejuchezt hat, nachher ist's gewiss der Michel gewesen. Gelt, Vrona, das tät' man heunt nicht mehr glauben!«

Vrona murmelte etwas von »lustig in Ehren«, er aber schnitt ihr die Rede ab. »Nein, Vrona, mich hat der Haber gestochen, und alle Leut' hab ich zu lachen gemacht mit meine Aufsitzer und Lügen. Und niemand hat mir's verwiesen und nachher hab ich mir fein langsam 's Lügen angewohnt.«

Und nun erzählte er weiter. Einmal im Winter – ein besonders rauer Winter war es – hatte ihn sein Vater mit einer Botschaft zu Tale geschickt. Als er den Heimweg antrat, begann es schon zu dunklen, so dass der Bube, die blaugefrorenen Hände in den Rocktaschen, so schnell er konnte bergan lief. Da überholte er einen ältlichen Mann, der einen Rucksack trug und ihm, während er vorüberlief, »Guten Tag!« zurief. Das ergötzte den Buben und er antwortete mit einem »Guten Morgen!«, worauf der andere, auf den Scherz eingehend, erwiderte, er wisse wohl, dass man jetzt eigentlich »Guten Abend« sagen solle, aber er sei das »Guten Tag!« eben gewohnt. Er sei eben mit dem Zuge vom Brenner her gekommen und wolle heute noch nach Lengmoos, wo er im Pfarrhause einen Bekannten habe. »Das ist doch der rechte Weg, mein Junge!«

Dass der Mann vom Reich draußen sei, hatte Michel gleich gemerkt. Und nun machte ihm die Frage des »Deutschländers« nach dem Wege unbändigen Spaß.

»Musst wissen, Vrona, von Atzwang geht's hübsch grad hinauf nach Lengmoos, und ich hab jed's Stegele gekannt und hab's gar nit verstehen mögen, dass einer da lang fragen sollt'. Und da hat's mich verrissen. Schauen, ob der Mensch mir aufsitzt, hab ich mir gedacht. Bei einer Feichten sind wir gestanden – mein Gott, ich seh's Platzl heut' noch – der rechte Weg ist gradaus aufwärts gangen und nach links ein kleines Hütsteigl. Da hab ich auf das Steigl gezeigt und hab gesagt: ›Da müssen Sie gehn, Herr, und alleweil schön links müssen Sie bleiben, nachher sein Sie schleunig droben.‹ Und er hat mir noch gedankt und ist frei aufs Steigl losgangen, derweil ich geschwind den Berg hinauf bin und mir noch recht den Buckel vollgelacht hab.«

»Was hast dir denn eigentlich gedacht, Michel?«, unterbrach ihn Vrona.

»Gedacht hab ich mir nicht viel«, sagte Michel und blickte kopfschüttelnd vor sich hin. »Hab halt lei wieder eine Dummheit machen wollen, sonst nichts. Ja freilich, wenn ich gedacht hätt' …!«

Einen Augenblick hielt Michel inne. Dann fügte er mit unterdrückter Stimme bei: »Ein paar Tag' danach hat man einen Menschen erfroren aufgefunden.«

»Ist's derselbe gewesen?«, fragte Vrona beklommen.

Er nickte stumm. Als er wieder zu reden anfing, war's in abgerissenen Sätzen. O, sein Schrecken über die plötzliche Kunde und sein eiliger Lauf zu der bezeichneten Stelle und der furchtbare Anblick! Die Winterkälte hatte der Verwesung gewehrt, Michel erkannte ihn genau. Der Hütsteig, den Michel ihm bezeichnet hatte, verlor sich nach einer Weile im Gestäude. Dann war der Unglückliche in der kalten Winternacht herumgeirrt zwischen Buschwerk und Felsen, bis er hilflos zusammenbrach. Starr lag er jetzt da, das Gesicht verzerrt, die Hände geballt wie in stummer Verzweiflung oder furchtbarer Anklage. Eben kamen Richter und Arzt zur Stelle, denn man fürchtete ein Verbrechen. Ach, und Michel fühlte sich wie ein Verbrecher und es hätte wenig gefehlt, so hätte er sich vor dem Richter schuldig bekannt. Ihm wäre es fast eine Erleichterung gewesen, im Gefängnis zu büßen. Aber dann wurde er mit strengen Worten weggewiesen, er und einige andere, die bloße Neugier an den traurigen Ort gelockt hatte, und unsäglichen Jammer im Herzen verließ er die Unglücksstätte.

»Vrona, seit dem Tag hab ich nicht mehr gelogen, aber gelacht und gejuchezt auch nicht mehr. Das Ärgste für mich aber ist gewesen, wenn ich nach Atzwang hab müssen: Sooft ich zu der Feichten gekommen bin, wo ich den Fremden angelogen hab, hat mir's einen Stich gegeben. Das Jahr danach hat man die Feichten geschlagen, aber geholfen hat mir das nicht; den Platz hab ich mir gar zu gut gemerkt. Ich hab mich nimmer sehen können daheim, wo mich's früher so fein gedünkt hat; in der Fremde, hab ich gemeint, wird mir ringer. Seither bin ich viel im Land herumgekommen, aber Ruh und Frieden hab ich nirgends gefunden und Glück schon erst recht nicht. In der Nacht wach' ich oft jählings auf vor Schrecken, und bei Tag, wenn ich einen Augenblick rasten möcht', kommt mir der Gedanke und lässt mir keinen Fried.«

Er schwieg und fuhr sich mit dem großen blauen Taschentuche übers Gesicht, wie um den Schweiß abzuwischen.

Jetzt fing das Mädchen zu sprechen an und was sie sagte, klang ruhig und bestimmt.

»Michel, so wie du mir's zuerst gesagt hast, ist's nicht, beileibe nicht. Einen Menschen umbracht hast du nicht, Mörder bist du keiner. Eine böse Lug' ist's freilich gewesen, aber schau, wegen dem allein hätt' der Häuter ja noch nicht sterben müssen. Könnt' leicht sein, dass er einen inwendigen Tadel gehabt hat und dass er deswegen hat liegen bleiben müssen. Aber auf das hast du halt nicht gedacht, gelt? Nein, gewiss nicht, sonst hättest die Lug' nicht gesagt. Schau, Michel, lass dich beruhigen und trösten.«

»Völlig wie du hat auch der Kapuziner in Bozen gesagt, zu dem ich beichten gangen bin«, gab Michel zu.

Vrona stand auf und legte ihm mit fast mütterlicher Zartheit die Hand auf die Schulter. »Ja schau, wenn der Kapuziner und die Vrona das Gleiche sagen, dann wird's doch wahr sein«, sagte sie, während ein fast unmerkliches Lächeln über ihre Züge glitt. »Nachher wirst wohl getröstet sein, Michel«, hoffte sie.

»Getröstet?«, wiederholte er gedehnt, ohne sie anzuschauen. Sie aber redete weiter auf ihn ein, milde, gute, freundliche Worte, wie die Liebe sie auf Frauenlippen legt.

Er hörte ihr eine Weile zu, scheinbar teilnahmslos. Dann aber erhob er sich rasch und trat von ihr zurück. »Du hast gut reden«, sagte er fast rau, »aber trösten kannst mich doch nicht, nein, nicht einmal *du*!«

Dann in weicherm Tone: »Weißt, was mich wirklich trösten tät', Vrona?«

Sie schlug die Hände zusammen wie eine Bittende. »Was denn, Michel, was denn?«, fragte sie begierig. O, sie hätte ihn ja so gerne einmal froh gesehen!

Er aber sagte ernst: »Ich hab den Herrgott um eine Gnad gebeten, grad lei um eine einzige: Wenn ich einen Menschen vom Tod erlösen könnt', das wohl, das tät' mich trösten.«

Auf den Lippen des Mädchens schwebte eine Frage. Wenn ihn der Herrgott erhören würde, wenn er einmal getröstet wäre, ob er nicht dann doch der ihre werden wolle?

Aber während sie die Frage noch überlegte, blitzte drinnen im Hause Lichtschimmer und schwere Schritte kamen die Holztreppe herab.

»Die Mutter!«, rief Vrona und eilte ins Haus zurück.


Hoch droben, wo die steil abfallende Bergwiese an den Lärchenwald grenzte, ließ Peter Eller seinen Juchezer los. Die zwei Dirnen, die etwas weiter drunten ihre Heugabeln schwangen, hielten inne und jauchzten zurück.

Es war auch ein Sommertag zum Jauchzen schön. Tiefblau lag der Himmel über den Bergen, und die Sonne hüllte das ernste Hochtal in ein Strahlenkleid von Freude. Die Almen über dem Tuxerjoch leuchteten wie mattgrüner Samt; die Bächlein, die von den Hängen fielen, waren wie Perlenschnüre. Wo gestern die Sense der Mähder nicht die stille Wiesenschönheit niedergeworfen hatte, funkelten die goldenen Sterne der Arnika und nickten blassblaue Glocken. Und drunten am Ende der Bergwiese leuchteten verlockend die blühenden Almrosenbüsche, als wollten sie die Mähder einladen, die glutroten Blüten zu brechen und auf den Hut zu stecken.

Doch das fiel keinem ein, denn unter dem blühenden Gestäude fiel ja der Felsen turmhoch ab. Wer Almrosen haben wollte, konnte sie gefahrlos droben am Waldsaume brechen.

»Holdiodio! Holdiodio!« Der Peter war heute einmal guter Dinge. Das Heuen ist eine Arbeit, die fröhlich macht. Und den Dirnen war's recht, dass der junge Bauer so lustig war. Von Ja auf Nein war's manchmal auch umgekehrt. Es brauchte ihm nur etwas Ärgerliches über die Leber zu kriechen.

Abseits von der muntern Gruppe, weiter unten am Hange stand die Ellermutter, barfuß, um auf dem abschüssigen Boden nicht auszugleiten, die stämmigen Beine in groben Wadenstrümpfen. Neben ihr arbeitete Vrona. Beide Frauen arbeiteten schweigend. Es lag ein düsterer Ernst zwischen ihnen. Gestern hatte es zwischen Vrona und der Mutter bittere Worte gegeben. Die Mutter hatte das Mädchen gescholten, dass sie zum Knechte halte. Bei solchen Liebeleien komme nichts Gutes heraus und sie möge sich die Flausen aus dem Kopfe schlagen; zum Heiraten sei sie überhaupt zu jung. Vrona wusste genau, was das zu sagen habe. Vrona würde immer und allzeit zu jung sein; auf keinen Fall aber würde die Mutter einen mittellosen Freier dulden. Am liebsten freilich gar keinen, damit einmal alles dem Peter bleibe. Der Sohn war ja ihr Abgott.

Mit unsäglicher Bitterkeit im Herzen war Vrona gestern in ihre Schlafkammer gegangen. Aber es ist doch etwas Schönes um eine große und echte Liebe. Bitterkeit und Trotz traten heute schon wieder zurück vor einem edlern Gefühle. Mitleid mit dem Manne, den sie liebte, war es, was jetzt ihr ganzes Herz ausfüllte. Er hatte sie ja gestern tief in sein gequältes Herz schauen lassen; daran dachte sie jetzt, und es tat ihr wohl und wehe zugleich. Und dann dachte sie an die Bitte, die er an den Herrgott gerichtet hatte aus der Tiefe seines reumütigen Herzens. Ob ihm der Herrgott, der so gut ist, nicht einmal den Wunsch erfüllen würde? Einen Menschen retten? Nichts leichter als das! In dieser Hochgebirgsgegend besonders! Er war so stark, der Michel, so schneidig, so geschickt; er war ganz der Mann, um einen unglücklichen Touristen von einer Felswand herabzuholen oder ihn aus einer Gletscherspalte hervorzuholen. Vor einem Jahr war es gewesen, da hatte es solch ein Unglück am Olperer gegeben und aus Schmirn waren ihrer Sechs ausgezogen, um den Verunglückten zu retten; aber sie konnten dem armen Menschen nicht helfen. Damals war Michel noch nicht im Tale gewesen; ihm wäre die Rettung sicher geglückt. O, wenn sich doch solch eine Gelegenheit fände! Sie selber würde Michel auffordern, auszuziehen und unterdessen würde sie beten, o so heiß, so innig, damit das Werk gelinge, damit Michel doch endlich getröstet werde.

Während so all ihre Gedanken bei Michel waren, kam er selber, die Heugabel über die Schulter, quer über den Wiesenhang gegangen. Er war der letzte heute beim Heu, und Vrona wusste warum. Mit der Kälberkuh stand es nicht am besten: Die brauchte Wartung und Sorgfalt, und Michel war ja ein halber Viehdoktor. Gern hätte Vrona ihm zugerufen, um zu fragen, wie es mit der Schecketen stehe, aber nach dem gestrigen Auftritte mit der Mutter war es ihr unmöglich, ihn vor andern unbefangen anzureden.

Dafür fragte die Ellermutter. Ihr lag ja so viel an der schönen, jungen Kuh.

Doch im Augenblicke, da Michel antworten wollte, klang von oben herab die Stimme des jungen Bauers, rau und zornig: »Brauchst nimmer zu heimgarten. Marsch vorwärts, bist ohnedies der Letzte zur Arbeit!«

In Vronas Gesicht schoss unwillige Röte. Peter musste doch wissen, wo der Knecht gewesen war. Und wenn er's nicht wusste, wusste es doch die Mutter und konnte es ihm sagen. Vrona wagte nicht, Michel zu verteidigen: Sie hätte es damit nur schlimmer gemacht.

Ihr Blick suchte Michel auf. Dem blitzten die Augen vor Zorn, aber er wusste sich doch zu beherrschen.

»Meinst etwa, ich hab gefeiert, Bauer?«, rief er zum Eller hinauf. »Du weißt recht gut, wie's im Stall steht!«

»Ah so!«, höhnte der Bauer zurück. Dann wandte er sich an die Dirnen. »Eine Ausred' weiß er immer, der Michel, wenn er sich von der Arbeit ziehen will. Schämen tät ich mich! So ein starker Bursch und der Letzte auf der Wies!«

Die Dirnen lachten. Sie mochten Michel nicht sonderlich leiden, denn er war kein unterhaltlicher Mensch. Die bösen Worte des jungen Ellers waren in lautem Tone gesprochen: Michel hatte sie gehört, hatte sie hören *müssen*. Und er verstand, was man wollte. Weg haben wollte man ihn vom Ellerhofe: *das* war's!

In ein paar Sätzen war er den Hang hinaufgesprungen und stand hochaufgerichtet vor dem Bauer.

Vrona hatte zu arbeiten aufgehört; mit verschlungenen Händen blickte sie angstvoll nach den beiden. Sie strengte sich an, zu lauschen, aber sie erhaschte nicht, was zwischen dem Bruder und ihrem Liebsten vorging.

Nun kam Michel wieder bergab. Da hielt sie sich nicht länger; sie sprang auf ihn zu.

Er blickte ihr tief und fest in die Augen. »Ich hab ihm künden müssen«, murmelte er. »Zuvor ist kein Fried. Es ist besser, ich geh bald.«

Das Mädchen fand keine Worte; sie brach in Tränen aus. Aber in ihrem Herzen klang ein mächtiger Treueschwur. Wohin auch Michel ginge, sie würde zu ihm halten, würde ihn nie vergessen, nie an einen andern denken. Und ehe er den Hof verlasse, wollte sie ihm das sagen. Heute noch, sobald sie ihn allein träfe.

Sie kehrte an die Seite der Mutter zurück. Die sah alsbald ihre feuchten Augen. »Möcht wissen, warum du rehrst?«, grollte sie.

Entschlossen wischte sich Vrona die Augen aus. »Ich rehr' ja nicht, Mutter, schau nur her!«, rief sie. »Aber das sag ich dir, was der Michel für ein Mensch ist, das werdet ihr erst spüren, bald er nimmer auf dem Hofe ist.«

Dann schwieg sie und ließ die Mutter weiter grollen.

Die Zeit verrann, aber mit dem Jauchzen und Plaudern war's aus. Es lag jetzt etwas Düsteres, etwas Bleischweres über all diesen Menschen, die da in der vollen Sommerhitze ihre Arbeit taten. Über eine Weile spähte die Mutter nach der Uhr am Kirchturm, der aus der Tiefe empor zu wachsen schien und in des Ellers Bergmahd hereinlugte. »Zeit ist's!«, sagte sie und legte die Gabel beiseite. Sie müsse nach Hause zum Kochen; die andern sollten nicht mehr zu lang verweilen und pünktlich kommen.

Dann wanderte sie bedächtig, vorsichtig den Abhang hinunter dem Dorfe zu.

Bald war sie verschwunden. Die andern setzten ihre Arbeit fort. Die Sonne stand hoch und brannte heiß. Man lobte das gute Heuwetter. Die Schwaden trockneten einem unter der Gabel.

Nun tönte vom Kirchturm herauf die elfte Stunde. Das war das Zeichen zur Mittagsrast. Peter Eller stieß seine Heugabel mit Wut in den Wiesenboden. »Gehn wir!«, sagte er.

Dann begann er den Abstieg.

Als er an den beiden Dirnen vorbeikam, warf er ihnen ein Scherzwort zu. Sie antworteten lachend und neckend, er neckte zurück.

Da ... achtlos hat Peter den Fuß auf eine dünne Schichte Heu gesetzt. Wie ein Schlitten gleitet das vorwärts, gleitet abwärts, und vorwärts, abwärts gleitet nun auch Peter über den glattgemähten Hang. Er schreit auf, er streckt die Arme in die Luft, er sucht einen Halt ...

Umsonst! ... Blitzschnell, wie über Glatteis, fährt er abwärts den Schrofen zu.

Und die Mädchen, die eben noch mit ihm gescherzt haben, schauen ihm nach, hilflos, mit vor Schrecken geweiteten Augen.

Ein paar Sekunden noch und alles ist vorbei.

Unter ihm glühen die Almrosenbüsche, die ihm den Abgrund verhüllen. Aber der Abgrund ist da; der Abgrund erwartet sein Opfer. Er sieht es kommen, aber so rasch geht die Todesfahrt, dass er kaum imstande ist, die Schauer des Todes zu fühlen. Wie ein abgeschossener Pfeil fliegt er dahin, hilflos, willenlos ...

Da stürzt einer auf ihn zu ... Peter sieht kaum, wer es ist. Er fühlt sich nur erfasst, umklammert, gehalten.

Gehalten? ... Nein, hier gibt's kein Halten mehr. Nur einen Augenblick scheint es, als solle der Retter den Todesgang des Unglücklichen hemmen. Dann stürzen beide zu Boden. Als verschlungener Knäuel rollen sie weiter, den Schrofen zu.

Nur etwas zur Seite gedrängt ist Peter. Nicht mehr den Almrosen zu treibt es, dorthin geht die wilde Fahrt, wo ein paar verkümmerte Latschföhren über der Felswand hängen. Im nächsten Augenblick hat sich Peter mit der Kraft der Verzweiflung an ein zähes Föhrenstämmchen geklammert. Mit beiden Händen krampft er sich daran fest. Unter ihm gähnt die Tiefe, aber er ist gerettet ... Und der andere? ...

Von oben herab gellt ihm die Antwort. Ein schriller Schrei aus blassen Mädchenlippen, aus wundem Mädchenherzen: »Michel! Michel!« ...

Am Fuße der Felswand wurde Michel gefunden als zerschmetterte Leiche. Als man ihn, den Fremdling, zu Grabe trug, strömte das ganze Tal zusammen und gab ihm das Ehrengeleite. Hinter seiner Bahre schritten als Kläger die Leute vom Ellerhofe, die Mutter mit nassen Augen, Peter laut weinend wie ein Kind, Vrona erstarrt in Schmerz.

Nachdem der Pfarrer am frischen Grabe gebetet und das Kreuzlein in die geweihte Erde gesteckt hatte, zerstreuten sich die Andächtigen; Vrona aber blieb noch zurück und kniete still am Grabhügel ihres Liebsten. Und nun endlich begannen ihre Tränen zu rinnen, und mit den Tränen kam Linderung.

Er hatte ja den Herrgott um eine Gunst gebeten, der arme Michel, und der Herrgott hatte ihn erhört.

»Gott tröste ihn!«, sagt man, wenn man von einem lieben Toten spricht. O ja, der da drunten lag, den hatte Gott getröstet!

# Ein Wunder?

Die Feder hinterm Ohre, ein großes, bis zum Rande gefülltes Tintenfass vorsichtig an der Hand haltend, schritt Christian Eller, Pfarrer von Taufers in Vintschgau, bedächtig auf sein Pfarrarchiv zu.

Diesen stolzen Namen führte ein winzig kleines Kämmerlein, worin die Pfarrmatriken und andere wichtige Dokumente aufbewahrt wurden. Auch des Pfarrers Bibliothek musste darin Platz finden. Die Akten lagen übereinander in einer großen Truhe, und es machte dem guten Herrn oft Mühe, das Richtige herauszufinden, die Bücher aber, seine Lieblinge, standen ringsumher auf hohen Stellen und blickten freundlich auf ihn nieder. Freilich waren diese Stellen nur aus weichem Holze, das sich unter dem alten silbergrauen Anstrich überall vordringlich zeigte, die Bücher aber waren gute, gediegene Werke, das einzige Wertvolle, was Christian Eller sein eigen nannte. Weit und breit gab's keine Bibliothek wie die seine.

Zwischen zwei Bücherstellen eingekeilt, stand ein kleines Schreibpult, ebenfalls aus weichem Holze mit grauem Anstrich, und darauf ein Tintenfass samt Streusand und Feder. Aber die Tinte war längst vertrocknet, die Feder abgebraucht, und mit Streusand allein lässt sich nichts anfangen. Darum nahm der Pfarrer, wenn er in sein Archiv kam, stets Tinte und Feder mit herüber. Das war so eine Eigenheit von ihm. Alte Leute pflegen mit dem Schreibmaterial meist sparsam umzugehen.

Christian Eller saß schon an die dreißig Jahre in seinem Pfarrdorfe. In all der Zeit war er öfters aufgefordert worden, sich um ein Dekanat zu bewerben. Einmal auch hatte ihn der Fürstbischof von Brixen drängen wollen, eine Professur am Seminar zu übernehmen, denn der Pfarrer von Taufers war bei all seiner Schlichtheit eine Autorität in der Dogmatik. Aber sooft etwas wie eine Beförderung an ihn herangetreten war, hatte er mit beiden Händen abgewehrt. So war er denn Pfarrer von Taufers geblieben und nun kam es dazu, dass er die Buben und Mädchen, die er einst getauft hatte, kopulieren musste. Das tat er gern: Ein Seelsorgerherz muss sich ja freuen, wenn brave Leute zusammenkommen. Freilich nur so lange sie in der Heimat blieben! Mit den anderen hatte es schon seine Not. In die Welt hinauswandern, um Geld zu verdienen, ist zwar keine Sünde, aber doch immer ein gefährlich Ding; und die Armut des Bodens und die Nähe der Grenze trieb manchen an, jenseits dieser Grenze sein Heil zu suchen. Dann kamen die Leute oft ganz anders wieder, als sie gegangen waren, oder sie kamen gar nicht wieder, und man hörte später Arges von ihnen. Darum machten diese wanderlustigen Schäflein dem Pfarrer viel Sorge. Seine größte Sorge aber war Klaus Rammberger.

Der Klaus war das erste Kind, das der Pfarrer nach seiner Installierung getauft hatte, und von Kindsbeinen an war er des Pfarrers Liebling gewesen. Und weil er in der Schule sich so aufgeweckt zeigte, hatte der Pfarrer gemeint, es wäre schade um das helle Köpflein und hatte ihn in die Studien gebracht. Aber der Klaus hatte keinen Ernst zum Studieren, und als ihn der Vater wieder nach Hause nahm, hatte er auch keinen Ernst zur Arbeit mehr. So kam es, dass er sich in Taufers nicht mehr heimisch fühlte: Nach Ablauf seiner Militärzeit ging er in die weite Welt hinaus.

Jahrelang hatte der Pfarrer nichts mehr von ihm gehört. Da kam eines Tages ein Brief aus Zürich, nicht an den Pfarrer selbst, sondern nur an das »löbliche fürstbischöfliche Pfarramt Taufers in Vintschgau«. Der Brief war von Klausens Hand geschrieben, und schwarz auf weiß stand etwas darin zu lesen, worüber dem Pfarrer Hören und Sehen verging. »Ich habe«, hieß es, »nach reiflicher Überlegung den Entschluss gefasst, meine Konfession zu ändern und ersuche, dass man meinen Namen aus dem Taufbuche streiche.«

In fester Kurrentschrift, mit tadelloser Orthografie hatte Klaus das geschrieben, kurz und gut, klipp und klar, in trockenem Amtsstil, ohne Bemerkung und Begründung. Dreimal nacheinander hatte der Pfarrer den Brief gelesen und hatte jedes Mal gemeint, es müsse etwas anderes darin stehen. Dann hatte der alte Herr das böse Schriftstück zusammengefaltet und war hinüber gegangen in die Kirche, um dem Heiland eins vorzuweinen und ihn um Rat zu fragen. Doch der Heiland war ganz still gewesen, und nun hatte sich der Pfarrer auf den Weg gemacht nach Mals hinüber, wo im Kapuzinerkloster sein Beichtvater wohnte, der alte Pater Lucius, den man wie einen Heiligen verehrte. Der Lucius war aber nicht nur ein heiliger Mann, sondern auch ein pfiffiger. Und nach einigem Nachdenken sagte er: »Schreiben Sie dem armen Sünder, er möge selber kommen und seinen Namen ausstreichen. Vielleicht fehlt ihm doch die Schneid dazu.«

Also schrieb der Pfarrer an den Klaus. Einen langen Brief, der ihm unsäglich viel Mühe machte. Nie im Leben war ihm das Schreiben so schwergefallen, auch nicht im ersten Jahre seiner Studierlaufbahn, wo er kurz vorher noch Hütbube gewesen war und vertrauter mit den Almen als mit dem Schreibpapier. Ja, was wäre ein Majestätsgesuch gewesen gegen einen solchen Brief. Wie oft hatte er ihn überlesen und verbessert, wie oft ihn zerrissen und wieder geschrieben! Bald gar zu mild und lammherzig dünkte ihn das Schreiben – man musste den Unglücklichen doch ordentlich aufrütteln! – bald gar zu schroff und hart – der Heiland will doch, dass man den glimmenden Docht nicht verlösche! Weil aber auf dieser Welt alles einmal ein Ende nimmt, so wurde auch der Brief des Pfarrers endlich fertig, und der Taufrer Postbote nahm ihn mit zur Station.

Seither waren Wochen vergangen, und Tag für Tag wartete der Pfarrer auf Antwort. Nach vier Tagen hätte die Antwort eintreffen können: Zürich liegt doch nicht in Amerika. Mit Spannung blickte der gute Herr jedem Posteinlauf entgegen, mit zitternder Hand griff er danach, ob nicht etwa der erwartete und, ach, gefürchtete Brief darunter wäre. Aber nichts, immer nichts! Und schließlich gab die ängstliche Spannung nach, und der Pfarrer tat ruhig seine tägliche Arbeit, nur dass ihm dabei immer etwas Schweres auf dem Herzen lag.

»Ich bin im Archiv – falls jemand kommen sollt'!«, rief er im Vorbeigehen seiner Köchin zu. Und dann trat er in sein kleines Heiligtum.

Es waren köstliche Stunden, die der alte Pfarrer zwischen seinen Büchern verlebte. Köstlich, aber kurz und selten. Und was er gerade jetzt im Archiv zu schaffen hatte, das war keine richtige Arbeit für ihn.

Kein Eindringen in die Tiefen der Theologie, sondern Kleinarbeit auf dem kunsthistorischen Gebiete, das dem guten Pfarrer kein sehr bekanntes Land war. Ein Freund hatte ihn um Daten ersucht über das uralte Tauferer Helena-Kirchlein, und nun war der Pfarrer gewissenhaft darangegangen, alles zu sammeln, was er darüber in seinem Archive finden konnte.

Er trat an das Pult zwischen den Bücherstellen. Am weichen Holze der beiden Stellen hatte er mit Reißnägeln zwei kleine Kupfer befestigt, links das Bild des heiligen Fließer Pfarrers, rechts das des ehrwürdigen Bischofs Tschiderer von Trient. Die beiden mussten ihm bei all seinen Arbeiten zusehen, der eine mit seinen strengen, der andere mit seinen milden Augen.

Sein Tintenfass hatte sich der Pfarrer zurechtgestellt, die Feder darauf gelegt, und nun folgte sein Zeigefinger den vergilbten Zeilen auf rauem Papier, die ein Unbekannter vor einigen hundert Jahren geschrieben hatte.

»Am Fritage vor Sankt bartlmä A. D. 1545 ist der Tunder auf die Sankt Helena Kirche gefahren, ist das dach verbrant und der messner vmbkommen.«

»Der Fritag vor Sankt Bartlmä!« Das war ein gar zu unbestimmtes Datum. Da musste man erst erforschen, auf welchen Wochentag das Fest des heiligen Bartholomäus in jenem Jahre fiel.

Der Pfarrer ging seinen Bücherstellen entlang und überlegte, welcher von den Bänden, die da in Reih und Glied standen, am ehesten geeignet sei, diese wichtige Frage zu beantworten. Eben langte er nach einem Folianten, der die Geschichte des Bistums Chur behandelte, da klopfte es. Und er zog die Hand zurück und sagte: »Herein!«

Im nächsten Augenblick stand vor ihm ein hübscher, noch junger Mann mit keck aufgedrehtem Schnurrbärtchen, der einen neuen Strohhut und einen feinen Havelock trug.

»Bitte, mit wem habe ich die Ehre?«, fragte der Pfarrer arglos.

Der Mann lüftete den Hut und grüßte steif. »Guten Tag, Herr Pfarrer. Ich komme selbst, wie Sie es gewünscht haben.«

Jetzt freilich ging dem Pfarrer ein Licht auf! Du meiner Seel', der Klaus! Nicht mehr das herzige Bauernbüblein, das mit schelmisch fragenden Blicken zum Pfarrer aufschaute, auch nicht mehr der flotte, lustige Lausbube mit der Huifeder am Hute, dem bei allem Leichtsinn doch noch immer ein bisschen Treuherzigkeit aus den hellblauen Augen strahlte. Nein, ein halber Herr und ein ganzer Städter stand vor dem armen alten Landpfarrer und schaute von der Höhe seiner Welterfahrung und seiner reichen Zeitungsbildung auf ihn herab.

»Sie scheinen mich nicht mehr zu kennen«, sagte der Mann im Havelock mit spöttischem Lächeln und reichte seine Visitenkarte.

Denn er hatte natürlich Visitenkarten, der Rammberger-Klaus, und darauf stand nebst seinem Namen auch sein Beruf: »Agent der Weinfirma Gäßli und Vogt, Zürich.« Nur sein voller Taufname fehlte. Was soll man auch aus dem Namen Nikolaus machen? Ein herrischer Name wird das seiner Lebtag nicht! Deshalb hatte Klaus nur den Anfangsbuchstaben »N« auf die Karte drucken lassen, was freilich zu dem Missverständnis Anlass geben konnte, dass der Herr Agent gar keinen Taufnamen habe, sondern sich mit einem wesenlosen »N. N.« begnüge.

Der Pfarrer langte nicht nach der Karte. »Ich kenn' dich ja, Klaus«, murmelte er, »von klein auf kenn' ich dich!«

»Ach ja, mir scheint so was«, erwiderte Rammberger spitz. »Nun, ich nehm' Ihnen das Du just nicht übel. Es ist sicher gut gemeint.«

»Ich kann gerade so gut *Sie* sagen«, erwiderte der Pfarrer, etwas verletzt.

»O, as you like!« Rammberger zuckte die Achseln. »Verzeihen Sie, wenn mir da und dort ein englisches Wort entschlüpft. Bin eben ein halber Amerikaner!«

»Ich hab gemeint, Sie sind in Zürich«, warf der Pfarrer ein.

»Gegenwärtig schon. Aber früher war ich lange in Amerika. Ich bin ein Selfmademan im vollen Sinne des Wortes. Da drüben muss jeder auf eigenen Füßen stehen und von der Pike auf dienen, aber wer einen hellen Kopf hat –«, ein rasches Drehen des Schnurrbarts, »der bringt's auch zu etwas.«

»Und was haben Sie mir sonst zu sagen?«, fragte der Pfarrer. Er hatte jetzt seine Fassung wiedergewonnen. Seine Stimme klang ernst, fast strenge.

»Nun, ich denke, das wissen sie doch«, meinte der andere leichthin. »Darf ich um das Taufbuch bitten?«

Rammberger war bisher auf der Schwelle gestanden. Nun trat er ein und schloss die Türe hinter sich. Der Raum war enge; sie standen Aug' in Auge. Des Pfarrers Hand lag schwer auf dem Pulte; sie zitterte.

»Haben Sie meinen Brief erhalten, Herr Rammberger?«

»Natürlich!«

»Und gelesen?«

»Auch das. Ein Handlungsagent hat nicht den Brauch, Briefe ungelesen beiseite zu legen. Aber ich musste erst abwarten, dass mich mein Beruf in diese Gegend führe. Das ist jetzt der Fall. Ich bin auf dem Wege nach Meran. Übrigens hätten Sie mir mit einem Federstrich und ein bisschen Gefälligkeit den weiten Weg von der Station herauf ersparen können. Sie scheinen nicht zu wissen, dass für uns Geschäftsleute Zeit Geld ist. Well, hier bin ich also! Nochmals, ich bitte um das Taufbuch.«

»Sie sind meines Wissens noch immer österreichischer Untertan«, sagte der Pfarrer. »Sie dürfen also nicht aus der katholischen Kirche austreten, ohne vorher bei einem katholischen Priester Unterricht genommen zu haben.«

»I know! Der römisch-katholische Pfarrer von Außersill war so freundlich. Ich kann das Attest vorweisen.« Er griff in die Rocktasche. Der Pfarrer wehrte ab. »Lassen Sie das! Sagen Sie mir lieber, was treibt Sie zu diesem äußersten Schritt? Leute genug kenn' ich, die um ihren Glauben gekommen sind. Aber so weit wie Sie ist noch keiner gegangen. Warum wollen Sie das letzte Band zerreißen, das Sie an die Kirche knüpft? Steht vielleicht eine Heirat dahinter?«

»Ich glaube, das gehört nicht daher«, bemerkte Rammberger von oben herab.

»Freilich gehört's daher!«, rief der Pfarrer, der in seiner Herzenswärme nur mehr an die Seele seines einstigen Schäfleins dachte. »Ist es denn nicht etwas Schreckliches, etwas Unbegreifliches, wenn ein Mensch, ein getaufter Christ, Gnade, Glauben und Seligkeit von sich wirft wegen einiger flüchtigen sinnlichen Reize!«

Diesmal lachte Rammberger laut auf. »All right, Herr Pfarrer, das ist aufgelegter Predigtstil. Aber es trifft nicht zu. Denn die Reize meiner Zukünftigen sind nicht nur flüchtig, sondern längst verflüchtigt. Sie ist die Witwe meines verstorbenen Prinzipals, eine Dame von rund fünfzig Jahren.«

»Was, so eine alte Person willst du aufheiraten?«, rief der Pfarrer, den seine Herzenswärme wieder ins Duzen hineinriss. »Und alles nur wegen dem leidigen Geld zulieb! O denk doch, was du tust! Schlecht genug, wenn du dich protestantisch trauen lassen willst, aber warum denn aus dem Taufbuch streichen, warum denn *das*? Ich kann's nicht fassen! Ist's etwa deine Züricherin, die das von dir verlangt? Oh, dann hat sie keinen Funken Liebe zu dir!«

Der alte Mann zitterte am ganzen Leibe; seine Augen schwammen in Tränen. Fast wider Willen kam's wie Ergriffenheit über Rammberger. »Nehmen Sie sich's nicht so zu Herzen, Herr Pfarrer«, tröstete er mit einem Anfluge von Galgenhumor, »wenn der Teufel einmal meine Seele holt, dann können Sie froh sein, dass ich nicht mehr in Ihrem Taufbuche stehe.«

»Nein, nein, Klaus, er soll sie nicht haben, deine Seele!«, rief der Pfarrer und griff mit beiden Händen nach Klausens Hand. »Er soll sie nicht haben, und wenn ich mit ihm drum raufen müsst'! O Klaus, wie gestern kommt's mir vor, dass du auf dem Taufkissen gelegen bist, du, das erste Taufererkind, das ich dem bösen Feind entrissen hab! Vielleicht ist's deswegen gewesen, dass du mir so ins Herz gewachsen bist. In der Schul' bist du mir auch immer der Liebste gewesen! Mein Gott, was warst du für ein patschierigs Bübl!«

Um Klausens Lippen zuckte es. Man wird nicht umsonst an seine Jugend erinnert. *Wie gestern*, kam's dem alten Pfarrer vor. Ihm aber, dem jungen Mann, schien es, als liege ein Jahrhundert, als liege eine Welt zwischen dem Schulbüblein von Taufers und dem Weinagenten von Zürich. Der Pfarrer hatte, ohne Arg und Berechnung, eine Saite seines Herzens berührt, die in Schwingung geraten war. Klaus lächelte.

»Ich weiß schon, was Sie mit dem patschierigen Bübl meinen«, sagte er. »Sie haben mich einmal in der Schule gefragt, was ein Wunder ist, und darauf hab ich prompt erwidert: ›Ein Wunder ist etwas, wo die Leut sich wundern.‹ Aber vielleicht war das nicht das Dümmste, was ich in meinem Leben gesagt habe.«

»Das Dümmste? Nein, nein! Und überhaupt, du warst ja damals noch ein kleiner Kerl und hast's nicht besser verstanden.«

»Pardon, ich versteh's auch jetzt noch nicht anders«, widersprach Rammberger und hatte auf einmal wieder sein überlegenes Lächeln. »Was ist wohl ein Wunder anders als etwas, worüber die Menschen staunen, weil sie sich's nicht erklären können? Für einen Wilden wird ein Schießgewehr oder eine elektrische Batterie ein Wunder sein. Je höher die Bildung, desto weniger wird man an Wunder glauben. Aber bitte, Sie haben, wie ich sehe, Tinte und Feder hier. Und das Taufbuch ist wohl vielleicht auch bei der Hand.«

Doch der Pfarrer machte wegen dem Taufbuche taube Ohren. »Was du von der elektrischen Batterie gesagt hast, ist ein ganz gewöhnlicher Schlager«, widersprach er lebhaft. »Ein gescheiter Mensch soll sich selber zu gut sein, mit solchen Trugschlüssen zu kommen. Ein Wunder ist und bleibt ein Wunder, ob's nun ein Wilder sieht oder ein Europäer, das ist ganz gleich. Ein Wunder ist etwas Objektives, nicht ein subjektiver Eindruck. Dass ich's kurz sag', ein Wunder ist eine Ausnahme von den Naturgesetzen, und eine solche Ausnahme kann nur *der* verfügen, der diese Gesetze angeordnet hat, nämlich *Gott*!«

Er war in einen dozierenden Ton gefallen, den er vor seinen Bauern auf der Kanzel und in der Schule sonst zu vermeiden wusste. Aber der Rammberger machte ihm doch, für den Augenblick wenigstens, den Eindruck eines Gebildeten. Darum stand er vor ihm wie ein Professor, schlug mit dem Zeigefinger seiner Rechten auf den Daumen seiner Linken und wollte eben mit vollen Segeln in die hohe See der Theologie hineinsteuern. Da unterbrach ihn Rammberger achselzuckend mit der Frage: »Haben Sie schon einmal ein Wunder gesehen?«

Der Pfarrer verneinte.

»Na also!«, rief Rammberger lachend.

»Nur nicht so obenhin urteilen!«, rief der Pfarrer. »Wenn auch ich keines gesehen habe, so haben doch andere Leute Wunder gesehen. Leute, die nicht schlechtere Augen gehabt haben als ich und vielleicht einen bessern Verstand.«

»Nun«, meinte Rammberger, »es ist ja recht schön und bescheiden, wenn man dem Verstand und den Augen anderer mehr traut als den eigenen. Aber *ich* einmal halt's mit dem ungläubigen Thomas.«

»Halt's nur mit ihm!«, rief der Pfarrer rasch. »Dann musst du aber auch sagen: ›Mein Herr und mein Gott‹, und musst an das Wunder der Auferstehung glauben.«

»Die Auferstehung?« Es entstand eine Pause, die ganz von Rammbergers überlegenem Lächeln ausgefüllt war. »Ja, sehen Sie, Herr Pfarrer, wenn Sie mich an die Auferstehung glauben machen wollen, da kommen Sie zu spät! Da hab ich einmal etwas sehr Geistvolles gelesen, eine Flugschrift von einem Professor. Darin war von dem Nervensystem des Menschen die Rede und von der Macht der Einbildungskraft, be-

sonders bei ungebildeten Menschen, bei Leuten aus dem Volke. Und
das waren doch die Apostel. Also, mit der sogenannten Auferstehung
Christi sei's eben auch so gewesen: Die Apostel hätten sich's einfach
eingebildet.«

Der Pfarrer war jetzt mit einem Male mundtot gemacht. Nicht als
ob Rammbergers seichte Phrasen ihn verwirrt hätten. Aber das Seichte
war es eben, das ihm die Lippen schloss. Er hätte hundert Argumente,
unwiderleglich für die Wissenschaft, ins Feld führen können. Doch
damit kommt man gegen einen Zeitungs- und Broschürenleser nicht
auf. Wenn ein Dreimaster auf eine Sandbank geraten ist, steckt er und
kommt nicht weiter, denn er braucht das offene Meer und das tiefe
Gewässer. Das fühlte der Pfarrer, das machte ihn mutlos.

»Herr Rammberger«, sagte er und fiel wieder in das kalte Sie zurück,
»wenn Ihnen jeder gedruckte Wisch höher steht als das Evangelium,
dann seh' ich's ein: Es ist nichts mit Ihnen zu machen.«

Er wandte sich ab und faltete seine Hände über seinem Pulte. Im
Zimmerchen war es still. Hilfesuchend wanderten die Augen des alten
Mannes zwischen den zwei Bücherstellen hin und her, vom Fließer
Pfarrer zum ehrwürdigen Bischof. Die beiden sind große Wundertäter
gewesen, der eine im Leben, der andere nach dem Tode. Wenn sie
doch ein Wunder vom lieben Gott erbitten möchten, den armen Ungläubigen zu bekehren!

Doch das war nur ein flüchtiger Gedanke, der dem guten Pfarrer
durch den Kopf schoss. Wo Demut und guter Wille fehlt, wirkt Gott
kein Wunder. Auch für den stolzen Herodes hat der Heiland keines
gewirkt, und der hätte doch so gern eins gesehen. Dem Rammberger
war's auch gar nicht um ein Wunder, dem war's nur ums Geld. Und
der Rammberger war nicht der erste und nicht der letzte, der um Geld
seine Seele verkaufte.

»Herr Pfarrer«, klang es jetzt rau, »ich glaube, wir haben uns lange
genug unterhalten. Ich muss nochmals bemerken, dass ich Eile habe.«

Da sagte der Pfarrer kein weiteres Wort, holte das Taufbuch herbei,
legte es auf das Pult und schlug es auf. Während er darin blätterte,
wurde es ihm ganz elend zumute, als solle ihn ein Schlag rühren. Doch
das ging vorüber, und endlich hatte er ihn, den Namen des »patschierigen« Bübleins, das ihm das liebste von all seinen Dorfkindern gewesen
war.

»Rammberger Nikolaus, ehelicher Sohn des Nikolaus und der Martha Schwarz, geboren am 7. September 1877.«

Schweigend zeigte der Pfarrer auf den Namen und trat zurück.

Und nun stand Rammberger am Pulte. Während er nach der Feder langte, zitterte seine Hand. Gleichgültig war ihm die Sache also doch nicht, aber die boshafte Züricherin stand hinter ihm und lockte und drängte ihn mit ihrem verführerischen Golde. Der Pfarrer verwandte kein Auge von dem Unglücklichen. »Muttergottes, Zuflucht der Sünder! ... Heiliger Schutzengel, halt ihm die Hand zurück! ... Ist's nicht, wie wenn ein Mensch sein eigenes Todesurteil unterschriebe?«

Rammberger fasst die Feder, taucht sie tief in die Tinte, setzt sie aufs Papier ... Aber dann schaut er weg, schaut nach dem offenen Fenster hin, an dem die weißen Wolken vorüberziehen wie fliegende Tauben. Ihm ist wohl zumute wie einem Kranken, der den Kopf abwendet, um den Schnitt nicht zu sehen, der an seinem Fleische gemacht wird.

Er legt die Feder einen Augenblick beiseite, als könne er nicht ... Aber gleich fasst er sie wieder und wieder taucht er sie ein, als fürchte er, sie sei unterdessen vertrocknet. Dann ein rascher Blick auf die Zeile, die seinen Namen enthält; er setzt die Feder an, und dann, dann schaut er weg ...

Und nun ein Strich von fester Hand! Der Pfarrer sieht's! Das raue Papier knarrt unter der Feder. Der Pfarrer hört's. Es ist geschehen! Rammberger wirft die Feder von sich wie ein Mordinstrument.

Und dann schaut er auf sein Zerstörungswerk.

Lange schaut er ins Buch, ganz regungslos, ganz still. Und seine Hände klammern sich an das Pult, als suchten sie eine Stütze.

Endlich kommt wieder Bewegung in ihn. Er streckt den Kopf vor und schaut ins Tintenfass. Er streckt die Hand nach der Feder aus und prüft sie. Das Tintenfass ist voll, die Feder auch. Er nimmt die Feder zwischen die Finger, drückt sie gegen den Daumen seiner linken Hand. Da fällt ein großer schwarzer Tropfen aufs Pult und auch auf seinem Daumen sieht er einen schwarzen Flecken.

Nein, nein, an der Feder in seinen Händen liegt es nicht ... Und doch, vor ihm im offenen Buche steht sein Name, klar, scharf und makellos, wie ihn vor dreißig Jahren die Hand des damals noch jungen Pfarrers eingetragen hat; jeder Buchstabe ist unberührt, und alle zusammen sehen ihn seltsam an, herausfordernd. »Du tilgst uns nicht, Mensch, du tilgst uns nicht, und magst du hundertmal die mörderische Feder eintauchen und hundertmal über uns wegfahren. Und magst du sie in dein Blut tauchen, wie solche getan haben, die sich dem Bösen verschrieben, du tilgst uns nicht. Denn Gottes Hand ist über uns, und das Merkmal der Taufe bleibt ewig!«

»Jetzt glaub ich's!«, murmelt Klaus Rammberger, als spreche er zu sich selber. Und leiser fügt er hinzu: »Ja, jetzt glaub ich's, dass es Wunder gibt!«

Und ehe sich's der Pfarrer versieht, ist er weg.

Der Pfarrer ist entsetzt, versteht nicht, eilt ihm nach. Doch vergebens: Klausens Beine sind flinker als die seinen. Als er über die Treppe hinab an seine Haustüre gelangt, ist Klaus nicht mehr zu sehen.

Wohin war er wohl gegangen? Der Heerstraße entlang der Bahnstation zu? Ja, so war's. Eben kamen ein paar Leute des Weges, die hatten ihn gesehen, einen schmucken jungen Herrn mit blondem Schnurrbärtlein und braunem Mantel, der eiligen Schrittes talwärts ging.

Traurig, kopfschüttelnd kehrte der Pfarrer in sein Archiv zurück. Bebend vor innerer Erregung beugte er sich über das aufgeschlagene Buch … Und nun auf einmal, als er den unberührten Namen darin sah, wurde ihm alles klar. Klaus hatte zuerst die eingetauchte Feder weggelegt, und dann zum zweiten Male in seiner Aufregung eine andere Feder ergriffen und sie ins leere Tintenfass getaucht. Und das war alles. Und *das* hatte er für ein Wunder gehalten!

O, wie leid tat es dem Pfarrer, dass Klaus so rasch das Weite gesucht hatte! Und wer weiß, was er nun in seiner Aufregung anfing? Und es wäre jetzt doch so schön und fruchtbringend gewesen, mit ihm einen regelrechten Disput anzufangen. Und vielleicht hätte er jetzt eher gehört. »Schau, mein guter Klaus, die großen Wunder Christi, an die neunzehn Jahrhunderte geglaubt haben, die leugnest du und machst dir dafür ein Wunder zurecht aus einem vertrockneten Tintenfass und aus einer verbrauchten Feder!« Aber es ließ sich nichts machen! Der Rammberger Klaus war nun einmal weg!

Am folgenden Tage ging der Pfarrer nach Mals und erzählte dem Pater Lucius die ganze Geschichte. Der strich sich schmunzelnd den langen weißen Kapuzinerbart und meinte: »Lassen Sie dem Herrgott

Zeit! Vielleicht wird doch noch ein Wunder aus Ihrer verrosteten Feder und Ihrem vertrockneten Tintenfass!«

Monate vergingen. Oft und oft war der Pfarrer von Taufers daran, an den von Außersill zu schreiben, was es wohl mit Nikolaus Rammberger sei und ob er wirklich die reiche Witwe gefreit habe. Aber er könne an der Sache doch nichts mehr ändern, meinte er, und so verschob er den Brief von Tag zu Tag, von Woche zu Woche. Ein Jahr später schrieb Klaus Rammberger selber und er bat ihn um Ausfolgung der nötigen Papiere. Denn er sei daran zu heiraten, und zwar eine liebe, junge, katholische Luzernerin. Die reiche Witwe aber und ihr Geld habe er fahren lassen und bereue es nicht. »Und Gott sei Dank«, schloss der Brief, »dass ich noch in Ihrem Taufbuch stehe!«